STEWART O’NAN

Ocean State

Roman

Aus dem Englischen von Thomas Gunkel

ROWOHLT

Die Arbeit des Übersetzers am vorliegenden Roman wurde vom Deutschen Übersetzerfonds gefördert.

Die Originalausgabe erschien 2022 unter dem Titel «Ocean State» bei Grove Press, New York.

Deutsche Erstausgabe
Veröffentlicht im Rowohlt Verlag, Hamburg, April 2022

Satz ITC Legacy bei Pinkuin Satz und Datentechnik, Berlin
Druck und Bindung CPI books GmbH, Leck, Germany
ISBN 978-3-498-00268-8

Die Rowohlt Verlage haben sich zu einer nachhaltigen Buchproduktion verpflichtet. Gemeinsam mit unseren Partnern und Lieferanten setzen wir uns für eine klimaneutrale Buchproduktion ein, die den Erwerb von Klimazertifikaten zur Kompensation des CO_2-Ausstoßes einschließt.
www.klimaneutralerverlag.de

MIX
Papier aus verantwortungsvollen Quellen
FSC® C083411
FSC www.fsc.org

Für Angel Olsen
Hi-Five.

Sometimes our enemies
are closer than we think

ANGEL OLSEN

Shut up kiss me hold me tight

ANGEL OLSEN

Im Haus bei der Line & Twine

Als ich im achten Schuljahr war, half meine Schwester dabei, ein anderes Mädchen zu töten. Sie sei verliebt gewesen, sagte meine Mutter, als wäre das eine Entschuldigung. Sie habe nicht gewusst, was sie tat. Ich war damals noch nie verliebt gewesen, nicht richtig, deshalb wusste ich nicht, was meine Mutter meinte, aber inzwischen weiß ich es.

Das Ganze spielte sich in Ashaway, Rhode Island, ab, in der Nähe von Westerly, unten am Strand. In jenem Herbst wohnten wir in einem Haus am Fluss, auf der anderen Straßenseite von der Garn- und Schnur-Fabrik, in der meine Großmutter meinen Großvater kennengelernt hatte. Die Line & Twine war geschlossen, überall hingen rostige BETRETEN VERBOTEN-Schilder, doch direkt oberhalb vom Wehr hatte jemand mit einem Bolzenschneider ein Loch in den Zaun geschnitten, sodass man von hinten reinschleichen konnte. Wir liefen in den Gängen zwischen den verstaubten Webstühlen immer Rollschuh, Angel fuhr Schlangenlinien und brachte mir Crossovers und Rückwärtsfahren bei. Sie konnte Pirouetten drehen wie eine Eiskunstläuferin, wobei ihre Hände Figuren in die Luft malten. Auch ich wollte Pirouetten drehen und elegant sein, so wie sie, doch ich war ein pummeliger Trampel, und wenn ich in der Kirche neben ihr stand, war ich unsichtbar. Meine Mutter sagte, ich solle mir keine Sorgen machen, ich würde mein spezielles Talent schon noch entdecken. «Ich war eine Spätentwicklerin», sagte sie, als ob das ein Trost sein könnte. Und was, wenn ich kein spezielles Talent habe, wollte ich fragen. Was, wenn ich bloß eine hoffnungslose Streberin bleibe?

Das Talent meiner Mutter bestand darin, jedes Mal einen neuen Verehrer zu finden und eine neue Bleibe für uns. Sie arbeitete als Hilfspflegerin im Elms, einem Altersheim in Westerly, in dem meine Großtante Mildred lebte, und verdiente so gut wie nichts. Wenn sie freitags nach Hause kam, zog sie sich um, bürstete ihr Haar aus, schminkte sich und benutzte zu viel Parfüm. Sie war Cheerleaderin gewesen und konnte gut tanzen. Sie hielt Diät oder versuchte es wenigstens. Wenn sie vor dem schmalen Spiegel an ihrem Wandschrank stand, beklagte sie sich, dass ihr nichts mehr passte. «Ich hab mal so ausgesehen wie du», sagte sie zu Angel, als wäre es eine Drohung, und es stimmte, auf ihren alten Fotos hätte man sie für Angels Zwillingsschwester halten können. Hätte sie es gewollt, sagte sie, hätte sie einen Arzt geheiratet, aber die waren alle Arschlöcher. «Euer Vater war lieb.»

Wir wussten, dass unser Vater lieb war. Wir wussten aber nicht, wann oder warum er sich in ein Arschloch verwandelt hatte. Meine Großmutter hatte ihn nie leiden können, weil er aus einer portugiesischen Familie stammte. Er hatte meine Mutter überredet, katholisch zu werden, und sie dann verlassen. Vertrau nie einem Portugiesen, sagte sie, als wäre es ein Witz. Ich hatte sein dunkles Haar und seine dunklen Augen, wozu machte mich das dann?

Die Verehrer meiner Mutter bemühten sich, lieb zu sein, doch es waren Fremde. Manchmal bezahlten sie unsere Miete, und manchmal teilten wir sie uns. Wenn sie mit meiner Mutter Schluss machten – urplötzlich, in betrunkenem Zustand, das Gebrüll der beiden riss uns aus dem Schlaf –, mussten wir wieder umziehen. Genau wie unsere Mutter strampelten wir uns ab, dass es gut lief, weit über jedes vertretbare Maß hinaus. Unser Vater war weg, und unsere Mutter konnte nicht aufhören, verliebt sein zu wollen. «Ich schwöre, das ist das letzte Mal», sagte sie, wenn sie stocknüchtern war, und einen Monat später kam sie mit einem weiteren Versager nach Hause. Die wurden anscheinend immer jünger und gammeliger, was Angel für ein schlechtes Zeichen hielt. Meiner Mutter schien das nicht aufzufallen. Am Anfang war immer alles neu. Sie verlor an Gewicht, küsste uns zu oft und gab Versprechen, die sie nicht halten konnte.

Der Letzte war ein Matrose namens Wes gewesen, der Hummer mit nach Hause brachte, meine Mutter «Care» nannte und uns zum Fahrradfahren nach Block Island mitnahm, bis er eines Nachts ihr Telefon zertrümmerte, als sie seinetwegen die Polizei verständigen wollte. Weder er noch sie waren verletzt, deshalb brachten die Polizisten keinen von beiden vor Gericht. «Ihr Cops seid nutzlos», sagte meine Mutter. «Ja», entgegnete einer von ihnen, «deshalb sind wir um ein Uhr früh ja auch hergekommen, denn wir haben nichts Besseres zu tun.» Wir wohnten im oberen Stockwerk eines Zweifamilienhauses, und am nächsten Morgen, als Wes zum Fischen draußen im Sund war, schleppten wir drei alles, was wir tragen konnten, die Treppe runter und stopften es in den Wagen meiner Mutter.

Das Haus bei der Line & Twine stand zum Verkauf, aber 2009 wollte es niemand haben. Meine Großmutter hatte bei den Besitzern, Winterflüchtlingen, die lange vor dem Bankenkrach nach Florida gezogen waren, in der Buchhaltung gearbeitet. Wie die meisten Häuser an der River Road stand es schon jahrelang leer. Auf den Schindeln wuchs Moos und in den Dachrinnen Unkraut.

Meine Großmutter kam vorbei, um uns beim Putzen der Küche zu helfen. Sie brachte ihre Gummihandschuhe mit. «Nicht gerade das Taj Mahal», sagte sie.

«Es ist schon in Ordnung», sagte meine Mutter, als würden wir nicht lange dort wohnen. «Angel Lynn. Zieh nicht so ein Gesicht.»

«Ich hab doch gar nichts gesagt», erwiderte sie mit finsterem Blick.

«Das ist auch nicht nötig.»

Ich sagte nichts. Ich sagte fast nie etwas, aus Angst, alles noch schlimmer zu machen. Ich beobachtete die beiden wie eine Punktrichterin und vermerkte im Stillen alle Kränkungen und Beleidigungen, jeden vergeblichen Versuch, nett zu sein. Ich war dreizehn und hatte wie alle Kinder einen ausgeprägten Gerechtigkeitssinn. Ich wollte, dass alle glücklich waren, unserem wirklichen Leben zum Trotz.

In dem Zweifamilienhaus hatten Angel und ich uns ein Zimmer geteilt. Hier hatten wir beide ein eigenes und konnten die Tür hinter uns zumachen. Wenn ich im Bett lag, fehlte es mir, dass sie sich, noch lange nachdem ich aufgehört hatte zu lesen, mit ihren Freunden Nachrichten schrieb, das Leuchten auf ihrem konzentrierten Gesicht hatte etwas Beruhigendes wie ein Nachtlicht. Insgeheim wünschte ich mir, dass ich mich, sobald ich auf die Highschool käme, in sie verwandeln und ihre Stärken erben würde, nicht nur ihr Aussehen und ihre Bestimmtheit, sondern auch das Selbstvertrauen, das sie so anziehend machte, das Wissen, dass, egal, was passierte, sie immer begehrt sein würde. Jetzt, ohne sie, im Dunkeln, die Straße still, hinter der Line & Twine der über das Wehr plätschernde Fluss, kam mir dieser Traum noch unerreichbarer vor.

Unser Vater hatte uns nicht gänzlich verlassen. Er kam

noch immer vorbei, um etwa die Klingel zu reparieren oder den verstopften Abfluss der Dusche mit einer Spirale freizubekommen, was wegen unserer langen Haare ein ständiges Problem war. Wir waren jedes zweite Wochenende bei ihm, und dann nahm er uns mit zum Brandungsangeln und ließ uns am Strand seinen Pick-up fahren. Die Sommergäste waren verschwunden, die Villen, um deren Gärten er sich kümmerte, für den Rest des Jahres verriegelt, die spitzen Eisentore zugekettet. Die Muschelbuden und Del's-Lemonade-Stände hatten geschlossen, und am Ende fuhren wir zum Mittagessen in die Stadt zu One Fish Two Fish, einem Schnellimbiss in einem früheren Burger King, wo wir immer gegessen hatten, als wir noch klein waren. Dort gab es noch die ursprünglichen gelborangen Resopaltische, an den Kanten ramponiert und schmutzig, jedes verstreute Salzkorn deutlich zu sehen. Wir hatten einander nicht viel zu sagen, als befürchteten wir, Geheimnisse preiszugeben, die sich gegen uns verwenden ließen. Meistens sprachen wir über die Schule und Angels Job bei CVS. Er hatte eine Wohnung in Pawcatuck, über einem chinesischen Restaurant, sodass es überall nach verbranntem Speiseöl stank. Um das Schlafsofa von Bob's auszuziehen, das er extra für uns gekauft hatte, musste er die schwere Seemannskiste wegschieben, die er als Couchtisch benutzte, und jedes Mal waren da dieselben ausgebleichten Arielle-Bettlaken, obwohl wir aus dem Meerjungfrau-Alter längst raus waren. Sonntags schliefen wir lange, während meine Mutter und Großmutter in der Kirche waren, und er machte uns Waffeln, ein weiteres Überbleibsel aus unserer Kindheit, und danach lieferte er uns wieder zu Hause ab. In unserer Einfahrt gab er jeder von uns einen Zwanziger, bevor er uns aussteigen ließ, als handelte es sich um ein Trinkgeld. Für unsere Mutter hatte er manchmal einen Scheck und manchmal auch nicht, je nachdem, wie die Geschäfte liefen. Sie stritten sich bitterlich wegen des Geldes, was uns alle verlegen machte, und es war ein gutes Wochenende, wenn er die gesamte Summe parat hatte. Ich blieb immer auf der Veranda, um ihm noch mal zuzuwinken, während unsere Mutter und Angel schon ins Haus gingen.

«Wie war's?», fragte unsere Mutter. «Was habt ihr alles gemacht?»

«Nichts», sagten wir. «Das Übliche.»

Sie zeigte kein wirkliches Interesse, und wir suchten bereits nach Hinweisen darauf, wie sie das Wochenende verbracht hatte, schnupperten nach dem Geruch von Gras oder Körperspray, kontrollierten die Aschenbecher auf Zigarettenstummel, die Wertstofftonne auf zusätzliche Bierflaschen.

Eines Sonntags fand Angel unterm Nachttisch unserer Mutter den Zipfel einer Kondomverpackung. Sie zeigte ihn mir auf der geöffneten Hand, als wäre er ein Beweisstück.

«Na und?» Ich tat so, als würde mir der Gedanke keine Angst machen, dass ein weiterer Fremder von unserem Zuhause Besitz ergriff.

«Also fickt sie irgendwen.»

«Was du nicht sagst.»

«Wahrscheinlich war sie stockbesoffen. Wahrscheinlich kannte sie den Kerl nicht mal. Das ekelt mich richtig an. Sie ist so eine Schlampe.»

Ich wollte unsere Mutter verteidigen. Sie war einsam und wusste nicht, was sie anderes tun sollte. «Wenigstens ist er nicht mehr hier.»

«Wart's nur ab», sagte Angel, und sie hatte recht.

Am nächsten Freitag kündigte unsere Mutter an, dass Russ kommen und sie abholen werde. Er war Feuerwehrmann, besaß aber auch eine Landschaftsgärtnerei. Wir erwarteten, dass er einen Pick-up fuhr wie unser Vater, doch der Wagen, der vor dem Haus hielt, war ein mickriger silberner Honda wie der von unserer Großmutter. Russ war kleiner als unsere Mutter und kahlköpfig, er hatte eine dicke Bifokalbrille, einen graumelierten Bart und einen Bauch, der sich über seinen Gürtel wölbte. Statt Röhrenjeans und Motorradstiefeln trug er eine waldgrüne Cordhose und braune Halbschuhe. An seinem Finger prangte ein klobiger Jahrgangsring, und er schüttelte uns schlaff die Hand, wie Reverend Ochs nach dem Gottesdienst. Unsere Mutter betonte, dass sie essen gehen und sich danach einen Film im Stonington Regal ansehen würden, als hätten sie sich nicht in einer Bar kennengelernt.

«Schräg», sagte Angel, als wir die beiden davonfahren sahen.

«Ja.»

«Er sieht aus wie Papa Schlumpf.»

«Das ist fies», sagte ich.

«O Carol, ich will meinen Schlumpf in deinen Schlumpf stecken. Ich schlumpfe dich richtig schlumpfig durch.»

Ich schlug ihr auf die Schulter, und wir lachten und sprangen uns an wie zwei Sportkameradinnen.

«O mein Gott», sagte sie. «Was, wenn er der Auserwählte ist?»

«Hör auf.»

«Eigentlich ist es traurig. Als hätte sie kapituliert.»

«So schlimm ist er nun auch nicht», sagte ich, denn ich dachte, sie meinte es immer noch witzig, aber als ich sie ansah, wischte sie sich die Tränen weg.

«Ange, na komm schon.»

Sie kehrte mir den Rücken zu, damit ich es nicht sehen konnte, und griff nach einem Papiertaschentuch, um sich zu schnäuzen. Sie konnte es nicht ausstehen zu weinen, da sie glaubte, sie würde sich eine Blöße geben, doch sie brach ständig in Tränen aus. «Das ist so abgefuckt. Sie macht alles bloß noch schlimmer. Man macht einen Fehler, man bringt ihn in Ordnung, man begeht ihn nicht wieder, verstehst du?»

«Ja», sagte ich, aber ich war zu ängstlich, um zuzugeben, dass ich nicht mehr wusste, worüber wir redeten. Vermutlich über ihren Freund Myles, denn normalerweise wäre Angel bei ihm, wären die beiden eingesponnen in ihre eigene kleine Welt. Als ich schließlich verstand, was sie gemeint hatte, war es zu spät.

Das Mädchen, bei deren Tod meine Schwester die Finger im Spiel hatte, hieß Birdy Alves. In den Nachrichten wurde sie Beatriz genannt, doch in der Schule nannten alle sie Birdy. Sie spielte Fußball und Softball und arbeitete im D'Angelo in der Granite Street. Sie war zierlich, hatte große Augen und ein herzförmiges Gesicht. Wie Angel war sie beliebt, aber sie kam aus Hopkinton und gehörte einer anderen Clique an.

Um Halloween herum verschwand Birdy Alves. Wochenlang suchte der ganze Bundesstaat nach ihr. Jeden Abend sahen wir ihr Gesicht in den Nachrichten aus Providence. «Sollten Sie irgendwelche Informationen haben», hieß es da, «rufen Sie bitte die Polizei in Hopkinton an.»

Ich liebte meine Schwester. Ich wollte nicht glauben, dass sie mich anlügen würde. Auch jetzt will ich noch glauben, dass sie in jener Nacht, in der unsere Mutter mit dem Feuerwehrmann Russ ausging, versuchte, die Wahrheit zu sagen, dass sie mich davor warnen wollte, so zu werden wie sie. Vielleicht war es so. Noch war nichts passiert. Später würde die Polizei alles mit einem Datum verknüpfen, doch vorerst waren wir zwei Mädchen, die nirgends hinkonnten, an einem Freitagabend allein im Haus. Wir machten Popcorn, kuschelten uns bei ausgeschaltetem Licht auf dem Sofa unter eine Decke und sahen uns *Pizza Pizza – Ein Stück vom Himmel* an, einen der Lieblingsfilme meiner Mutter, hatten die Füße bei der anderen auf dem Schoß und reichten die Schüssel hin und her. Sie war Julia Roberts, ich Lili Taylor. Es spielte keine Rolle, dass sie die Hälfte der Zeit mit ihrem Telefon beschäftigt war. Wir mussten nicht sprechen. Ich wollte ihr auf diese Weise bloß nahe sein, wollte, dass wir beide an denselben Stellen lachten. Sie war die Einzige, die wusste, was wir beide durchgemacht hatten, und ich mochte es, mir vorzustellen, dass wir unzertrennlich waren, dass uns nicht nur Blutsbande zusammenhielten. Wir waren nicht glücklich in jenem Herbst, in jenem verrottenden überschuldeten Haus, mit allem, was wir bereits verloren hatten, und allem, was uns noch bevorstand, aber während ich warm und geborgen unter der Decke meiner Großmutter lag, Popcorn aß und verstohlene Blicke auf meine witzige, schöne Schwester warf, auf deren Gesicht das Licht spielte, wünschte ich mir, wir könnten dort für immer bleiben.

1

Am Samstag muss Birdy ihre normale Schicht arbeiten, zehn bis sechs, zumindest hat sie das allen gesagt. Als sie es ausspricht, klingt es wie ein Alibi, die Zeitangabe zu präzise, obwohl das unnötig ist. Alle kennen ihren Dienstplan.

Letzte Nacht konnte sie nicht schlafen, und das Licht im Bad ist zu grell. Im Spiegel sieht der rote Spitzen-BH, den sie sich für heute aufgespart hat, billig aus, als würde sie sich zu sehr bemühen. Sie knöpft ihre hässliche Uniform zu, bindet sich das Haar zurück, senkt das Kinn, versucht, ihrem Blick auszuweichen. Ihre Augen sind blutunterlaufen und wässrig, so will sie nicht für ihn aussehen, doch jetzt steckt sie in der Falle, ist außerstande wegzuschauen.

Was ist sie bloß für ein Mensch? Zeigt diese Frage nicht schon, dass sie ein Gewissen hat? Sie kann es nicht beantworten und lässt es auf sich beruhen. Sie wird sowieso nicht aufhören, also was soll's? Alles geht schief. Es ist kalt und soll später regnen, ihre Tagträume, Hand in Hand mit ihm am Strand zu gehen, in den Dünen eine Decke auszubreiten und sich zu ihm zu legen, um die Wolken vorbeiziehen zu sehen, sind zerplatzt. Hinter ihr auf der Badematte räkelt sich ihre Cocker-Spaniel-Hündin Ofelia, beobachtet, wie sie sich die Zähne putzt und die Hände eincremt, steht, noch bevor sie fertig ist, auf und trottet zur Tür, wedelt mit ihrem Stummelschwanz, als könnte Birdy sie mitnehmen.

«Weg da. Ich krieg die Tür nicht auf, wenn du mir im Weg rumstehst.» Sie weiß, dass sie gemein ist, aber das macht sie nur noch ungeduldiger. Ofelia kennt doch ihre Arbeitskluft.

In ihrem Zimmer steckt sie ihr Kosmetiktäschchen in die Handtasche und sieht, dass sie noch einen einzigen Streifen Kaugummi übrig hat.

Das Ganze ist eine schlechte Idee. Sie hat sich immer für ehrlich gehalten, nicht für perfekt, aber für im Grunde ihres Herzens gut, und die Leichtigkeit, mit der sie sich in diese neue, rücksichtslose Birdy verwandelt hat, ist verwirrend, als hätte jemand anders die Kontrolle über sie übernommen. Es ist eine Art Besessenheit, eine Kraft größer als sie selbst, die sie über sich hinauswachsen lässt und zugleich hilflos macht. Es lohnt sich nicht, Hector deswegen zu verlieren, doch hier steht sie und ist sich schon selbst abhandengekommen. Manchmal interessiert sie das gar nicht. Manchmal würde sie am liebsten im Nichts verschwinden. Dieses Verlangen macht ihr Angst, genau wie ihr Verlangen nach Myles, das rätselhaft und zugleich überwältigend ist.

Unten näht ihre Mutter im Wintergarten Babykleidung für Birdys neugeborene Nichte Luz und singt, wie früher ihre Großmutter, einen alten Fado vor sich hin. *Mein Freund, ich verlass dich nur ungern.* Die Nähmaschine rattert, bleibt stehen, rattert wieder. Wenn sie sich bloß rausschleichen könnte, ohne ihrer Mutter gegenüberzutreten, denkt sie, aber die Treppe, die Tür, das ganze Haus knarrt. Ofelia, das miese Stück, läuft vor ihr her und verrät sie. Vor jeder einzelnen Stufe muss Birdy überlegen, als hätte sie vergessen, wie man eine Treppe runtergeht.

Die Nähmaschine rattert, während sie ihre bauschige Winterjacke anzieht. Sie könnte gehen, einfach einen Fluchtversuch unternehmen, doch sie steht mit ihren Schlüsseln in der Hand da und wartet, bis die Nadel zum Stillstand kommt.

«Ich gehe», ruft sie.

Mit einem Scharren steht ihre Mutter vom Stuhl auf, kommt auf ihren schlimmen Knien herübergewankt, um sie zu verabschieden, und als sie das Esszimmer durchquert, klirren im Geschirrschrank die Wassergläser. Ihre Mutter ist der klügste Mensch, den sie kennt, eingespielt auf die Stimmungen der ganzen Familie. Sie wusste, dass Josefina mit Luz schwanger war, noch bevor Josefina es wusste. Auch jetzt ist sich Birdy sicher, dass sie Bescheid weiß, umarmt sie zu fest und nimmt demonstrativ ihren blöden Sonnenschild vom Haken. Alles, was sie tut, ist verlogen.

«Zum Abendessen gibt's Hackfleischbällchen. Ich dachte, ich verarbeite das Hamburgerfleisch, bevor es schlecht wird.»

«Gute Idee.»

«Kannst du auf dem Heimweg ein Stück Parmesan besorgen?»

«Klar», sagt sie, obwohl sie weiß, dass sie nicht daran denken wird. Sie müsste sich von ihrem Telefon daran erinnern lassen.

Draußen ist der Himmel heller, als sie erwartet hat, und das Licht versucht, durch die Wolken zu brechen. Im Auto empfindet sie es als Erleichterung, die Sonnenbrille aufzusetzen, als könnte sie sich dahinter verstecken, aber da ist sie noch, im Spiegel, augenlos, außerirdisch. Sie könnte eine Attentäterin aus der Zukunft sein, die kaltblütig ihren Auftrag ausführt, doch sie kann ihre Gedanken nicht stoppen. Im Radio reißt der DJ einen Witz über den Regen, quatscht in den Anfang von Rihannas «Umbrella» rein, und sie schaltet es aus. Als Myles ihr eine Textnachricht schickte, in der er fragte, was sie am Samstag mache, warf sie die Hände in die Luft und tanzte durchs Zimmer, als hätte sie etwas gewonnen. Jetzt muss sie sich bewusst machen, dass die Leute so was ständig tun. Sie ist nichts Besonderes.

Sie fährt, als wäre sie unterwegs zur Arbeit, durch Ashaway, wo Hector schon im Liquor Depot zugange ist. Hier darf man nur vierzig fahren, es wird geblitzt, um den Strandverkehr von der I-95 abzugreifen. Sie will nicht angehalten werden und drosselt das Tempo, als sie am Parkplatz vorbeifährt, in der Hoffnung, dass Hector sie sieht, als Beweis ihrer Unschuld. Sie blickt sich nach seinem Charger mit den teuren Felgen um – sicher geparkt auf der anderen Seite, wo niemand den Lack zerkratzen kann. Als sie noch nicht lange zusammen waren, kam er immer mittags vorbei und nannte ihr seine Bestellung, bis sie ihm irgendwann sagte, das möge sie nicht.

«Was? Ich finde, in deiner Uniform siehst du hübsch aus.»

«Ich sehe nicht hübsch aus, also lass es bleiben, okay? Das meine ich ernst.»

«Okay», sagte er enttäuscht, als wäre sie eine Spaßverderberin. In letzter Zeit gibt Hector ihr das Gefühl, knauserig zu sein, als würde sie ihn wegstoßen, wenn er sie an sich drücken will. Er sagt, er liebt sie. Er will sie irgendwann heiraten, ein Haus voll Kinder haben wie Kelvim und Josefina. Ständig will er irgendwas haben, das sie ihm gar nicht geben will. Wie soll sie erklären, dass sie kaum noch an ihn denkt? Er hört sowieso nie zu. Myles bittet sie, Geschichten von sich zu erzählen, und achtet auf jedes Wort.

Hinter dem Postamt des Ortes wechselt das Tempolimit, jetzt wieder fünfundsechzig, und der ölschwarze Fluss blitzt zwischen den Bäumen hervor, schäumt über niedrige Wehre. Sie ist schon tausendmal an der langen Fabrik und dem Granitwerk mit den ungeschliffenen Grabsteinen vorbeigefahren, warum fallen sie ihr dann heute auf? Es liegt nicht nur an ihrer Stimmung, es ist eine schauerliche Jahreszeit. Das Laub verfärbt sich, bald ist Halloween. Auf der Arbeit haben sie schon dekoriert, das vordere Fenster mit Spinnennetzen aus hauchdünner Baumwolle behängt. Sie stellt sich vor, dort zu sein, sich auf den Mittagsandrang vorzubereiten, die Türen verschlossen, ihre größte Sorge, dass Sandra die Schneidemaschine blockiert.

Sie hat Mr. Futterman erzählt, sie müsse zu einer Hochzeit, um eine Cousine zu schminken. Sie wusste, er würde nichts dagegen haben. Sie nimmt sich sonst nie an Samstagen frei, und die Tagschicht lässt sich problemlos besetzen.

Normalerweise würde sie auf der 3 nach Westerly reinfahren. Jetzt blickt sie in den Rückspiegel, bevor sie den Blinker setzt, um auf die Umgehungsstraße einzubiegen, als würde irgendwer sie verfolgen – nur ein Roto-Rooter-Lieferwagen, der an ihr vorbeirauscht, als sie abbremst und die Auffahrt nimmt. Die Umgehungsstraße ist in beiden Richtungen einspurig, geteilt durch eine Betonschutzwand. Auch außerhalb der Saison herrscht dort dichter Verkehr. Sie fädelt sich hinter einem Pick-up ein, als plötzlich die ersten Regentropfen die Windschutzscheibe sprenkeln.

«Länger warten ging nicht, was?» Sie setzt die Sonnenbrille ab, klappt sie mit einer Hand zusammen und steckt sie mit dem Telefon in den Becherhalter. Erst sind es nur ein paar Tropfen, doch dann wird der Regen stärker und prasselt auf die Scheibe, und kaum ist sie an der Ampel an der Post Road, hat sie die Scheibenwischer auf die höchste Stufe eingestellt.

Der Tag ist verdorben, sie haben alle Vorzeichen gegen sich. Noch kann sie das Ganze beenden, kann sich über den Parkplatz des Stop & Shop schlängeln und zurückfahren, bei Elena vorbeischauen und alles beichten, bevor sie irgendwas Dummes tut, sie können gemeinsam abhängen und über ihre Mission Impossible lachen. *Chica*, was denkst du dir bloß dabei? Ich meine, Myles Parrish, der ist cool – tut mir leid, Hector –, aber was zum Teufel denkst du dir dabei?

Keine Ahnung, denkt Birdy, aber das ist gelogen. Jeder kann sehen, wie ihr Plan ausgehen wird. Sie will bloß nicht die Verantwortung dafür übernehmen, als hätte sie keine andere Wahl.

Die Ampel springt um, und sie fährt geradeaus, an der Einfahrt zum CVS und dem Stop & Shop vorbei. Neben ihr verläuft anderthalb Kilometer lang der Zaun des Flugplatzes, wo die Maschinen abheben, die die Werbebanner für Foxwoods, Narragansett und die Wilcox Tavern hinter sich her ziehen. Im Sommer hat sie hier mit allen möglichen Freunden im Stau gestanden und kennt seitdem jede Toilette. Ursprünglich hatte sie vor, sich im 99 Restaurant umzuziehen, befürchtete aber, jemand könnte sie sehen. Es ist sicherer, es ein Stück weiter hinten zu tun, an dem Park mit den Tennisplätzen, wo sie die Tür verriegeln kann.

Bei dem Regen ist sie dort der einzige Mensch. Auf dem Betonboden sind schmutzige Fußabdrücke, und sie kann ihre Winterjacke nirgends aufhängen. Sie stülpt sie über den Türgriff und sichert den Kragen mit den Riemen ihrer Handtasche. Die Luft ist feuchtkalt, und als sie ihre Uniformjacke auszieht, überläuft sie ein Schauder, und sie bekommt eine Gänsehaut. Sie streift das Top über, das sie mitgebracht hat – ein eng anliegendes, geripptes rotes Velours-Oberteil, das ihm gefällt –, und zupft vor dem Spiegel an den Schultern herum, bis es richtig sitzt. Die Neonbeleuchtung ist matt, und sie beugt sich über das Waschbecken, um den Eyeliner aufzufrischen und Lipgloss aufzutragen, tritt dann einen Schritt zurück, um alles zu beurteilen. In dieser Woche hat sie jede ihrer Entscheidungen im Nachhinein in Zweifel gezogen, und sie ist erleichtert zu sehen, dass das unnötig war. Sie überlegt, ein Selfie zu machen – vorher und nachher –, rollt aber nur ihre Uniformjacke zusammen und stopft sie in die Handtasche, zieht ihre Winterjacke an und bricht aus Angst, zu spät zu kommen, auf.

Zurück im Wagen, lässt sie ihren letzten Streifen Kaugummi knallen, und beim Kauen füllt sich ihr Mund mit süßlichem Saft. Es ist nicht mehr weit. Die Straße ist ihr so vertraut, und dennoch sieht alles fremd aus – riesige Felsen und welker Rhododendron auf beiden Seiten, kaputte Hummerfallen als Briefkästen. Eine ausrangierte Boje liegt rostend in einem Vorgarten, die Unterseite verbeult wie ein alter Topf. Sie erklimmt den letzten Hügel, und plötzlich ist in der Ferne, als dunkle Linie, das Meer zu sehen. Weit draußen ein Sonnenstrahl, der durch eine Wolkenlücke fällt, das Wasser bronzen färbt und auf ein winziges Fischerboot trifft. Als sie sich der Ampel an der Shore Road nähert, springt die im richtigen Moment auf Grün, und sie braust durch. Nachdem es sie so viel gekostet hat herzukommen, kommt ihr das zu einfach vor.

Auf dem letzten Kilometer ist das Land vollkommen flach, von verfallenen Steinmauern begrenzte Wiesen, Teiche und sumpfige Böden, umgeben von zottigem Schilf. Die pastellfarbenen Motels und grauverschindelten Ferienhäuser sind verriegelt, die Einfahrten mit Seilen abgesperrt. KEINE WENDESTELLE, verkündet ein Schild, das an einem weißgetünchten Betonblock befestigt ist, als könnte sie immer noch umkehren. Die Gehsteige sind verlassen, nur ein paar aufgedunsene Möwen hocken mit windzerzaustem Gefieder auf Pfählen. Weiter vorn, wo die Straße auf die Atlantic Avenue trifft, überquert ein Polizei-Geländewagen die Kreuzung, und sie erschrickt. Am Stoppschild wartet sie etwas länger und biegt dann in die andere Richtung, vorbei an einer nostalgischen vierseitigen Uhr, die eine falsche Zeit anzeigt, und plötzlich erstreckt sich vor ihr, hinter den geschlossenen Baseball-Schlagtunneln und der Gokartbahn, ihr Fahrtziel, der große Asphaltparkplatz für den öffentlichen Strand.

Der Parkplatz ist wie eine Rennbahn geformt, ein riesiges Oval mit dem Eingang an der Zielgeraden. Am Governor's Bay Day, wenn der Eintritt frei ist, haben sie und ihre Freunde manchmal stundenlang gewartet, um die Kassenhäuschen zu passieren, sind im Schneckentempo die Leitplanke entlanggeschlichen, um dann kurz vorher abgewiesen zu werden und am Ende noch draufzuzahlen, weil sie bei irgendwem im Garten parken mussten. Heute gibt es keine Warteschlange. Als sie dem Oval der Straße folgt, ist sie überrascht, Menschen zu sehen, doch ein paar Unentwegte sind immer da. In der nächstgelegenen Ecke, direkt hinter der letzten klapprigen Strandbar, drängen sich zwei Wohnmobile an die Dünen, dann kommt lange nichts als Pfützen, Scharen von landeinwärts gedrifteten Möwen, die alle in dieselbe Richtung blicken. Durch die Lücken in den Dünen kann sie die sich brechenden, gischtsprühenden Wellen sehen. Weiter hinten auf dem Parkplatz, auf dieser Seite der Umkleidekabinen, stehen mehrere Wagen. Auch aus der Ferne erkennt sie, dass es größtenteils Pick-ups sind – außerdem würde er allein warten, nicht in der Gesellschaft anderer Leute.

Er ist nicht gekommen, denkt Birdy. Irgendwie hat seine Freundin es rausgefunden – die Freundin, deren Namen sie nicht ausstehen kann, bei dem sie zusammenzuckt, wenn sie ihn im Fernsehen oder, noch schlimmer, in der Kirche hört, die Freundin, die sie sich gegen ihren Willen jedes Wochenende mit ihm vorstellt, im Kino oder auf Partys, auf Sofas rumknutschend, Ohrringe tragend, die er ihr geschenkt hat.

Es interessiert sie nicht, wo die beiden hinfahren oder was sie machen, als würde sein Leben, losgelöst von ihr, keine Rolle spielen. Wenn sie an diese Freundin denkt, überkommt sie eine rettende Leere. Selbst jetzt macht sie in dem Bestreben, sie auszulöschen, ein verkniffenes Gesicht. Sie will sie nicht ausstechen, Birdy wünscht sich vielmehr, sie hätte nie existiert. Der Gedanke, dass sie Myles drei Jahre lang für sich hatte, ist lähmend, ein Fehler, den er, so redet sie sich ein, nur aus Nettigkeit nicht behebt. Sie hat gehofft, der heutige Tag werde ein großer Schritt für sie beide sein, also warum hat sie dann Bauchschmerzen, als sie an den Kassenhäuschen einbiegt und seinen Eclipse allein auf der anderen Seite der Umkleidekabinen stehen sieht?

Ist sie zu spät dran? Wie lange hat er schon auf sie gewartet?

Bei ihm zu sein ist alles, was sie gewollt hat, doch plötzlich kommt es ihr kriminell vor, wie eine Drogenübergabe. Während sie die freien Parklücken überquert, macht sie sich an ihrem Telefon zu schaffen, drückt den Knopf zum Ausschalten, und das Display wird schließlich schwarz. Sie spuckt ihr Kaugummi in ein Papiertaschentuch und stopft das Knäuel in den Aschenbecher, um alles Beweismaterial zu beseitigen.

Als sie neben ihm hält, steigt er aus, spannt einen Regenschirm auf und kommt um den Wagen herum, um sie vor dem Regen zu schützen, wie in dem Song. Er hält ihr die Hand hin, als wollte er sie zum Tanzen auffordern, und sie ergreift sie und tritt in den Wind und die Kälte hinaus, während das Meer hinter den Dünen tost, und noch bevor sie etwas sagen kann, küsst er sie, sein Mund warm, sein Körper fest an sie gedrückt, und sie vergisst alles andere. Sie sind den Blicken ausgesetzt, ihre Wagen, ihre Nummernschilder. Irgendwo beobachtet jemand sie auf Überwachungskameras, doch es ist ihr egal.

«Du hast mir gefehlt», sagt er.

«Du hast *mir* gefehlt», sagt sie und küsst ihn wieder, gierig, als hätte der erste Kuss nicht gereicht.

«Komm.» Er hält ihr die Tür auf, und sie steigt ein, die Wärme und der Duft seines Kirsch-Vanille-Lufterfrischers umhüllen sie. Sie beobachtet, wie er um die Motorhaube herumgeht, greift dann, als wären sie schon seit Jahren ein Ehepaar, über den Fahrersitz und öffnet ihm die Tür.

Wieder küssen sie sich – über die Handbremse hinweg, ihre Körper verdreht, sich einander entgegenbeugend. Seine Hände sind kalt, und ihre Jacke ist im Weg. Sie will sie ausziehen, doch das ist schwierig, es ist zu eng, und ohne etwas sagen zu müssen, da beide finden, dass es unmöglich ist, lösen sie sich voneinander und entspannen sich, nehmen den anderen strahlend in sich auf, erstaunt, dass sie wirklich hier sind, dass sie sich nach all den beschwerlichen Stunden, in denen sie getrennt waren, wiedergefunden haben. Irgendwie ist es witzig, wie einfach alles ist, wenn sie zusammen sind. Der Rest der Welt verschwindet, und alles ist wieder, wie es sein soll. Er schnallt sich an und wartet, bis sie seinem Beispiel gefolgt ist, wendet den Wagen und braust zur Ausfahrt.

«Wohin fahren wir?», fragt sie schäkernd.

Er lächelt sie an, als hätte sie genau das Richtige gesagt. «Wirst du schon sehen.»

Es herrscht viel Betrieb, trotz des Regens. Die Samstage sind immer extrem, und bei diesem Wetter haben die Leute erst recht nichts anderes zu tun, als einkaufen zu gehen. Sie kommen klatschnass herein, die Haare strähnig, von den gelben

Regenmänteln und Schirmen tropft es auf den Teppichboden. Normalerweise würde das Angel nicht stören. Sie mag Regen, und ihr gefällt die Dunkelheit draußen, während es drinnen warm und trocken ist. Und wenn viel los ist, geht der Tag schneller vorbei. Sie und Shayna müssen dann keine Regale aufräumen oder den Parkplatz kontrollieren, wo vorbeifahrende Freunde sie sehen könnten. Sie sitzen hinter der Kasse, albern herum und singen zur Hintergrundmusik, wenn sie gut ist, andernfalls ziehen sie drüber her. Beyoncés «Single Ladies» läuft in Dauerschleife, und Shayna hat versucht, ihr die Moves aus dem Musikvideo beizubringen. Angel steht eher auf Paramore und Fall Out Boy, doch der Refrain ist unwiderstehlich. *If you liked it, then you shoulda put a ring on it.*

Das Problem ist, dass alle Leute Gutscheine benutzen, um sich mit Süßigkeiten für Halloween einzudecken, und einer der Preise auf dem wöchentlichen Prospekt ist falsch. Den ganzen Nachmittag haben sie sich mit ihr wegen der kleinen Snickers-Riegel rumgestritten, haben ihr den Werbeprospekt vor die Nase gehalten, als würde sie sie belügen. Es ist so, wie Shayna sagt: Du darfst nie vergessen, dass der Kunde dein Feind ist.

«Der Druckfehler tut uns leid», sollen sie auf Anordnung von Mr. Fenton den Kunden sagen.

«Tut mir leid, dass Sie so geizig sind», würde Angel ihnen am liebsten entgegenhalten, nur um sie zum Schweigen zu bringen. Es geht um weniger als einen Dollar, und mit dem Gutschein kriegen sie ohnehin schon einen Dollar Rabatt. Was wollen die eigentlich?

«Ich will mit dem Geschäftsführer sprechen», sagen sie, als wäre Angel unter ihrer Würde, und dann muss sie ihn nach vorn rufen, wo er ihnen genau dasselbe erzählt, nur dass sie mit ihm nicht wie mit einem kleinen Kind sprechen, weil er ja einen Penis hat.

«Am Regal steht doch der richtige Preis», beklagt sich Shayna.

«Wir müssen die Prospekte verschwinden lassen», sagt Angel so laut, dass Mr. Fenton es hören kann. «Das wäre hilfreich.»

«Zu spät. Die sind schon am Dienstag rausgegangen.»

«Ich meine die an der Tür. Niemand bringt sie von zu Hause mit.» Was nicht ganz stimmt. Sie hat ein paar zusammengefaltete Broschüren gesehen, auf denen der Snickers-Riegel mit dickem Filzstift umkringelt war, als wäre er eine Art Schatz. Das sind dieselben Leute, die bei einer Rabattaktion die Dove-Duschgel-Regale leerräumen. Wahrscheinlich haben sie davon die Schränke voll, ja eine ganze Garage.

Mr. Fenton kann nicht mal die Prospekte wegräumen, ohne dass er sich bei jemandem rückversichert, doch es ist Wochenende, und während er hinten ist, kommt eine weitere Kundin im Alter ihrer Mutter aus dem Regen herein und steuert auf den Gang mit den Halloweenartikeln zu.

«Geliebte Süßigkeiten», sagt Shayna.

«Das ist doch dumm», sagt Angel, überquert den verschmutzten Teppichboden, schnappt sich den ganzen Stapel und schiebt ihn unter den Tresen.

«Ich glaube, das merkt er.»

«Ist mir egal.»

«Wie wär's, wenn ich die Seite rausschneide?»

«Nein», sagt Angel. «Der Druckfehler ist nicht *deine* Schuld.»

Natürlich kauft die Frau drei Tüten Snickers. Angel informiert sie über den richtigen Preis, bevor sie sich die Mühe macht, alles einzuscannen.

«Hier steht aber was anderes.» Aus der Nähe betrachtet, ist sie älter als ihre Mutter und kleiner, ihre Haare mit Henna, die Augenbrauen schwarz gefärbt. Ihre Brille baumelt an einer Perlenkette, wie bei einer Bibliothekarin.

«Ich weiß, es ist ein Druckfehler. Tut uns wirklich leid. Wollen Sie sie trotzdem kaufen?»

«Der einzige Grund, warum ich im Regen den ganzen Weg hergefahren bin, sind diese Dinger, und jetzt soll der Preis nicht gelten, mit dem Sie geworben haben?»

«Es ist ein Druckfehler. Tut uns wirklich leid.»

«Und was ist mit den anderen Preisen? Stimmen die auch nicht?»

«Soweit wir wissen, ist es bloß dieser.»

«Tja, das passt ja.»

«In der Zeitung gibt's einen Gutschein dafür, mit einem Dollar Rabatt.»

«Das hilft mir jetzt auch nicht, oder?»

Der Scheitel der Frau gibt ihre grauen Haarwurzeln preis. Angel ist etwa dreißig Zentimeter größer als sie, sie ist stark vom Krafttraining beim Volleyball und vom täglichen Plattdrücken der Pappkartons. Trotz des Tresens zwischen ihnen könnte sie problemlos die Hand ausstrecken und die Brillenkette ergreifen, die Frau zu sich heranziehen und ihr dabei die ganze Zeit in die Augen blicken. Vielleicht würde sie dann ihren Ton ändern.

Angel lächelt. «Mal sehen, ob ich einen für Sie dahabe.»

Der mit einem Reißverschluss verschlossene Bankbeutel unter der Kasse ist voll davon, und sie zupft einen heraus und scannt den Strichcode – piep, piep, piep. «In Ordnung? Das macht dann sechs siebenundzwanzig. Haben Sie eine Kundenkarte?»

Die Frau zögert, als wäre das Ganze ein Trick, und holt

dann ihre Karte aus dem Portemonnaie. Wie leicht sich die Leute doch beschwichtigen lassen. «Sie müssen noch den Preis ändern.»

«Wir arbeiten dran», sagt Angel, steckt den Kassenbeleg in die Tüte und hält sie ihr an den Griffen hin. «Danke. Auf Wiedersehen.»

«Ich hab gesehen, was du gemacht hast», sagt Shayna, als sie wieder allein sind.

«Ich weiß, einen pro Kunde. War kurz davor auszurasten.»

«Ich war mir sicher, dass du gleich in die Luft gehst.»

«Das ist es nicht wert.»

Das Ladentelefon klingelt, und bevor Angel reagieren kann, tippt Shayna sich mit dem Finger an die Nase und schüttelt den Kopf.

Es ist Mr. Fenton, und Angel denkt, dass sie jetzt Probleme kriegt. In seinem Büro kann er sie beide auf den Überwachungskameras sehen. Es ist einer ihrer Running Gags, dass er sie anschaut wie einen Pornofilm. Wenn sie eine Paywall einrichten würden, könnten sie eine Stange Geld verdienen.

«Bitte gehen Sie die Prospekte durch, und nehmen Sie die Seite raus. Wenn die Leute extra danach fragen, dann geben Sie's ihnen für den Preis.»

«Den falschen Preis», sagt Angel.

«Genau.»

«Okay», sagt sie, als wäre es verrückt, und erzählt es Shayna.

«Wie ich gesagt hab», sagt Shayna.

«Mein Gott, entscheide dich mal, okay?»

Sie blättern alles durch, nehmen die Seite heraus, falten die Prospekte wieder zusammen und legen sie auf den Stapel neben der Tür zurück. Das Ganze dauert ungefähr fünf Minuten, warum nervt es Angel dann?

Es liegt nicht an der Arbeit oder an diesem Tag. In letzter Zeit ist sie bei allem ungeduldig, sogar wenn es glattläuft. Sie sind im letzten Schuljahr. Nächstes Jahr werden Shayna und Myles und ihre ganzen Freundinnen aus dem Volleyballteam auf dem College sein, und sie wird noch immer mit Marie und ihrer Mutter in Ashaway festsitzen, tagsüber arbeiten und nebenbei aufs Community College gehen. Myles war für sie der Erste, Myles ist für sie der Einzige. Sie weiß, dass sie ihn an irgendein reiches Mädchen verlieren wird, dagegen kann sie nichts machen. In letzter Zeit kann sie nachts nicht schlafen, der Gedanke lässt sie nicht los, hilflos nimmt sie sich ein anderes Kissen, hört ihren Herzschlag in den Ohren und überlegt, ob das für andere ein Grund ist, sich umzubringen.

«Ich hasse mein Leben», sagt sie mit ausdruckslosem Gesicht zu Shayna, während sie beide wie Schaufensterpuppen an der Kasse stehen.

«Ich hasse dein Leben auch», sagt Shayna. «Wenn du willst, kannst du Pause machen.»

Als sie rauchend in der Kälte auf der Laderampe steht, schreibt sie eine Nachricht an Myles: *miss u.* Heute Abend wollen sie sich den Film *Zombieland* anschauen, der irgendwie blöd klingt, aber es läuft nichts anderes. Hinterher werden sie sich mit allen bei Ryan Dineen treffen, Myles wird ein paar seiner Songs spielen, während sie am Lagerfeuer sitzen, er mit gesenktem Kopf, seine Stimme leise vor Schmerz, und Angel wird beobachten, wie die anderen Mädchen seine über die Saiten gleitenden Finger betrachten und sich genauso in ihn verknallen wie sie. Sie wäre lieber allein mit ihm. Wenn es aufhört zu regnen, könnten sie zum Strand gehen und dort selbst ein Feuer machen.

später an den strand?, fügt sie hinzu und drückt auf Senden.

Sie blickt aufs Display, als würde er sofort antworten. Normalerweise meldet er sich schnell, doch er arbeitet gerade, und nach einer Weile gibt sie es auf, raucht ihre Zigarette zu Ende und sieht auf den vorbeirauschenden Verkehr, nach wie vor in der Hoffnung, ihr Telefon könnte klingeln. Bevor sie wieder reingeht, guckt sie stirnrunzelnd noch einmal aufs Display und stellt fest, dass noch drei Stunden vor ihr liegen. Das ist das Problem, wenn man ein Telefon hat, denkt sie. Man weiß immer genau, wie spät es ist.

Sie hat noch nie was gestohlen, bloß ein paar Dollar aus der Handtasche ihrer Mutter. So dürfte sich das anfühlen, denkt Birdy, die in einem fremden Bett an einem Kissen lehnt und beobachtet, wie Myles nackt aus dem Bad zurückkommt, groß und schlank, und am Kamin stehen bleibt, um mit einer schmiedeeisernen Zange das Feuerholz umzuschichten. Die Vorhänge sind geöffnet, das Panoramafenster bietet einen Blick auf das bewegte Meer. Würde es nicht regnen, könnte jeder, der am Strand entlanggeht, ihn sehen – könnte sehen, wie sie beide schamlos miteinander schlafen, wie sie sich auf den Laken räkeln und mitten am Tag Champagner trinken. Sie ist ein Leben lang an diesen Sommerhäusern vorbeigestreift, hat mit ihren Freunden überlegt, welche sie am schönsten finden. Nie hatte sie sich vorstellen können, mal eins von innen zu sehen, nicht auf diese Art.

Das Zimmer ist nicht seins. Er braucht weder ein breites Doppelbett noch zwei Kommoden, geschweige denn diesen nautischen Stil, und auf dem Nachttisch auf ihrer Seite ist alles voll Nippes, darunter auch ein geschnitzter Strandläufer, der auf einem Bein steht. Was hat es zu bedeuten, wenn es das Bett seiner Eltern ist? Sie würde gern glauben, dass sie die

Erste ist, die er hergebracht hat, auch wenn das nicht stimmt. So vieles in der Liebe ist Selbstbetrug.

«Noch was?», fragt er und zeigt auf die Flasche.

«Klar», sagt sie, obwohl sie davon schon Kopfschmerzen hat. Sie hat den ganzen Tag nichts gegessen, aber es ist zu spät, um nach einem Mittagessen zu fragen.

Er legt sich neben sie und erhebt sein Glas, streicht sich das Haar aus dem Gesicht wie Keanu. «Auf uns.»

«Auf uns», sagt sie und sucht seinen Blick, bevor sie einen kleinen Schluck trinkt. Sie hat sich schon so lange nach diesem Moment gesehnt, warum macht es ihr dann Angst? Jetzt, wo er ihr gehört, fürchtet sie, ihn zu verlieren. Sie fürchtet, dass nichts von alldem Wirklichkeit ist.

«Mir ist kalt», sagt sie, damit er sie in den Arm nimmt. Sie zieht das Laken über ihre Köpfe, und die beiden verstecken sich in ihrer eigenen warmen weißen Welt.

Er kann seine Hände nicht stillhalten. Anders als Hector wartet er, bis sie sich in seine Richtung rollt und beide einander das Gesicht zugekehrt haben, miteinander verflochten in sanftem Schaukeln. Wie perfekt alles klappt. Er ist still, also ist sie es auch. Sie nimmt ihn in sich auf, darauf konzentriert, sich seinem Rhythmus anzugleichen, ihn mit Händen und Fersen anzuspornen. Er spannt sich an, ein leises Knurren im Hals, dann sinkt er wieder zurück.

Nase an Nase, so bleiben sie unter der Decke liegen. Er fährt mit dem Finger über den goldenen Anhänger, auf dem ihr Name steht.

«Warum wirst du Birdy genannt?» Sie sind so nah beieinander, dass er nur zu flüstern braucht.

«Als ich klein war, hat mich mein Vater so genannt, weil ich immer gesungen hab.»

«Du hast mir nie erzählt, dass du singen kannst.»

«Kann ich auch nicht.»

«Sing mir mal was vor.»

«Ich kann nicht so singen wie du.»

«Sing, was du gesungen hast, als du noch klein warst.»

Sie wispert ihm ins Ohr: *Soy Oquendo, soy Oquendo, madre si a fi attendo.*

«Was bedeutet das?»

«Das hat keine Bedeutung, es ist bloß ein Reim, den ich mir ausgedacht hab.»

«Das ist schön.» Er singt es ihr nach, tiefer, zu ernst, als wollte er sich über sie lustig machen.

«Hör auf.»

«Es gefällt mir.»

«Scht», sagt sie, und er ist eine Zeitlang still.

«Ich werf das rasch weg», sagt er und gleitet aus dem Bett, um ins Bad zu gehen.

Im Kamin knistert das Feuer. Der Regen zieht auf dem Fenster Schlieren. Draußen brechen sich die Wellen, unermüdlich, einschläfernd. Sie ist dösig vom Champagner und weil sie in der Nacht lange wach war, und als er zurückkommt, liegen sie schweigend und erfüllt da, sein Arm eine angenehme Last, während sie von Traum zu Traum gleitet.

Sie werden von dem Flugzeug nach Block Island geweckt, das übers Haus dröhnt und dann niedrig über dem Wasser fliegt. Das Zimmer ist dunkel, das Feuer nur noch Glut. Einen Augenblick denkt Birdy, sie ist spät dran und ihre Mutter ruft gleich an, um herauszufinden, wo sie bleibt, doch es ist nicht mal halb sechs, und die Sonne geht gerade erst unter.

«Wann musst du zurück sein?», fragt Myles, als hätte er keine Pläne, aber sie weiß ja, dass bei Ryan eine Party steigt. Für einen Moment begreift sie, was für ein Fehler das Ganze ist.

Sie duschen zusammen, eine Vorsichtsmaßnahme, an die sie nicht gedacht hatte, doch ihre Körper fühlen sich danach so warm und frisch an, dass sie auf dem Teppich vorm Kamin noch einmal miteinander schlafen. Der Tag ist vorbei, der Champagner geleert. Es ist Zeit zu gehen. Sie muss ihre Kleidungsstücke zusammensuchen, die wie durch eine Explosion im ganzen Zimmer verstreut sind. Im Spiegel sieht sie wider Erwarten unverändert aus. Er macht das Bett, setzt sich auf die Kante und beobachtet grinsend, wie sie sich anzieht. Als sie fertig ist, stellt sie sich vor ihn und drückt seinen Kopf an ihre Brust, als könnte er ihr Herz schlagen hören und wüsste, was sie empfindet.

«Wann seh ich dich wieder?», fragt sie und spürt, wie er erstarrt. Selbst für sie klingt das wie ein Ultimatum.

«Was machst du am Mittwoch?»

«Arbeiten.»

«Ich muss am Dienstag und Donnerstag arbeiten.»

Mit einer Verabredung am Freitag- und Samstagabend versuchen sie es erst gar nicht, als wären diese beiden Tage tabu. Sie hätte nichts sagen sollen. Sie sollte nicht mal hier sein.

«Was machst du am Sonntag?», fragt er.

Bis zum Sonntag sind es noch acht Tage. «Ich wusste, dass das passiert. Ich bin so doof.»

«Stopp. Nein, bist du nicht.» Er zieht sie an sich. «Was machst du morgen?»

Morgen. Wie bereitwillig sie dieses Geschenk – egal, was sie zu tun hat – als Beweis ansieht, dass sie beide das Gleiche wollen. Sie klammert sich an das Versprechen, während sie ihm nach unten folgt und er, als sie gehen, das Licht ausschaltet und abschließt. Er hat seinen Wagen in der Garage geparkt, und noch bevor er den Schalter für das Rolltor betätigen kann, gibt sie ihm einen Kuss, um sich dafür zu entschuldigen, dass sie die Stimmung zerstört hat. Wie soll sie erklären, dass sie nicht weiß, was sie tut?

«Wofür war der denn?», fragt er.

«Nichts.»

Draußen ist es schon dunkel, und es regnet noch, längliche Tropfen, die das Scheinwerferlicht zerteilen, der große Salzwasserteich zu ihrer Rechten nur Leere. Heizung und Lufterfrischer, wegen beidem ist es im Wageninneren stickig. Er schaltet hoch und legt die Hand auf ihren Schenkel, und sie bedeckt sie mit ihrer. Sie könnten in ein Restaurant unterwegs sein, den ganzen Abend noch vor sich haben. Eigentlich müsste sie sich schämen, doch statt sich schuldig zu fühlen, ist sie stolz, als hätten sie zusammen etwas Unglaubliches geschafft. Während sie im Dunkeln durch Pfützen platschen und das Haus hinter sich lassen, vermisst sie bereits den Kamin und den Blick aus dem Zimmer. Falls sie beides nie wiedersieht, hat sie es zumindest für ein paar Stunden erlebt.

«Ich hör dich gern singen», sagt er.

Weiß er überhaupt, was er ihr antut? Wie soll sie nach Hause fahren und so tun, als wäre sie bloß auf der Arbeit gewesen?

«Morgen kannst du mir was vorsingen», sagt sie.

«Meinetwegen.» Ein weiteres Versprechen, an dem sie sich festhalten kann.

Vor ihnen, von hinten beleuchtet, taucht der schwarze Bau des Karussellpavillons aus der Dunkelheit auf. Sie kommen an den Wohnmobil-Stellplätzen, dem Water Wizz und der Minigolfanlage vorbei, die für den Rest des Jahres geschlossen ist, und auf der anderen Seite stehen die Umkleidekabinen und, als Einziger, ihr Wagen. Myles drosselt das Tempo und biegt an den Kassenhäuschen ein.

Sie will ihm bloß einen Abschiedskuss geben, doch sie wissen nicht, wie sie aufhören sollen. Sie umklammern sich wie zwei Boxer. Aus Unbekümmertheit wünscht sie sich, er würde an ihrem Hals Knutschflecke hinterlassen.

«Das ist nicht fair», sagt sie scherzhaft.

«Ich weiß. Ich schreib dir später.»

Ein letzter Kuss, dann noch einer. «Hör schon auf.»

«Hör du doch auf.»

«Fahr jetzt.»

«Mach ich.»

Er steigt diesmal nicht mit dem Regenschirm aus, und das geht ihr durch den Kopf, als sie ihren Wagen anlässt. Zumindest wartet er auf sie. An den Kassenhäuschen trennen sich ihre Wege. Sie hupt, er hupt zurück. Im Spiegel werden seine Rücklichter immer kleiner und verschwinden dann um die Kurve, hinter ihr ist nur noch Nacht.

Sie hält an dem Stoppschild, obwohl kein Polizist zu sehen ist. Die alte Uhr geht immer noch falsch. Nachdem sie sich so nah waren, ist es seltsam befreiend, allein zu sein, und ihr Kopf leert sich, kommt endlich zur Ruhe.

«Myles, Myles, Myles, Myles», sagt sie, als wäre es ein Zauberspruch. In ihrem Innern keimt ein winziger Samen. Sie weiß, dass sie sich nichts erhoffen sollte. Doch sie hat schon alles Mögliche getan, was sie nach eigenem Bekunden nie tun wollte, warum sollte sie dann jetzt aufhören?

Bei den Tennisplätzen macht sie sich nicht die Mühe, zu den Toiletten zu gehen, sondern schnallt nur den Gurt ab und streift ihr Oberteil über den Kopf. Es ist kalt, und das Oberteil riecht nach Rauch. Sie hat sich nicht die Haare gewaschen und fragt sich, ob sie auch nach Rauch riechen. Während sie im Schatten ihre Uniform zuknöpft, denkt sie, sie sollte froh sein, dass sie all das nicht besonders gut kann, aber plötzlich fühlt sie sich noch schlechter, als wäre sie bereits ertappt worden.

Bevor sie weiterfährt, kann sie nicht widerstehen, ihr Telefon einzuschalten – noch ein Fehler. Sie rechnet mit einer Sprachnachricht von Hector, mit Fragen, die sie zwingen, sich eine Erklärung einfallen zu lassen, doch da ist bloß die Erinnerung, Parmesankäse einzukaufen.

Sie hat genug Zeit, das Stop & Shop ist nur ein Stück die Straße entlang, warum macht es sie dann so müde?

Im Laden ist es zu hell und zu voll, Leute wie sie besorgen auf den letzten Drücker Zutaten fürs Abendessen. Die vielen Menschen und die Warterei an der Expresskasse nehmen dem Tag den letzten Rest Romantik, und auf einmal macht sie sich Gedanken über den nächsten Tag und fragt sich, ob Myles sich nur mit ihr treffen will, weil sie ihn dazu gedrängt hat. So hatten sie sich das Ganze nicht vorgestellt. Sie würde ihm am liebsten schreiben, dass es okay ist, wenn sie sich morgen nicht sehen, aber das stimmt nicht – es ist genau das, was sie will.

«Hallo, Birdy, hübsches Outfit.» In der Schlange hinter ihr steht Mikayla in ihrem PetSmart-Top mit einem Armvoll Tortillachips.

«Hallo, Mikayla.» Sie sind eigentlich nicht befreundet, sie sind bloß zusammen im Sportunterricht und in der Studienzeit. Sie ist ganz nett, doch Birdy hat schon immer gefunden, dass sie wie Myles' Freundin aussieht, groß und blond mit perfekten Zähnen, nullachtfünfzehn eben.

«Gehst du später noch zu Ryan?»

«Nicht wenn es so regnet.»

«Verstehe.»

Die Kassiererin ist schon uralt und beherrscht das Einscannen nicht. Schließlich ist Birdy an der Reihe. Sie bezahlt bar und braucht keine Tüte.

«Vielleicht bis später», sagt Mikayla.

«Vielleicht.»

Sie flüchtet mit dem Käse in die Nacht hinaus und lässt ihn fast fallen, als sie versucht, einhändig die Tür zu öffnen. Wenn es so weitergeht, dann kriegt sie das Ganze bestimmt nicht hin. Und das hier ist nur das erste Mal.

Wieder unterwegs, zurück in der Anonymität, schüttelt sie den Kopf über die Sache, verdreht die Augen und muss über sich lachen. Warum sollte irgendwer vor der hübschen, langweiligen Mikayla Angst haben? Und dass Mikayla sie gesehen hat, passt sogar zu ihrem Alibi. Alles ist in Ordnung, und als sie an der Radarfalle in Ashaway und am Liquor Depot das Tempo drosselt, steht Hectors Charger, genau wie erwartet, nicht mehr da. Kaum hat das Tempolimit wieder gewechselt, tritt sie aufs Gas, um mit der langen Autoschlange in Richtung I-95 Schritt zu halten. Sie hat an den Käse gedacht und wird pünktlich zu Hause sein. Zumindest vorerst ist sie noch mal davongekommen.

Carol sollte schon Feierabend haben und auf dem Heimweg sein, um sich für ihre Verabredung fertig zu machen, doch Mrs. Landrum ist dehydriert und will nicht essen, und sie kann erst gehen, wenn sie sie beruhigt haben. In letzter Zeit kommt das öfter vor, sogar mit der Schonkost. Nach ein, zwei Löffeln Fleischbrühe fängt sie an zu schnauben und greift sich mit beiden Händen an die Kehle, als wollte jemand sie erdrosseln. Wackelpudding, Haferbrei, Kürbispüree – alles löst bei ihr einen Würgreflex aus. Die Ernährungsberaterin sagt, es hat nichts mit dem Essen zu tun. Die Muskulatur der Speiseröhre wird schwächer. Entscheidend ist die Körperhaltung. Sie muss sich aufsetzen, das Kinn anziehen, die Speiseröhre schön geradestrecken – schwer zu bewerkstelligen, wenn sie noch verwirrter ist als sonst.

Gegen die Dehydrierung benutzen sie eine Kochsalzlösung, gegen die sie sich wehrt, weil die Nadel riesige blaue Flecke hinterlässt, die tagelang wehtun. Wenn sie sieht, dass Carol den Tropf anlegt, schreit sie schon wie ein kleines Kind.

«Tut mir leid, meine Liebe», sagt Carol und dreht ihr Handgelenk um. «Ich mach's ganz schnell, versprochen.»

Sie wird die Übeltäterin sein. Sie ist es gewohnt, und ob gerechtfertigt oder nicht, in der Nachtschicht vertraut sie keinem. Man sehe sich nur diesen Abszess an. Es grenzt an ein Wunder, dass die Familie das Heim nicht verklagt hat.

«Halten Sie meine Hand. Fester. So ist es gut.»

Ihre Haut ist wie Reispapier, fast durchsichtig. Es ist nicht nötig zu drücken – das ist der Fehler, den die jüngeren Pflegerinnen machen, sie schieben die Nadel zu tief hinein und durchstoßen Gewebeschichten. Der Trick ist, die Nadel flach zu halten, sie in die Vene einzuführen, als zupfte man einen Splitter heraus.

«So, fertig», sagt Carol und legt die Hand auf Mrs. Landrums Schulter, doch sie lässt sich nicht trösten.

«Warum tun Sie mir weh?», fragt sie flehentlich.

Wenn es schlimme Fälle sind, fällt Carol manchmal keine ehrliche Antwort ein, doch zu denen gehört Mrs. Landrum nicht. Bei guter Pflege kann sie noch jahrelang leben. «Sie müssen rehydriert werden. Das hier hilft Ihnen dabei.»

«Wo ist meine Tochter? Ich will, dass meine Tochter hier ist.»

«Ich weiß, meine Liebe. Ich bin ja da. Ich sorge dafür, dass Sie etwas zu essen bekommen.»

Während sie das Fußpedal zum Anheben des Bettes betätigt, blickt sie auf ihre Uhr. Russ holt sie um sieben ab. Hoffentlich ist noch eine Tiefkühlpizza in der Gefriertruhe, sonst hat sie für ihre Töchter nichts zum Abendessen.

Mrs. Landrum starrt ins Leere, und Carol wedelt mit der Hand, um sie zurückzuholen. «Alles klar, Vera? Wollen Sie ein bisschen Rahmspinat?»

«Ich probier's.»

«Und? Ist es so besser?»

Mrs. Landrum nickt und schluckt.

«Na also.»

Sie isst im Schneckentempo, jeder Bissen eine Inszenierung. Carol ist schon spät dran, bleibt aber neben ihr sitzen und füttert sie, Löffel für Löffel, wie ein kleines Kind. Wer wird das mal für sie tun? Niemand, denkt Carol. Im Gegensatz zu Tante Mil, die im ersten Stock wohnt, könnte sie sich das Elms nicht leisten. Mrs. Landrum ist Millionärin. Ihr Ehemann besaß in Stonington eine Lackfabrik, die noch in Betrieb ist. An der Wand hängt ein Foto von ihm am Steuer einer Jacht, mit Kapitänsmütze und rauchender Pfeife. Carol hat hier ihr ganzes Leben verbracht und war nur einmal auf so einem Boot, als sie bei einer Hochzeit in Watch Hill ausgeholfen hat. Sie fuhren kurz vor Sonnenuntergang nach Napatree Point raus, und als sie zurückkamen, glitzerten die Lichter des Jachtklubs auf dem Wasser. Auch nachdem sie den ganzen Abend Horsd'œuvres gereicht hatte, musste sie zugeben, dass es traumhaft war.

Als Mrs. Landrum aufgegessen hat, ist der Tropf halb leer.

«Schätze, ich hatte Hunger», sagt sie.

«Sieht so aus», sagt Carol, macht Mrs. Landrum sauber und hilft ihr, sich wieder hinzulegen. Wenn sie jeden Bewohner auf diese Weise behandelt, so ihre Hoffnung, werden die anderen bei Tante Mil vielleicht die gleiche Sorgfalt walten lassen, obwohl das im Widerspruch zu ihren in zwanzig Jahren gemachten Erfahrungen steht. Doch auch sie muss manchmal für mehr Geduld beten.

Auf der Heimfahrt im Nieselregen denkt sie, dass die Welt ungerecht ist. Sie will nicht, dass ihre Töchter mal für sie sorgen müssen. Sie wünscht sich, dass sie aus Ashaway rauskommen und eigene Familien gründen, doch wie genau das passieren soll, kann sie sich nicht vorstellen. Angel sieht gut aus, ist aber unbeherrscht. Marie ist intelligent, hat aber vor allem und jedem Angst, woran sie und Frank zu gleichen Teilen schuld sein dürften. Zunächst geht es darum, die beiden durch die Highschool zu kriegen und ihnen so gut wie möglich mit dem College zu helfen, was in ihrem Fall kaum klappen wird, wenn es zu keiner großen Veränderung kommt. Als jemand, dessen Träume sich nicht erfüllt haben, hält sie die Zukunft für etwas, das sie nicht beeinflussen kann, für etwas Willkürliches, ja sie glaubt, ihrer aller Leben ist vom Zufall abhängig, selbst wenn sie alles richtig machen.

Es ist noch eine Pizza da, sie braucht also keine zu bestellen. Angel will noch weggehen und hat im Bad ein ziemliches Durcheinander hinterlassen, was einen Streit auslöst, für den Carol keine Zeit hat. «Das ganze Haus ist ein einziges Chaos», ruft sie vom Treppenabsatz, «weil niemand außer mir hier irgendwo saubermacht.» Das ist ihre Rolle – Mom, der Bulldozer, Mom, das zänkische Weibsstück.

Oben schließt sie ihre Zimmertür hinter sich und zieht ihre Arbeitskleidung aus. Das Kleid, das sie tragen wollte, ist an der Taille zu eng, und sie wirft es aufs Bett und probiert ein anderes an, entscheidet sich dann aber für ein altes Lieblingsteil, schwarz mit rundem Ausschnitt. Es ist ihre zweite Verabredung, und nach der ersten im Ella's vermutet sie, dass er sie in ein gutes Restaurant ausführen will. Cocktails, eine Flasche Wein zum Essen, vielleicht bei ihm noch ein Absacker, aber das wird sie schon sehen. Nach einem Tag wie diesem braucht sie Abwechslung.

Keine ihrer Töchter äußert sich über ihr Kleid oder ihre Ohrringe. Sie haben beides schon gesehen.

Die Pizza allein wird wohl nicht genug sein, doch sie hat keine Salatzutaten, nur ein bisschen alten Krautsalat, und entschuldigt sich für das dürftige Abendessen.

«Ich mag Pizza», sagt Marie, die mit allem einverstanden ist, was Carol ein noch schlechteres Gewissen macht.

«Für mich ist's egal», sagt Angel, die mit ihrem Telefon rumspielt und den Fernseher ignoriert. «Ich geh nachher noch weg.»

«Du musst was essen.»

«Mach ich schon.»

«Kannst du mir mal helfen?», fragt Carol Marie, reicht ihr die Halskette und hebt hinten das Haar an, damit sie den Verschluss einhaken kann. «Danke. Wie sehe ich aus?»

«Hinreißend», sagt Marie, ein Wort, das sie in einem alten Film aufgeschnappt hat.

«Dann ist das euer drittes Date?», fragt Angel.

«Das zweite.»

«Du hast das erste nicht mitgezählt.»

«Spiel dich nicht so auf.»

«Für ein drittes Date sieht es ganz okay aus.»

«Was soll das heißen?»

«Das heißt, du siehst gut aus, ohne dir besondere Mühe gegeben zu haben.»

«Na, vielen Dank.»

«Du siehst hübsch aus, Mom», sagt Marie.

«Danke, Mimi. Morgen nach der Kirche fahre ich Lebensmittel einkaufen, falls ihr also irgendwas haben wollt, schreibt es auf die Liste.»

Ihr Friedensangebot führt zu einem seltenen Waffenstillstand, und für ein paar Minuten, in denen sie auf das Klingeln des Backofentimers warten, sind alle drei zusammen, ein Zustand, der noch kostbarer ist, weil er nicht von Dauer sein kann. Carol schenkt sich ein Glas Wein ein, tritt hinters Sofa und bewundert ihre Töchter, die so viel mehr verdient haben, als sie ihnen geben kann. Sie kann noch immer die Hand auf Maries Schulter legen, ohne dass sie sich wegdreht. Ihr Nesthäkchen, schon dreizehn – aber unschuldige dreizehn, anders als Carol in ihrem Alter, die Gras geraucht und sich am Teich unterhalb des Friedhofs mit Jungs getroffen hat. Sie hat sich immer Sorgen gemacht, dass Angel so ungezügelt sein würde wie sie. Doch diese Generation ist zahm, groß geworden mit Anti-Drogen-Aktionen und der Forderung, dass man am Steuer stets nüchtern sein muss. Nicht mal mit Anfang zwanzig war Carol so verantwortungsvoll. Auch jetzt bekifft sie sich noch hin und wieder, trinkt zu viel und schläft mit dem falschen Mann, doch wenn sie irgendwas davon bereut, dann ist das ihre Sache, nur ihre. Für ihre Töchter wünscht sie sich etwas Besseres.

Draußen biegt ein Wagen in die Einfahrt, die Scheinwerfer streichen über die vorderen Fenster. Der Pizzatimer klingelt, dann Angels Telefon, und Carol zögert kurz. Es ist Myles in seinem aufgemotzten Eclipse. Er erinnert Carol an Frank, als der in seinem Alter war, hoch aufgeschossen und schmal an den Hüften – immer auf der Suche nach der nächsten Vergnügung bretterte er in seinem frisierten Camaro durch die Gegend. Obwohl die beiden schon ewig zusammen sind, traut ihm Carol nicht. Sein reiches Elternhaus macht es noch schwerer zu glauben, dass er es ernst meint. Sie befürchtet, Angel könnte den gleichen Fehler machen wie sie. Auch sie hat nicht auf ihre Mutter gehört.

«Wann kommst du nach Hause?»

«Spät.»

«Nicht zu spät. Schick mir eine Nachricht, wenn es später als Mitternacht wird.»

«Es wird später als Mitternacht.»

«Dann schick mir eine Nachricht.»

«Mach ich.»

«Gib auf dich acht, mein Schatz.»

«Du auch», sagt Angel, um das letzte Wort zu haben, und schließt die Haustür.

Carol holt die Pizza aus dem Backofen und lässt sie ein paar Minuten abkühlen. Marie sitzt auf dem Sofa und sieht sich einen Naturfilm über Gnus an, die einen Fluss durchqueren, hat eine Decke über den Beinen, als wäre sie eine alte Frau. Sie war den ganzen Tag allein zu Hause, und Carol hat ein schlechtes Gewissen, weil sie schon wieder weggeht. Sie würde gern vorschlagen, dass Marie den Abend bei ihrer Großmutter verbringt, befürchtet aber, sie könnte es in den falschen Hals bekommen. Sie braucht keinen Babysitter.

«Kommst du hier klar?»

«Ja», sagt Marie gleichgültig. «Wann bist du zurück?»

«Nicht so spät. Aber du brauchst nicht auf mich zu warten.»

Denn das wird sie tun. Carol wird sie bei laufendem Fernseher schlafend unter der Decke vorfinden und sie nach oben führen müssen wie eine Schlafwandlerin. Am Morgen wird sich Marie an nichts mehr erinnern, nur daran, dass sie nicht nach Hause gekommen ist.

Russ ist pünktlich, er parkt, klingelt an der Tür wie ein normaler Mensch und winkt Marie aus der Diele zu, als hätte er noch nie einen Fuß ins Haus gesetzt. Carols Ahnung war richtig. Er trägt Jackett und Krawatte, und sie stichelt herum, weil er ihr nicht gesagt hat, dass sie in ein schickes Restaurant gehen. Sie nimmt ihren guten Mantel, ihre Schlüssel und ihre

Handtasche, gibt Marie einen Abschiedskuss und vergewissert sich, dass die Tür hinter ihr ins Schloss gefallen ist.

Sie kennt den Wagen nicht, den Russ fährt, einen riesigen schwarzen Cadillac-SUV. Er muss ihr beim Einsteigen helfen, übers beleuchtete Trittbrett, da es in Stöckelschuhen nicht einfach ist. Das Leder riecht neu. Wegen seines Anzugs und der Krawatte fragt sie sich, ob er nach Feierabend Limousinenchauffeur und die Fahrt eine Dreingabe ist.

«Schickimicki.»

«Ich hab gedacht, der passt besser zu dem Ort, wo wir hinfahren.»

«Und wo ist das?»

«In Ledyard.» Gemeint ist das Casino.

«Ich bin keine große Glücksspielerin», sagt sie in der Hoffnung, dass er nicht enttäuscht ist.

«Ich auch nicht, ich esse bloß gern. Es gibt da ein neues Steakrestaurant von diesem Kerl aus *Top Chef*, das gerade erst aufgemacht hat.»

Sie hat sich diese Koch-Show schon manchmal angesehen und stellt sich vor, wie Russ zu Hause allein vor dem Fernseher sitzt, genau wie Marie mit ihren Gnus. Er ist geschieden, also hat er sie sich vielleicht mit seiner Ex angeschaut. Genau wie der Wagen ist es ihr ein Rätsel. Wie wenig sie von ihm weiß, und doch fühlt sie sich bei ihm sicher, vielleicht weil er älter und taktvoll und klug ist. Nach den letzten Idioten hält sie es für ein gutes Zeichen, dass er eigentlich nicht ihr Typ ist.

Am Casino gleitet er an den Parkplätzen vorbei direkt zum Haupteingang, lässt den Wagen für den Mann vom Parkservice laufen und hilft ihr heraus. Sie nimmt seinen Arm, und vor ihnen öffnet sich automatisch die Tür. Drinnen ist es hell und belebt wie in einem Einkaufszentrum, die Luft tropisch, ein Wasserfall stürzt drei Stockwerke tief in ein

Becken voller dicker Kois. Die Fußböden sind aus Marmor, die Wände der Halle, die sie durchqueren, aus Chrom und Glas, an den Seiten Designerläden, die auf betuchte Glücksspieler abzielen: Versace, Burberry, Prada. Obwohl das Restaurant gerade erst aufgemacht hat, scheint Russ zu wissen, wo er hinmuss, er nimmt eine Abkürzung durch einen mit Teppichboden ausgelegten Raum, in dem rasselnde Spielautomaten stehen, biegt an der blinkenden Laufschrift der Arena, in der das Frauen-Basketballteam spielt, rechts ab, dann nach links in eine Sackgasse, und da ist es plötzlich, das Craft, brechend voll, wartende Gäste schlendern draußen in Gruppen umher, alle in Abendkleidung.

Russ steuert auf das Pult zu. Der Oberkellner hat ihre Reservierung vorliegen und überlässt sie einer Begrüßungsdame, von der Statur her eine Ballerina, die sie an dem Geschepper und den auflodernden Flammen in der offenen Küche vorbei durch den lauten Hauptsaal zu einem abgeschiedenen Ecktisch führt. Alles ist in hellem Holz und schwarzem Leder gehalten, die Weingläser auf dem Tisch sind überdimensional und sehen zerbrechlich aus.

Auf der Speisekarte, die der beschürzte Kellner ihr überreicht, stehen keine Preise. Als er gegangen ist, dreht sie die Karte um, um es Russ zu zeigen.

«Ist alles kostenlos», sagt er und spreizt die Hände, und als sie nach seiner Karte greift, um nachzusehen, zieht er sie weg. «Ich hab das Restaurant ausgesucht, und du bist eingeladen.»

«Okay», sagt sie skeptisch. «Nächstes Mal entscheide ich, wo wir hingehen.»

«Dagegen ist nichts einzuwenden.»

Sie bestellen die extravaganten Hauscocktails ohne Namen – Tequila für sie, Bourbon für ihn –, doch sie kann es nicht dabei bewenden lassen. Sie beugt sich vor, damit niemand sie hören kann. «Und, wie teuer? Was ist denn das Teuerste?»

«Das willst du nicht wissen.»

«Doch.»

«Das Wagyu-Ribeye-Steak für zwei Personen.»

«Wie viel kostet es?»

«Bist du bereit?»

Sie nickt und macht sich darauf gefasst, etwas von hundert, hundertfünfundzwanzig Dollar zu hören.

«Marktpreis.»

«Du bist ein Schuft.»

Er bedeckt die anderen Preise, um es ihr zu zeigen.

«Du bist trotzdem ein Schuft.»

«Willst du es bestellen? Ich teile es mir mit dir.»

«Nein. Ich steh nicht auf große Ribeye-Steaks. Ich hätte lieber ein Filet.»

«Da stimme ich dir zu», sagt er. «Das Filet ist ein perfektes Steak.»

In ihrem Cocktail sind Ananassaft, Jalapeño und ein Rosmarinzweig enthalten, und als das Brot kommt, hat sie ihn schon ausgetrunken. Sie bestellen eine zweite Runde und dann eine Flasche Rotwein, die der Kellner in eine becherglasartige Karaffe gießt. Russ erhebt sein Glas, und sie stoßen an – «salut». Schon nach dem ersten Schluck weiß sie, dass der Wein besser ist als alles, was sie sich leisten kann.

Ihr Filet kommt auf einem Holzbrett, blutig, schon in Scheiben geschnitten, eine Darreichung, die sie noch nie gesehen hat. Zusammen mit den sautierten jungen Champignons und den Blauschimmelkäsewürfeln hat Ross noch Rahmspinat als Beilage bestellt, was ihr Mrs. Landrum ins Gedächtnis ruft, doch er schmeckt herzhaft und salzig, bei Weitem der beste, der ihr je untergekommen ist. Sie versucht, nicht an

Marie und ihre Pizza zu denken oder daran, dass Angel mit Myles durch die Stadt kutschiert.

Der Kellner schenkt nach und leert die Karaffe.

«Wollen wir noch eine Flasche?», fragt Russ, als wäre es ihre Entscheidung.

Sie sieht ihm an, wozu er tendiert, sein Blick beschwingt, der Abend ist ja auch wirklich schön. Vielleicht wird sie es morgen bereuen, doch im Moment, beim Verzehr ihres perfekten Steaks, in dem pulsierenden Saal voller schöner Fremder, ist sie glücklich und für ein paar Stunden losgelöst von allen, die auf sie angewiesen sind.

«Ja», sagt sie. «Das wollen wir.»

Marie weiß, dass sie nicht die ganze Pizza aufessen sollte, aber das ist schwierig, wenn nichts anderes zu tun ist und sie direkt hinter ihr auf dem Schneidebrett liegt, immer noch warm. Pizza ist eins ihrer Hauptnahrungsmittel, zusammen mit tiefgekühltem Hähnchenfleisch und Swanson-Pasteten, ein schnell und einfach zuzubereitendes Abendessen, das ihre Mutter in den Backofen schieben kann, wenn sie nach Hause kommt. Normalerweise teilt Marie sich die Pizza mit ihrer Mutter oder mit Angel, je nachdem, wer von beiden keine Verabredung hat, doch an manchen Abenden, wie heute, gehen beide aus, und sie muss allein essen. Es ist eine Falle. Morgen wird ihre Mutter fragen, ob noch was übrig ist, damit Marie es aussprechen muss, obwohl ihre Mutter doch bloß im Kühlschrank nachzusehen bräuchte. Marie muss mindestens zwei Stücke übriglassen, das klingt nicht schwer, doch sie guckt gerade Fernsehen, und in jeder zweiten Werbung geht es um Fast Food – McDonald's, Taco Bell –, bis schließlich, als wäre es ein Zeichen, ein Werbespot für die neue Pizza mit gefüllter

Kruste von Pizza Hut läuft – *Niemand überPIZZAt die Hut* –, und es sie mit ihrem Teller in die Küche treibt.

Sie lässt die beiden kleinsten Stücke übrig, nimmt sich eine lose Scheibe Salami vom Rand und macht es sich wieder auf dem Sofa gemütlich. Sie ist eine schnelle Esserin, ihre Mutter sagt immer, sie soll sich mehr Zeit lassen, aber jetzt ist niemand da, der sie beobachten kann. Mit beiden Händen klappt sie das Pizzastück zu einem V, führt es an die Lippen und schiebt es sich in den Mund wie einen Baumstamm in eine Kreissäge, verschlingt einen fettigen Bissen nach dem anderen, bis ihre Wangen voll sind und sie durch die Nase atmen muss, um kauen zu können. Die Pizza selbst ist zwar ziemlich mies, doch es ist dieses Gefühl, das sie so schön findet, das Gefühl, überwältigt zu werden, in Wonne zu schwelgen, das sie auch hat, wenn sie sich in der Dusche selbst berührt – gefolgt von derselben Scham, denselben Versprechungen, sich zu ändern, und den unvermeidlichen Schuldgefühlen, wenn sie sich trotzdem wieder hinreißen lässt. Sie weiß, es ist ein Rausch, der sich nicht gehört, doch sie kann nicht anders, als sich danach zu sehnen.

Sie hat sich gerade das zweite Stück in den Mund gesteckt, als draußen ein Wagen hält. Sie fühlt sich ertappt und denkt, es sind ihre Mutter und Russ. Sofort springt sie auf, um ihren Teller ins Spülbecken zu stellen, stolpert über die Decke und erstickt fast an dem Teigpfropf, sodass ihr Tränen in die Augen schießen. Sie spuckt alles in den Abfluss des Schredders, rennt zum Sofa zurück und tut, als würde sie fernsehen.

Ein Schlüssel knirscht im Schloss, die Tür geht auf, und es ist Angel mit Myles im Schlepptau, der einen Schnapskarton dabeihat, den er zu verbergen versucht.

«Gott, habt ihr mich erschreckt. Ich dachte, es wäre Mom.»

«Ich hab was vergessen», sagt Angel und bleibt hinter dem Sofa stehen, um ihr die Sicht zu versperren, während Myles nach oben geht.

«Ach ja?», sagt Marie und beobachtet ihn demonstrativ. «Was denn?»

«Das ist nicht dein Bier.»

«Wohl eher Schnaps.»

«Das findest du wohl witzig, was?», sagt Angel und folgt ihm die Treppe hinauf.

Marie hört, wie sich die Zimmertür schließt, und starrt an die Decke, als könnte sie die beiden zu Angels Bett gehen sehen. Sie weiß, was sie machen. Sie hat schon Pornos gesehen. Angel hat ihr sogar ein Schwanzfoto gezeigt, das ihr jemand als Gag aufs Telefon geschickt hat. Das hat sie ihrer Mutter nie erzählt, weil die eine Riesensache draus machen würde. In ihrer letzten Wohnung kam Myles mal mit seiner Gitarre vorbei, als ihre Mutter mit Wes aus war, und Angel sagte, sie solle im anderen Zimmer fernsehen. Es ist nichts, was Marie sich gern vorstellt, genauso wenig, wie sie sich ihre Mutter mit Russ oder sonst wem vorstellt, auch nicht mit ihrem Vater. Das Ganze ist doch schräg. Was sagen sie zueinander, wenn es vorbei ist?

Es ist nur eine Minute verstrichen, als die Tür wieder aufgeht und Myles allein herunterkommt. Marie ist sich sehr bewusst, dass sie allein sind, und konzentriert sich auf den Fernseher. Mit seinen grauen Augen und seinem unbeschwerten Lächeln kommt er ihr schön vor, wie ein verkleideter Prinz. In ihrer Naivität denkt sie, er weiß nicht, dass sie in ihn verknallt ist.

«Marie, die Kleine, die hat so schöne Beine, doch was hat sie für mich?»

«Nichts.»

«He, Pizza», sagt er und nimmt sich ein Stück. «Was hast du sonst noch vor heute Abend?»

«Nichts.»

«Mit dir ist es echt unterhaltsam, egal, was die anderen sagen. Laufen denn keine Horrorfilme?»

«Die machen mir Angst.»

«Das ist gut – die sollen Endorphine freisetzen.» Er stopft sich das letzte Stück Kruste in den Mund und streicht mit den Händen übers Spülbecken. «Hast du *Shining* gesehen? Den musst du dir unbedingt anschauen.»

«Den braucht sie nicht zu sehen», sagt Angel, die die Treppe herunterkommt. «Sie ist ganz allein in einem gruseligen alten Haus, das in einer beschissenen Kleinstadt neben einer verlassenen Fabrik steht. Also ist sie schon in einem Stephen-King-Film.»

«Ta-taa», sagt Myles.

«Danke», sagt Marie. «Das ist sehr hilfreich.»

«Wir waren nicht hier», sagt Angel.

«Wer hat das gesagt?», fragt Marie.

«Genau.»

«Guck dir *Shining* an!», ruft Myles über die Schulter, und dann sind die beiden weg.

An den schweren Vorhängen vorbei beobachtet Marie, wie sie zurücksetzen und davonfahren, bevor sie nach oben geht. Weder Angels Tür noch ihr Wandschrank ist abgeschlossen. Wie alle kleinen Schwestern schleicht Marie gern herum und kennt jedes Versteck. Vibratoren, Liebesbriefe, Gras, Kondome – nichts ist vor ihr sicher. Der Karton ist genau da, wo sie ihn vermutet hat, in der hintersten Ecke, unter einer hängenden Aufbewahrungstasche versteckt, hinter dem Milchkasten, der Angels Rollschuhe enthält, umhüllt mit einer alten Heizdecke. Er ist schwer, deshalb hat Myles ihn getragen.

Marie öffnet die Klappen in der Erwartung, Flaschen zu sehen. Doch es ist ein rosa Gasbehälter mit Messingventil, ähnlich dem Propankanister, den ihr Vater an den Grill anschließt. Der Behälter ist unbeschriftet, aber die Tüte Luftballons spricht dafür, dass es Helium ist. Bei so wenigen Anhaltspunkten kann sie nur zu dem Schluss kommen, dass die beiden für jemanden eine Überraschungsparty geben wollen. Die Frage ist, für wen. Ihr Geburtstag ist erst in ein paar Monaten, genau wie der ihrer Mutter. Vielleicht irgendein Freund oder ein Hochzeitstag. Vielleicht ist der Behälter gestohlen.

Unten wickelt sie das letzte Stück Pizza in einen großen Bogen Aluminiumfolie, faltet ihn wie eine Geschenkverpackung, wodurch das eine Stück aussieht, als wären es zwei, und legt es ins zweite Fach des Kühlschranks, wo es von einem Kanister Milch und dem billigen Wein ihrer Mutter halb verdeckt wird. Sie wischt das Schneidebrett ab, streift die Krümel ins Spülbecken und setzt sich dann wieder vor den Fernseher, wo Jennifer Love Hewitt in engem Pullover und Bleistiftrock gerade ein Rätsel aufklärt.

Es ist ungerecht, denkt Marie. Selbst wenn sie das ganze Ding vertilgt hätte, wurde ihr die Entscheidung abgenommen, und sie darf ihrer Mutter nichts sagen, sonst wird Angel sauer auf sie. Sie kann sich nicht auf die Handlung von *Ghost Whisperer* konzentrieren, sitzt, innerlich Widerstand leistend, da, bis ein Werbespot kommt, schlägt die Decke zurück und geht in die Küche. Sie holt das letzte Stück aus dem Kühlschrank, entfernt die Folie und steckt es in den Tischbackofen, nimmt es kurz darauf wieder raus – immer noch kalt –, legt es auf einen Teller und erhitzt es in der Mikrowelle. Es kommt geschmolzen heraus, die Kruste so feucht, dass sie es nicht in die Hand nehmen kann, sondern Messer und Gabel benutzen muss. Der Käse verbrennt ihr den Gaumen, aber das ist ihr egal. Sie schaufelt sich einen Bissen nach dem anderen in den Mund, bis alles weg ist, schnieft, während sie kaut und schluckt, und ist für einen flüchtigen Augenblick entzückt, obwohl sie weiß, dass sie später dafür wird büßen müssen.

Als sie bei Ryan Dineen eintreffen, schaut sich Birdy nach seinem Wagen um. Sie müsste erleichtert sein, weil sie ihn nirgends sieht – sie trifft sich ja morgen mit ihm –, aber sie ist enttäuscht, als hätte er sie versetzt. Es war nicht ihre Idee herzukommen. Den ganzen Abend hat sie die Party nicht erwähnt, in der Hoffnung, Hector würde nicht dran denken, doch als sie sich nach dem Film aufs Friendly's einigten, musste Gregory ihm unbedingt eine Nachricht schicken. Sie hätte es wissen sollen. Das hier ist Westerly. Man kann sonst nirgends hin.

Die ganze Schule ist da, Autos reihen sich auf beiden Seiten der Straße. Hector braucht eine Weile, bis er den perfekten Parkplatz gefunden hat, er wendet und hält weit hinter allen anderen, direkt an der Einfahrt eines Anwohners, damit sie nicht zugeparkt werden. So macht er das immer, doch heute Abend geht es ihr auf die Nerven. Sie löst den Sicherheitsgurt, bevor er mit dem Einparken fertig ist, und der Warnton erklingt.

«Warte noch einen Moment», sagt er, als hätte er das Kommando.

«Mach ich ja.»

Es hat aufgehört zu regnen. Erstaunt stellt sie fest, dass sie den Regen vermisst, genau wie den Nachmittag, die sich brechenden Wellen am Strand, die wie weiße Spitze aussahen. Es tropft von den Bäumen, die Luft ist kalt und riecht nach

Holzrauch, ein Vorgeschmack auf den Winter. Als sie im schwachen Lichtschein der Kutschenlampe die Einfahrt hinaufgehen, nimmt Hector ihre Hand, wie um allen zu zeigen, dass sie zusammen sind, eine Gewohnheit, in der sie ihn, so wünschte sie jetzt, besser nicht bestärkt hätte. Nicht seine Schuld. Wieder würde sie ihn am liebsten gegen ihre neu entdeckte Grausamkeit verteidigen. Nicht er hat sich verändert. Sogar in dieser Hinsicht ist sie egoistisch. Sie würde sich gern einreden, dass alles, was gerade passiert, nichts mit ihm zu tun hat.

Es ist eine Halloweenparty, obwohl es bis Halloween noch ein paar Wochen sind. In den Bäumen hängen Gespenster, und der Garten ist mit nachgemachten Grabsteinen übersät, auf denen Witznamen wie Ben Shawn Hobbes oder Morgaine Doux stehen. Von der Veranda wabert Trockeneisnebel, überall Kostümierte, Dracula, Spiderman und Hermine, die zu der im Haus dröhnenden, markerschütternden Musik grooven.

«Hallo, Birdy.» Mikayla ist Britney Spears mit Zöpfen und Schuluniform, sie tanzt und schwenkt einen Plastikbecher über dem Kopf.

«Hallo, Mikayla», sagt Birdy und wünschte, auch sie selbst wäre verkleidet.

Das Fass steht hinten, und Hector führt sie durchs Haus. Bei der Musik, dem in ihrer Brust wummernden Bass, kann sie kein Wort verstehen. Die Möbel wurden weggeräumt, um eine Tanzfläche zu schaffen, Stroboskoplichter blitzen vom Kaminsims, frieren die Leute in ekstatischen Posen ein. Normalerweise wäre auch sie auf der Tanzfläche und würde Hector überreden, ihr Gesellschaft zu leisten, aber ohne die Aussicht, Myles zu sehen, empfindet sie das Ganze als Zeitverschwendung. Sie sind gerade erst gekommen, und sie würde am liebsten schon wieder gehen. Sie könnte zu Hause sein und im Schlaf von ihm träumen. Stattdessen muss sie so tun, als würde sie sich amüsieren.

Gregory und Sonya hängen in der Küche herum, sie bleiben bei ihnen stehen, um hallo zu sagen, und Hector umarmt ihn, als hätte er ihn nicht schon den ganzen Tag auf der Arbeit gesehen. Sonya gibt ihr einen Luftkuss, damit ihr Make-up nicht ruiniert wird.

«Du siehst super aus», sagt Sonya, als ob sie es beurteilen könnte.

«Danke. Deine Nägel gefallen mir», sagt Birdy, bevor Hector sie weiterzieht.

Sie ist ziemlich froh, dass Elena nicht da ist. Sie hat keine Lust, irgendwen zu sehen, nicht mal sie. Alle reden, reden, reden. Worüber bloß?

Hector bezahlt Essen und Getränke für sie, ohne zu fragen, eine weitere Geldschuld, die sie nicht zurückzahlen kann. Sie will nicht allzu viel trinken, weil sie denkt, sie muss morgen klar im Kopf sein, deshalb nippt sie nur an ihrem Bier. Ein Feuer lodert, die Raucher haben sich rundherum auf Picknickbänken, Gartenstühlen und Holzklötzen versammelt und beobachten, wie die Funken in den Nachthimmel schweben. Sie braucht einen Augenblick, um Ryan zu erkennen, der als Pirat verkleidet ist und einen Stoffpapagei auf der Schulter sitzen hat. Hector sagt, sie sollten ihm hallo sagen, ihm ihre Aufwartung machen. Sie weiß, das ist bloß höflich gemeint, aber manchmal hat er etwas von einer alten Frau.

«Scheiße», sagt Ryan, «ihr habt was verpasst. Benny und Doug-o haben sich geprügelt. Das war echt brutal, yo. Sie haben ganz gechillt dagestanden, und plötzlich legten sie einfach los.»

«Alles war voller Blut», sagt seine Freundin Lindsay. Sie ist auch als Piratin verkleidet, aber auf erotische Art, und scheint wegen des Bluts völlig verstört zu sein.

«Was war denn los?», fragt Hector.

«Benny hat ihn fertiggemacht.»

«Warum haben sie sich geprügelt?», fragt Birdy, denn das hat Hector gemeint.

«Wer weiß das schon? Wir haben gedacht, es ist nur Spaß, aber das stimmte nicht.»

Die Neuigkeit ist der Grund, warum man sich an diese Party erinnern wird, ein Glanzlicht ihres letzten Highschooljahres. Später verbreitet sich das Gerücht, Doug-o habe ins Krankenhaus gemusst, um sich den Kiefer richten zu lassen. Ein anderes, das sie erst im grellen Licht der Küche und dann oben in der Schlange vor der Toilette zu hören bekommen, besagt, bei der Prügelei sei es um Casey Daigle gegangen, die am Ende des Sommers mit Benny Schluss gemacht habe, doch niemand glaubt, dass Doug-o was mit ihr hatte.

«Ja», sagt Birdy, «das glaub ich auch nicht.» Weil Doug-o nicht in Caseys Liga spielt – das Gleiche würden die anderen auch über sie und Myles sagen.

«Vielleicht hat er irgendwas gesagt», vermutet Hector.

Birdy fragt nicht, was das wohl sein sollte.

«Jungs sind Idioten», sagt Lisa Sansom hinter ihnen.

«Da haben wir's», sagt Birdy genau in dem Moment, als die Klotür aufgeht.

Hector will mit ihr reingehen, aber sie schiebt ihn mit einer Hand zurück, was Gelächter auslöst, und verschließt die Tür. Im Spiegel sieht sie schuldbewusst und verbittert aus. Jungs sind nicht die einzigen Idioten.

Sie schaut auf ihrem Telefon nach, doch da ist bloß eine Nachricht von Elena, und sie ist zu müde, um zu antworten.

Gregory und Sonya sind weg. Es ist schon nach Mitternacht, aber Hector will noch ein Bier. Er hat nichts dagegen zu fahren, er will bloß nicht, dass die Party zu Ende geht.

«Ein letztes», willigt sie ein, als würden sie geschäftlich verhandeln.

Als sie die Treppe runtergehen, auf die sich windende Masse auf der Tanzfläche zu, erfasst ein Stroboskoplicht das erstarrte Profil von Myles' Freundin und wird wieder dunkel.

Alles geht so schnell, dass Birdy denkt, sie hat sich das bloß eingebildet, und als sie stehen bleibt, stößt Hector mit ihr zusammen und wirft sie fast um. Sie hält sich am Geländer fest und geht weiter, starrt in die Dunkelheit, wartet auf das nächste Licht. Sobald es aufblitzt und die Wände des Raums aufzucken lässt, kann Birdy sie deutlich sehen, ihr langes, schwingendes Haar, während sie den Kopf zurückwirft, das Kinn reckt und Myles ihren Hals darbietet, die beiden mitten in der Menge ineinander verflochten, dann wieder unsichtbar.

Ihr erster Impuls ist, zu ihm zu laufen, der zweite, einen Satz zur Tür zu machen und raus in die Nacht zu verschwinden, doch weil Hector direkt hinter ihr ist, kann sie bloß weitergehen und verliert die beiden auf der Treppe aus den Augen.

Sie ziehen sich auf die hintere Veranda zurück. Birdy will kein Bier. Sie will nach Hause. Sie sollte ja eigentlich gar nicht hier sein, und jetzt ist sie wütend auf Hector und sich selbst und, zu Unrecht, auf Myles. Sie will die beiden nicht zusammen sehen. Nach dem heutigen Tag muss er das wissen. Plötzlich ist ihr alles vermiest, das Zimmer, der Blick, der Regen. Alles, was sie ihrer Meinung nach hatten, ist eine Illusion. Er ist beliebt und umwerfend und reich. Es ist dumm von ihr zu glauben, sie könnten je zusammen sein.

Sie füllt trotzdem ihren Becher auf, und sie gehen durch den Garten zur Feuerstelle, wo es brechend voll ist, nirgends eine Sitzgelegenheit. Lindsay spielt die Titelmusik von *Die Munsters* auf der Gitarre. Es ist ein Spiel, die Leute rufen ihr Lieder zu, um sie aus dem Takt zu bringen. «*Halloween*!» «*Scooby Doo*!»

«Zu einfach», sagt Lindsay und spult alles zügig ab.

Birdy kann ihn immer noch tanzen sehen und stürzt ihr Bier runter, behält dabei die Hintertür im Auge. Je länger sie dastehen, umso sicherer ist sie sich, dass Myles rauskommt und Lindsay die Gitarre abnimmt, und dann muss sie sich anhören, wie er für alle singt, und so tun, als wäre es ihr egal. Sie hat heute unter der Decke für ihn gesungen, ihr geheimes Lied. Jetzt findet sie, dass es ein Fehler war. Sie muss dieses kleine Mädchen beschützen.

Von ihrem Bier ist nicht mehr viel übrig, und sie stößt mit Hector an. «Trink aus.»

Sie kennt ihn lange genug, um zu wissen, dass er sich nicht von ihr in den Schatten stellen lässt. Er neigt den Kopf zurück und trinkt den Rest auf ex, wobei ihm Schaum vom flaumigen Schnurrbart tropft, und genau in dem Augenblick ruft Lindsay: «Seid ihr bereit, Leute?»

«Aye-aye, Käpt'n!», antwortet die Menge.

«Ich glaube, wir gehen im richtigen Moment», sagt Birdy.

«Glaub ich auch», sagt Hector.

Die Einfahrt führt ums Haus, deshalb brauchen sie nicht noch mal reinzugehen. Es ist dunkel, nur das Licht im Küchenfenster weist ihnen den Weg, die Musik dringt wummernd durch die Wände. Jemand hat einen Teil seines Kostüms verloren, ein nasses Stück Stoff, das zusammengeknüllt auf dem Boden liegt, bis sie direkt davorstehen und das Knäuel sich als Slip erweist.

«Da hat jemand Party gemacht», sagt Hector.

«Da ist jemand böse.»

Nebel quillt von der vorderen Veranda. Dahinter, im Licht der Kutschenlampe, steht ein Grüppchen, das sich einen Joint teilt – Ryan mit dem Papagei auf der Schulter, ein Paar in voller Mario-und-Luigi-Montur und hinter ihnen, Plastikbecher in der Hand, Myles und seine Freundin.

«Wollt ihr schon los?», fragt Ryan.

«Ja, Digger», sagt Hector und verabschiedet sich mit einem Soul Shake.

«Okay. Fahrt vorsichtig.»

Myles ist damit beschäftigt, am Joint zu ziehen, und die aufleuchtende Glut färbt sein Gesicht. Als Birdy vorbeigeht, versucht sie, Blickkontakt herzustellen, doch er wendet sich von ihr ab und reicht den Joint Luigi, der einen Handschuh auszieht und den Kopf neigen muss, um durch seine Maske etwas sehen zu können. Stattdessen betrachtet die Freundin sie, taxiert sie grinsend, und Birdy schaut weg, als wäre sie geohrfeigt worden, den Blick strikt nach vorn gerichtet, während sie die Einfahrt entlanggehen und sie sich hinter Hector versteckt, zu ängstlich, um sich noch mal umzudrehen.

Ihr ist schon klar, dass er sie absichtlich nicht beachtet hat. Trotzdem tut es weh. Sie wollte doch bloß ein Zeichen – ein Nicken, ein Winken, irgendwas. Er hat sie nicht mal angesehen. Und das Miststück, wen zum Teufel hat die angesehen? Egal, dass die dumme Kuh viel größer ist als sie, die wird sie fertigmachen.

Hector nimmt ihre Hand, und Birdy muss sich überwinden, sie nicht wegzuziehen.

Inzwischen ist es kälter geworden. Die Straße ist mondhell und still, und hinter ihnen wummert leise die Musik. Viele der anderen Autos sind weg, der Weg kommt ihr dadurch länger vor. Morgen wird sie ihn sehen – heute, denkt sie. Warum reicht das nicht? Sie denkt ständig an ihn, und er schaut sie nicht mal an. Als sie sich Hectors Wagen nähern, hat sie sich mit dem Gedanken abgefunden, dass sie Myles mehr liebt als er sie und es bei ihm wahrscheinlich schon immer so war. Noch in Gedanken, stellt sie überrascht fest, dass der Charger nicht allein hier draußen steht, und muss ein triumphierendes Lächeln verbergen. Auf der anderen Seite der Einfahrt, so geparkt, dass die beiden sich voreinander aufgebaut haben wie Rivalen, steht der Eclipse.

Als er Angel absetzt, läuft drinnen der Fernseher, an den Gardinenrändern flackert ein Rahmen aus Licht. Sie ist spät dran und hat keine Nachricht geschickt, ihre Mutter ist vermutlich betrunken. Bei ihren schlimmsten Streitereien nennt ihre Mutter sie egoistisch und faul – «ein faules, dummes Ding, das immer nur an sich denkt» –, und am nächsten Tag sagt sie, sie könne sich an nichts mehr erinnern. Dann bricht sie in Tränen aus und entschuldigt sich, erklärt, sie wolle nicht, dass Angel so werde wie sie, eine Behauptung, die Angel ihr nicht abkauft. Inzwischen sollte sie sich daran gewöhnt haben, doch stets macht es ihr zu schaffen, wie wenig ihre Mutter von ihr hält. Egal, was sie tut, sie ist die Schönheit, der alles in den Schoß fällt.

«Musst du morgen arbeiten?», fragt Myles.

«Nach der Kirche. Wolltest du kommen?»

«Nein, schon gut.»

Normalerweise kann er kaum von ihr ablassen und macht ihr ein schlechtes Gewissen, wenn sie sich verabschieden muss, aber es ist schon spät, und er gibt ihr bloß einen Kuss.

«Ich ruf dich morgen an», sagt er und setzt zurück, dann bleibt er auf der Straße stehen und wartet, bis sie ihre Schlüssel gefunden hat und die Tür öffnet. Sie winkt als Zeichen, dass er fahren kann, und er schießt mit surrendem Auspuff davon.

Beim Reingehen ist sie darauf gefasst, sich verteidigen zu müssen, aber da ist niemand, der sie ankeifen könnte, nur machohafte Stimmen aus dem Fernseher. Vielleicht hat sie Glück, und ihre Mutter ist eingeschlafen. Sie schleicht sich ins Wohnzimmer, wo Jean-Luc Picard mit der Borg-Königin im Kampf liegt und Marie im Schlafanzug auf dem Sofa schläft.

«Also wirklich», sagt Angel.

Es ist schon nach eins. Sie sieht auf ihrem Telefon nach, doch da sind keine Nachrichten eingegangen. Ihre Mutter verlangt ständig von ihr, dass sie sich meldet, wenn sie später kommt, aber andersrum funktioniert es nicht. Sie fährt mit irgendwelchen Typen, die sie gerade kennengelernt hat, nach Hause und kreuzt erst am nächsten Tag wieder auf, und das findet sie völlig in Ordnung, weil sie die Erwachsene ist. Bei dem einen Mal, als Angel sie Schlampe genannt hat, hat ihre Mutter ihr eine runtergehauen und sich hinterher nicht entschuldigt, und da ist Angel klargeworden, warum ihr Vater sie verlassen hat.

Sie hat von Russ keine Telefonnummer und weiß auch nicht, wo er wohnt. Sie kann ihrer Mutter bloß eine Nachricht schicken, um mitzuteilen, dass sie zu Hause ist, und hoffen, dass sie sie auch bekommt.

Sie entdeckt die Fernbedienung und schaltet den Fernseher aus, weckt Marie und führt sie die Treppe hinauf. Als Angel sie ins Bett verfrachtet hat, ist sie wach.

«Wie war der Film?»

«Bescheuert.»

«Du riechst nach Rauch.»

«Auf der Party gab's ein Lagerfeuer.»

«War es schön?»
«Na ja.»
«Habt ihr sonst noch was gemacht?»
«Was meinst du?»
«Keine Ahnung.»
«Wir haben getanzt.»
«Das ist doch schön.»
«Stimmt», sagt Angel. «Schlaf jetzt.»
«Wo ist Mom?»
«Mach dir um die keine Sorgen, der geht's gut.»

Als sie noch klein waren, hat sie immer so getan, als wäre Marie ihr Kind. Jetzt, wo sie sie zudeckt und sich vorbeugt, um sie auf die Stirn zu küssen, kommt es ihr in mancher Hinsicht noch immer so vor. Wer sonst soll denn auf sie aufpassen?

Unten sieht sie auf ihrem Telefon nach, geht zur Haustür und späht hinaus, auf die Pfützen in der Einfahrt und die fensterlose Fabrikruine, als könnten Russ und ihre Mutter jeden Augenblick kommen. Sie steht da, während die kalte Luft durch die Scheibe sickert, und plötzlich nähert sich ein einzelner Wagen, dessen grelles Scheinwerferlicht an den Telefonleitungen entlanggleitet und den Schatten der Leitplanke ins Unkraut wirft, rauscht, ohne abzubremsen, vorbei und lässt die verlassene Straße leer zurück. Der Wind wird stärker, pfeift ums Haus, rüttelt an den Zweigen und wirbelt Laub auf. Sie könnte eine Figur aus einem Stephen-King-Film sein, die gutherzige Babysitterin, die den unaufhaltsamen Mörder zurückschlägt. Sie überlegt, ob sie wie Marie auf ihre Mutter warten soll, weiß es aber besser. Ihre Mutter kann auf sich selbst aufpassen. Wahrscheinlich hat sie es schöner als Angel – oder sie schläft schon. Ein letzter, sinnloser Blick auf ihr Telefon, dann löscht sie das Verandalicht, verriegelt die Tür und schließt sich und ihre Schwester für die Nacht ein.

Gluck

Ich weiß nicht, ob meine Mutter in Russ verliebt war oder bloß mit jemandem zusammen sein wollte. Das war immer schwer zu sagen. Sie war in allem praktisch veranlagt, nur in der Liebe nicht. Nach Wes hatte sie nichts Beständiges mehr gehabt und hatte zugenommen, jeder Spiegel war ihr Feind. Angel sagte, sie sei verzweifelt. Da ich bisher bloß hoffnungslos in Fernsehstars verknallt war, konnte ich nicht dagegenhalten. War nicht alle Liebe verzweifelt?

Keine von uns beiden konnte Russ leiden. Er war alt und dick und sah mit seinem Jahrgangsring und seiner goldenen Uhr wie ein Lehrer aus. Er fuhr zu schnell, als er uns in seinem Escalade zur Wilcox Tavern mitnahm, zog eine Show ab und legte Wert darauf, unserer Mutter den Stuhl zurechtzurücken. Er trank Manhattans statt Bier und aß seine Fritten nicht, bezahlte schließlich, als wäre er unser Vater, und wedelte mit der Mappe für die Rechnung der Kellnerin zu, statt zu warten, bis sie sie abholte.

«Und», sagte unsere Mutter, als wir wieder zu Hause waren, «was meint ihr?»

Sie hatte viel Wein getrunken, und keine von uns wollte antworten.

«Er scheint nicht dein Typ zu sein», sagte Angel.

«Ich weiß!», sagte sie, als wäre auch sie überrascht. «Es ist wirklich schön, mit jemandem zusammen zu sein, der weiß, wer er ist. Und was meinst *du*?»

Ich dachte, dass ich mit ihm nicht das Bad teilen wollte.

«Er hat einen schönen Wagen», sagte ich.

«Der ist riesig, oder? Ich glaube, er kommt gut allein zurecht.»

«Wofür braucht er einen so großen Wagen?», fragte Angel, als könnte er eine geheime Familie haben.

«Er ist ziemlich stämmig.»

«Hast du ihn auf Facebook überprüft?»

«Nein.»

«Das ist das Erste, was du machen musst.»

«Ich glaube nicht, dass er bei Facebook ist», sagte unsere Mutter, um uns davon abzubringen, und sie hatte recht, dafür war er zu alt. Alles, was wir im Internet fanden, waren ein paar örtliche Adressen und eine LinkedIn-Seite, die wir nicht öffnen konnten. Sein zweiter Vorname war Pugh, worüber wir Witze rissen, um sie zu ärgern – puh, Pugh der Bär.

Unsere Großmutter hatte auch ihre Zweifel, doch sie konnte noch nie einen der Verehrer unserer Mutter leiden. So groß ihre Abneigung gegen unseren Vater auch war, die Scheidung betrachtete sie als moralisches Versagen. Sie hatte unseren Großvater mit achtzehn geheiratet und legte noch immer zu Weihnachten und Ostern einen Kranz auf sein Grab. Er hatte eine Staublunge, da er ein Leben lang bei Line & Twine gearbeitet hatte, seine Bronchien waren vom Baumwollstaub verstopft, und in seinen letzten Jahren hatte er nur noch selten seinen Lehnsessel verlassen, dafür aber unsere Großmutter immer zu sich zitiert, indem er mit seinem Gehstock an den Sessel schlug wie auf eine große Trommel. Er war kein einfacher Mensch, sagte sie, als rechnete sie sich hoch an, bei ihm geblieben zu sein. In ihren Augen hatte unsere Mutter es sich zu leicht gemacht, und alle Männer, mit denen sie seither zusammen gewesen war, hatten sie ausgenutzt.

Unser Vater hatte dazu keine Meinung, zumindest keine, die er uns anvertraute. Unsere Mutter hatte er bei der Gartengestaltung am Elms kennengelernt, und manchmal arbeitete er dort noch immer. Wochentags, wenn ich in der Schule war, konnte es passieren, dass meine Mutter oder Tante Mil, wenn sie aus dem Fenster blickten, ihm dabei zusahen, wie er die Hecken schnitt oder den Rasen mit einem Laubbläser säuberte, wobei ihn seine Kopfhörer vom Rest der Welt abschirmten. Dass er dort auftauchte, war so normal, dass meine Mutter es gar nicht mehr erwähnte, und obwohl ich mir vorstellte, wie sie ihm zuwinkte oder die beiden sich überraschend auf dem frisch freigeschnittenen Weg begegneten und Höflichkeiten austauschten, gingen meine Eltern wohl eher wortlos aneinander vorbei wie Fremde.

Angel und mir als Töchtern stand es nicht zu, unserem Vater zu erzählen, dass unsere Mutter mit jemand anderem etwas Ernstes angefangen hatte, und er fragte auch nicht nach ihr, abgesehen von einem symbolischen, gleich zu Beginn unserer Besuche ausgesprochenen «Wie geht's ihr?», das man leicht an sich abprallen lassen konnte. Seine Gefühle behielt er für sich, und wenn er sie doch mal zeigte, betrafen sie die Vergangenheit, Erinnerungen an Urlaube oder Feiertage, wie Fotos in einem Familienalbum. Er freute sich, uns zu sehen, alles lief gut, aber sein Innenleben war für uns genauso rätselhaft wie das eines Außerirdischen oder eines Tiefseefischs. Die Wände seiner Wohnung waren kahl, weil er sich als Mann nicht genug Mühe gab, und wir betrachteten es, genau wie das zusammengewürfelte Besteck und den leeren Kühlschrank, als Beweis seiner Traurigkeit. Wir schnüffelten in der Wohnung herum, grübelten über seinen Kalender, in dem keine

Einträge waren, und über die kurzen Einkaufslisten, durchforsteten seine Abfallkörbe, fanden aber bloß Kronkorken, abgeschnittene Zehennägel und verfallene Gutscheine. Wir hatten so wenig von ihm, wir wollten stets mehr.

Als wir am Freitag vor dem Columbus Day im chinesischen Restaurant unter seiner Wohnung Frühlingszwiebelpfannkuchen und zweimal frittiertes Hühnchen aßen, war unsere Mutter mit Russ auf der Gaudi, wie unsere Großmutter sagen würde. Unwillkürlich stellten wir uns vor, wie sie zu uns nach Hause kamen und Russ die Nacht dort verbrachte und sein nackter massiger Körper unsere Mutter auf dem Bett festnagelte, und dennoch saßen wir drei bloß da und redeten über die Red Sox, die Patriots und Angels Hochschulzulassungstest, als wäre alles in Ordnung. Ich versuchte, darauf zu achten, was ich aß, nahm mir aber immer wieder pappige Chicken Nuggets und fettigen gebratenen Reis, bis die Kellnerin kam und fragte, ob sie uns den Rest einpacken solle.

Als Jüngste durfte ich mir als Erste einen Glückskeks aussuchen. «Du wirst viele Hindernisse überwinden.»

«Da bin ich mir sicher», sagte unser Vater.

Angel lachte über ihren Zettel.

«Was steht drauf?»

«Du wirst mit Gluck überhäuft.»

«Gluck.»

Sie zeigte uns den Druckfehler. «Den heb ich auf. Was steht auf deinem?»

«Lernen Sie Chinesisch: Schnurrbart. *Hu zi.*»

«Nein, auf der anderen Seite.»

«Mit Geduld und Zeit kommt er weit.»

«Man», sagte ich.

«Das ist besser als Gluck», sagte er.

«Überhäuft», sagte Angel. «So viel Gluck werde ich haben.»

«Bist du dir sicher, dass es nicht Glucken heißen soll? Du wirst mit Glucken überhäuft.»

Wir hatten so wenig, worüber wir reden konnten, dass es ein stehender Ausdruck wurde, der uns zum Lachen brachte, und als er uns am Sonntag zu Hause absetzte, wünschte er uns für diese Schulwoche viel Gluck, was unsere Mutter verwirrend fand und nicht für witzig hielt.

Im Haus roch es nach einer brackigen, chemischen Mischung aus Raumspray und Meeresfrüchten. Uns alarmierten inzwischen die kleinsten Hinweise, und noch bevor wir unsere Taschen abstellten, warf mir Angel einen Seitenblick zu. Unsere Mutter fragte, wie unser Wochenende gewesen sei, und wir gaben die Frage an sie zurück. Am Freitagabend sei sie mit Russ im Casino gewesen, in dem Restaurant, das ihnen so gut gefalle. Es sei sehr schön gewesen. Sie sagte nicht, dass er mit ihr nach Hause gekommen sei, als wüssten wir es nicht alle drei. Wir waren gespannt, ob sie den Geruch erklärte. Als sie es nicht tat, hakten wir nicht weiter nach, sondern brachten unsere Taschen nach oben und begannen mit unserer Erkundung.

Obwohl der Müll erst am Dienstag abgeholt wurde, hatte unsere Mutter den Abfallkorb aus dem Bad geleert und nur ein Stück Zahnseide hinterlassen. Während Angel im Schlafzimmer unserer Mutter nachsah, ging ich nach unten, um sie zu beschäftigen und mich in der Küche umzuschauen. Sie hatte den Müll rausgebracht, doch neben der Kellertür, in der Wertstofftonne, stand eine große Flasche von ihrem Chardonnay. Wir hatten schon öfter erlebt, dass sie im Laufe eines Abends eine ganze Flasche trank, also hatte das nichts zu bedeuten. Im Kühlschrank stand eine Restebox aus dem Restaurant, bloß die eine – Steak mit Kartoffelbrei und Rahmspinat. Das war vom Freitagabend, dann hatte sie also am Samstag für ihn gekocht, oder vielleicht auch er für sie, da er ja angeblich ein großer Feinschmecker war. Schwer zu sagen, was ich schlimmer fand.

Meine Mutter war im Keller, um die Wäsche aus der Waschmaschine in den Trockner zu räumen, als Angel herunterkam und mich mit dem Finger nach oben winkte.

Sie führte mich zum Bett unserer Mutter, dessen Laken abgezogen waren. Neben ihrem Nachttisch beugte sie sich bis dicht an die wattierte Matratzenauflage und die nackten Kissen, schnupperte, wedelte den Duft wie ein Chefkoch unter die Nase und gab mir ein Zeichen, dasselbe zu tun.

Die holzige Kräuternote mit einem Hauch Limette war mir vertraut, ein Deodorant oder Körperspray für Männer – nicht Axe, mit dem sich die Jungen in meinem Schuljahr einnebelten wie mit einem Insektenschutzmittel, sondern etwas Reineres.

«Old Spice Swagger», sagte Angel.

Ich drehte mich zu ihr um, als hätte ich mich verhört. «Das war nicht Russ», sagte ich.

«Es war ...» Sie nickte langsam und entlockte mir die Antwort, als spielten wir Scharade.

«Wes.»

«Es war Russ, und *dann* war's Wes.»

«Igitt.»

Ich wollte es mir nicht vorstellen. Hatte keine Ahnung, was unsere Mutter machte. Russ konnten wir nicht leiden, doch vor Wes hatten wir Angst. Er besaß Schusswaffen und Ninjasterne und zog sich Kokain rein. In seinem Pick-up hatte er für den Fall, dass ihm jemand auf den Sack ging, unterm Fahrersitz einen Hammer liegen. Nach unserer Flucht hatte ich gedacht, wir müssten ihn nie wiedersehen.

Jetzt ergab der Geruch einen Sinn. Später, als unsere Mutter einkaufen fuhr, schlichen wir uns hinten raus, wo die Mülltonne an der verfallenen Garage lehnte. Die Tonne stand in der Sonne, und als Angel den Deckel aufklappte, schlug uns der tödliche Gestank von ranzigem Hummer entgegen. Die Tüte lag ganz oben, ausgebeult von den Hummerschalen. Sie löste das Verschlussband, und da waren die roten Panzer mit den Fühlern und Beinen, die geknackten Scheren und verstümmelten Schwänze und dicken Gummibänder zusammen mit einem halben Dutzend platt gedrückter Budweiser-Dosen – seine Marke. Einen Augenblick standen wir da und starrten die Schweinerei an wie Kripobeamte, die einen Tatort unter die Lupe nehmen und versuchen, sich einen Reim auf das Ganze zu machen, und dann zog Angel die Tüte wieder zu und schloss den Deckel.

«Vielleicht war es jemand anders», sagte ich.

«Das war er», sagte sie, als wäre ich dumm. «Warum macht sie so einen Scheiß?»

Falls unsere Mutter ahnte, dass wir Bescheid wussten, zeigte sie es nicht. Als sie nach Hause kam, räumte sie die Einkäufe weg, begann, das Abendessen zuzubereiten, und summte vor sich hin, während sie Zwiebeln anbriet, was uns weiter vor ein Rätsel stellte. Sosehr wir uns auch vor ihrer gedrückten Stimmung fürchteten, ihrer guten Laune misstrauten wir noch mehr, als machte sie sich etwas vor oder überspielte bloß irgendwas und müsste zwangsläufig rückfällig werden.

«Was hast du sonst noch ohne uns gemacht?», fragte Angel am Tisch. «Irgendwelche wilden Partys gegeben?»

«Eigentlich war es hier ziemlich ruhig.»

«Wie viele Dates hattet ihr bisher, sechs?»

«Fünf.»

«Und?»

Unsere Mutter blickte von Angel zu mir, um ihr ins Gedächtnis zu rufen, dass ich zuhörte. «So was erzählt eine Frau nicht. Das solltest du wissen.»

«Ich hab nichts zu erzählen.»

«Das ist gut», sagte unsere Mutter. «Belassen wir's dabei.»

Es klang wie eine Herausforderung, eine Stichelei wegen eines anderen, größeren Geheimnisses, von dem ich womöglich nichts wusste. Ich dachte, dass Angel sie direkt fragen würde, ob sie sich mit Wes getroffen habe, doch sie trat den Rückzug an – wahrscheinlich aus strategischen Gründen. Sie hatte ihr die Chance gegeben, es zu gestehen, was ihr Schweigen zu einer Lüge machte. Bei uns zu Hause zählte das als Sieg.

Zumindest bestätigte es unseren Verdacht. Wie immer bei unserer Mutter rechneten wir mit dem Schlimmsten. Wir warteten darauf, dass sie sagte, sie trenne sich von Russ, und wir zögen zurück in das Zweifamilienhaus. Wenn ich von der Bushaltestelle nach Hause ging, wusste ich, dass ich eines Tages Wes' höhergelegten Pick-up in der Einfahrt stehen sehen würde und er rauchend auf den Stufen vorm Haus säße und auf den Boden zwischen seinen Füßen spuckte. Ich hatte sogar den Plan gefasst, dass ich dann Angel eine Nachricht schicken und mich vor ihm in der Fabrik verstecken würde, bis sie mich retten käme, aber Wes tauchte in der ganzen Woche nicht auf. Ich ging ins Haus, machte mir einen Teller Ritz-Cracker mit Erdnussbutter, schenkte mir ein großes Glas Orangensaft ein und erledigte meine Algebra-Hausaufgaben, während ich mir *Maury* anschaute.

Am Freitag holte Myles Angel ab und Russ meine Mutter, und ich blieb allein zu Hause, doch das machte mir nichts aus. Am Sonntag gingen wir mit unserer Großmutter in die Kirche und sahen uns dann wieder mal einen Sieg der Patriots an. Was Wes anging, lagen wir nicht falsch, doch mit jedem

Tag, der verstrich, kam er uns weniger bedrohlich vor, nur wie ein weiterer kleiner Ausrutscher unserer Mutter, eine Begleiterscheinung ihrer Trinkerei. Nichts hatte sich geändert. Manchmal ließ ich den Gedanken zu, dass wir vielleicht in Sicherheit waren, aber selbst wenn ich es mir am stärksten wünschte, glaubte ich es eigentlich nicht, wohingegen Angel, weil sie älter war und unserer Mutter näherstand, sich diesem Wunschdenken nie hingab. Wir fürchteten Dramen, waren aber auch süchtig danach. Weil wir jung waren, hielten wir uns für stark. Wir dachten, wir wären abgehärtet. Wir wollten, dass das Schlimme schnell passierte, damit die schmerzlichen Augenblicke vorüber waren und wir unser normales, langweiliges Leben fortsetzen konnten.

2

Sie halten es nicht lange ohne einander aus. Birdy trifft sich mit ihm nach der Schule, nach dem Fußballtraining, nach der Arbeit, in ihrer Uniform, ihr Haar stinkt nach Käsesteak, was ihm seinen Beteuerungen zufolge gefällt. Für sie fühlt es sich immer noch riskant an, in seinen Wagen zu steigen, doch es ist ihr egal. Sie sind jenseits von Gut und Böse, wie zwei Verbrecher. Sie hören erst auf, wenn man sie erwischt.

Das Strandhaus ist ungefährlich, aber nicht der Strand. Da sind an den Wochenenden zu viele Leute, besonders bei Sonnenschein. Sie müssen raus aus der Stadt. Sie fahren nordwärts an der Küste entlang, nach Point Judith und Galilee, wo die Fähre nach Block Island anlegt. Es ist schön, in einem Restaurant zu sitzen und zusammen am Hafen herumzuschlendern, in der Menschenmenge aufzugehen. Die Leute behandeln sie wie jedes andere Paar, das an einem Sonntagnachmittag die Sonne genießt. Sie darf sich bei ihm einhaken, ihm das Haar zerzausen, ihm die Sonnenbrille stibitzen und mit den Fischerbooten und Möwen im Hintergrund am Geländer posieren. Als sie, Wange an Wange, mit ihm ein Selfie macht, spürt sie die Blicke der Leute auf sich und stellt sich vor, dass sie eifersüchtig sind. Tief im Innern ist auch sie eifersüchtig. Dieses Glück ist nur gespielt, immerzu tickt die Uhr. Selbst hier malt sie sich aus, wie das Leben wohl wäre, wenn sie beide ungebunden wären. Die Fähre gleitet in den Hafen und leert sich, nimmt eine Autoschlange auf und legt mit lautem Tuten wieder ab, und Birdy wünschte, sie wären an Bord, unterwegs zum offenen Meer. Als der weiße Punkt immer kleiner wird, kann sie nicht aufhören, Myles zu küssen, markiert ihr Revier, und es stimmt schon: Jetzt, wenn auch nur für ein paar Stunden, gehört er ihr.

Am schlimmsten ist es immer, wenn er sie absetzt. Sie nehmen jedes Mal seinen Wagen, das heißt, sie muss ihren auf einem sicheren Parkplatz stehen lassen. Am einfachsten ist es am Wal-Mart im Dunn's Corners, da ist das Gelände so weitläufig, dass sie manchmal nicht mehr weiß, wo sie geparkt hat. Sie trödeln nicht mehr, wie sie es anfangs noch getan haben. Er gibt ihr einen raschen Kuss, sie schließt die Tür, und sobald er weg ist, fühlt sie sich ausgelaugt, und der Rest des Tages ist bedeutungslos. Im Vergleich zu ihrem Ausflug nach Galilee ist die normale Welt hässlich. Rings um sie herum wuseln Kunden, die mit Tüten vollgepackte Einkaufswagen schieben. Das Wochenende ist vorbei, alle fahren nach Hause. Die Leute kommen ihr schäbig vor – mittleres Alter, eingefallene Schultern, Übergewicht. Ein Ding der Unmöglichkeit, dass einer von ihnen je schön oder verliebt war.

Sie bindet ihr Haar zurück, als käme sie von der Arbeit, inspiziert ihr Gesicht und schüttelt dann den Kopf, enttäuscht von dieser anderen Birdy, die keine Ahnung hat, was sie tut. Er ist süß, doch sie hat kein Anrecht auf ihn. Was glaubt sie denn, wird wohl passieren?

Sie haben jetzt ihre Songs – ob gut oder schlecht, alles, was sie hören, wird zu ihrem gemeinsamen Soundtrack –, und aus Angst, davon überrascht zu werden, kann sie das Radio nicht mehr einschalten. Sie fährt in völliger Stille und kaut auf der Unterlippe, als wäre es die einzige Zeit, die sie zum Nachdenken hat, diese Augenblicke zwischendurch, in denen sie allein ist. Sie hat keinen anderen Plan, ihn für sich zu gewinnen, als den, sich ihm anzubieten. Sie wird mit Hector Schluss machen und es ihm sagen, und dann kommt's, wie's kommen soll. Weder gegenüber Hector noch gegenüber Myles' Freundin ist es fair, so weiterzumachen. Schon morgen werden sich diese Entschlüsse in Luft aufgelöst haben, verdrängt von Feigheit und gesundem Menschenverstand und der stetigen Versuchung, ihm eine Nachricht zu schicken, doch jetzt, während sie an den kahlen Maisfeldern und den Farmständen vorbeifährt, wo Kürbisse und Apfelwein verkauft werden, und alles dransetzt, sich an dem rasch verblassenden Nachmittag festzuhalten, weiß sie, was zu tun ist.

Zu Hause hat ihre reale Welt mit all den unausweichlichen Pflichten sie wieder. Ihre Mutter wartet schon auf sie, genau wie Ofelia, die an ihr hochspringt, und sie muss sie auffordern, von ihr abzulassen. Ihre Mutter hat gerade mit Josefina telefoniert und spult das ganze Gespräch noch einmal ab. Luz habe diese Woche ein Kilo zugenommen, und der Pullover, den sie ihr gestrickt habe, passe nicht mehr. Sie erzählt immer weiter, und Ofelia schnuppert an Birdys Knien, als wüsste sie, wo Birdy war. Sie lieben sie doch alle, warum ist sie dann so ungeduldig mit ihnen? Es ist noch nicht Essenszeit, und trotzdem würde sie am liebsten ihre Tür hinter sich schließen und sich schlafen legen.

Oben öffnet sie die mittlere Schublade ihres Schreibtischs und legt eine Schachtel Austerncracker in die Zigarrenkiste, die ihrem Vater gehört hat. Ein Plektron, eine Spielmarke, eine vom Meer rundgewaschene Glasscherbe, ein Champagnerkorken, eine Eichel, eine winzige Krabbenschere – jedes der Souvenirs ist ein Andenken an eine Verabredung mit Myles, als könnte sie sie vergessen. Die Kiste lässt sich nur noch schwer schließen, und Birdy schüttelt sie behutsam, um für ihren Schatz Platz zu schaffen, bevor sie sie wieder in die Schublade gleiten lässt. Später, wenn sie bettfertig ist, wird sie die Kiste wieder hervorholen und in ihren Talismanen kramen, als könnte sie Myles mit einem Zauberspruch verhexen. Während sie mit Ofelia dasitzt, ohne zu wissen, wann sie ihn wiedersehen wird, würde sie gern an Zauberei glauben, und plötzlich meldet sich ihr Telefon, und es ist Hector – *Was geht?* –, obwohl sie sich erst gestern Abend gesehen haben, und sie muss den Deckel zuklappen und die Kiste wegstellen.

Sie muss vorsichtig sein. Sie glaubt nicht, dass er irgendwas ahnt, aber wenn sie zusammen sind, hört sie manchmal einfach nicht mehr zu, sondern hängt ihren Gedanken nach. Sie weiß, das ist unfair. Er ist nett und zuverlässig und ehrlich, doch er spricht bloß über Baseball, Autos und seinen blöden Job. Vielleicht geht's ihm mit ihr genauso, wenn sie sich über Mr. Futterman, Sandra und ihre schaurigen Kunden beklagt. Vielleicht sind sie bloß schon zu lange zusammen.

Das Ganze läuft immer nach demselben Muster ab. Samstags gehen sie ins Kino und dann auf irgendeine Party, betrinken sich und parken zu guter Letzt in dem Wald am Golfplatz. Immer findet es im Wagen, im Dunkeln statt. Keinerlei Poesie, weder Champagner noch Kerzen. In letzter Zeit hat sie Ausflüchte gesucht, hat seine Hände weggeschoben und gesagt, sie habe Bauchschmerzen, sie habe zu viel getrunken oder es sei zu kalt, doch sie kann ihn nicht ständig abwimmeln, und statt sich ihm hinzugeben, öffnet sie lieber den Reißverschluss seiner Hose und beugt sich vor. Sie versucht, es schnell hinter sich zu bringen, greift fest zu und beeilt sich, damit es vorbei ist. Sie schließt die Augen und stellt sich Myles vor, und hinterher ist ihr übel. Sie ist all das, wovor ihre Mutter sie gewarnt hat.

«Danke», sagt Hector, wenn es ihr lieber wäre, er würde still sein.

Es ist nicht seine Schuld, doch statt Mitleid empfindet sie Verachtung für ihn, eine Kälte, die noch eine Zeitlang anhält, nachdem er sie abgesetzt hat, als hätte er sie ungerecht behandelt. Sie putzt sich extra noch mal die Zähne, kuschelt mit Ofelia im Bett und hält die Tränen zurück. Sie ist so daneben.

Sie versucht, Elena halbwegs zu erzählen, was los ist, lässt Myles aber weg.

«Ich empfinde bei ihm einfach nichts.»

«Oh, Süße, das tut mir leid», sagt Elena und nimmt sie in den Arm.

«Das gibt mir das Gefühl, als wäre ich ein schlechter Mensch, weil ich ihn nicht genug liebe.»

«So was kommt vor. Leute bekommen die Nase voll voneinander, selbst wenn sie sich lieben. Vielleicht solltet ihr euch mal eine Auszeit nehmen.»

«Vielleicht», sagt Birdy, erleichtert, die Lösung ausgesprochen zu hören.

«Meinst du, er weiß es?»

«Ich glaube nicht.»

«Wahrscheinlich hast du recht. Er ist ja nicht der Schlauste.»

«Mach dich nicht über ihn lustig.»

«Du weißt schon, wie ich das meine.»

«Er war immer gut zu mir.»

«Das macht es noch schwerer.»

Birdy würde am liebsten fragen, wie sie es anstellen soll, doch eigentlich hat sie keine Wahl. Sobald sie sich getrennt haben, werden sie in der Schule Thema Nummer eins sein, die Zielscheibe von Gerüchten, wer mit wem Schluss gemacht hat.

Dieser Teil kommt ihr leichter vor, als sich mit ihm hinzusetzen und zu sagen, dass es vorbei ist. Kann sie nicht einfach ihren Beziehungsstatus ändern?

Als sie am Dienstagabend mit Myles telefoniert, sagt sie nichts davon. Wie immer sind sie selbst ihr Lieblingsthema. Der Rest der Welt existiert nicht. Sie wollen sich am nächsten Tag nach dem Training treffen und ändern beide ihren Tagesablauf, um mitten in der Woche eine Stunde Zeit zu haben. Er will sie zum Essen einladen, doch es gibt in der Nähe kein Restaurant, in dem man sie nicht erkennen würde.

«Was hältst du vom Golden Chopstix?», fragt er, denn es ist auf der Rückseite einer Ladenzeile versteckt. «Da geht niemand hin.»

«Da geht keiner hin, weil es eklig ist.»

«Und wie wär's mit was zum Mitnehmen? Ich könnte was holen und dich am Strand treffen. Es soll regnen.»

Sie wird zu spät nach Hause kommen, doch sie sieht schon vor sich, wie das Garagentor hochrollt und sein Wagen in der anderen Parkbucht wartet. «Klar.»

«Was willst du haben?»

«Nichts von Golden Chopstix.»

Wie leicht er sie doch glücklich machen kann. Schon die Vorfreude auf ihr Zusammensein reicht. Der nächste Morgen ist grau, und es gießt in Strömen. In der Dusche schmettert sie für Ofelia einen Song von Rihanna. *Now that it's raining more than ever, know that we'll still have each other. You can stand with my Ofelia, felia, felia.*

«Da hat ja jemand zur Abwechslung mal gute Laune», sagt ihre Mutter, die gerade ein Maisküchelchen mit Butter bestreicht, und Birdy umarmt sie kurz und gibt ihr einen Kuss auf die Wange. «Du und Hector, ihr vertragt euch wohl wieder.»

War das Ganze so offensichtlich? «Kein Kommentar.»

«Ich sag doch gar nichts. Mir gefällt es bloß, dich singen zu hören.»

Ihre Mutter mag Hector und wird den Grund wissen wollen. Wie soll Birdy es erklären, wenn sie es selbst nicht versteht? Diese Zweifel sind nicht hilfreich. Wenn sie allein und in der richtigen Stimmung ist, kann sie sich einreden, dass alles gut ausgeht, doch nur ein einziges falsches Wort, und alles bricht in sich zusammen. Warum muss sie ihre Gefühle verteidigen, als wären sie nicht echt?

In der Schule drängt sie sich mit Hector, Elena, Roser, Gregory und Sonya in der Raucherecke, während Myles vorn, zwischen den Säulen, mit Ryan und dessen Clique rumhängt. Birdy kennt seinen Stundenplan auswendig und lächelt jedes Mal, wenn sie an seinem Schließfach vorbeikommt. Den ganzen Vormittag über, im Unterricht, während sie beobachtet, wie der Regen auf die Tennisplätze und den Fußballplatz fällt, stellt sie sich das Zimmer am Strand vor, doch nach dem Mittagessen schreibt er ihr, dass er absagen muss. Keine Erklärung, bloß *sorry.*

Ihr erster Impuls ist, zurückzuschreiben und nach dem Grund zu fragen – doch genau das sollte sie nicht tun. Von Anfang an hat sie befürchtet, erwischt zu werden, ihr Schicksal entschieden durch einen Flüchtigkeitsfehler. Wenn's das jetzt war, dann glaubt sie, bereit zu sein.

Alle paar Minuten kontrolliert sie ihre Nachrichten. Wenn was passiert wäre, würde er es ihr sagen. Sie muss ihm vertrauen und wartet bis zur Pause vor der letzten Stunde, um sich bei ihm zu melden.

Alles ok?, fragt sie.

Er antwortet umgehend: *die Arbeit neeervt*

In ihrer Enttäuschung hält sie es für eine faule Ausrede –

will er sie denn gar nicht treffen? –, schreibt aber bloß *sorry*, steckt ihr Telefon ein und schwört, erst nach dem Training wieder draufzuschauen. Als sie dann nachsieht, ist keine Nachricht gekommen, und sie ist zu müde, um auf ihn wütend zu sein. Sie fährt direkt nach Hause und isst Reste.

Zur Strafe legt sie ihr Telefon auf ihren Schreibtisch, um es aufzuladen, und schaltet den Ton aus, damit sie es unten nicht hört, wo ihre Mutter sich die Playoffs anschaut. Genau wie Hector ist ihre Mutter ein Yankees-Fan. «Los, fangt ihn», ruft sie den Spielern zu, als wüssten sie nicht, was sie zu tun haben. Sie gewinnen, doch Birdy langweilt sich. Als sie ein Kapitel im Erdkundebuch zu lesen versucht, kann sie sich nicht konzentrieren und gibt auf.

Als ihr Vater noch lebte, ist er mit ihnen immer zu den Norwich Navigators gefahren, einem Farmteam der Yankees, eine halbe Wegstunde entfernt. Während ihre Eltern sich das Spiel ansahen, tollten sie und Josefina auf der Hüpfburg neben dem linken Außenfeld herum, aßen Eis oder trotteten hinter dem Maskottchen Tater the Gator her, das sich an heißen Tagen von hinten an die Leute heranschlich und sie mit einer Wasserpistole nass spritzte. Einmal rutschte einem Spieler der Schläger aus den Händen und flog direkt auf ihre Sitzreihe zu, und ihr Vater stand auf, fing ihn, und alles jubelte. Er durfte ihn behalten, und nach dem Spiel ließ er ihn von einigen Spielern mit einem Edding signieren. Sie fragt sich, wo das Ding wohl ist. Nach dem Tod ihres Vaters entsorgte ihre Mutter seine gesamte Kleidung, bis auf seine Yankees-Klamotten und ein Paar alte Hausschuhe. Josefina fand das wahllos, aber Birdy mit ihrer Zigarrenkiste verstand es. Wäre es nach ihr gegangen, hätte sie alles behalten.

Sie gibt ihrer Mutter einen Kuss und geht nach oben, um sich die Zähne zu putzen.

Ihr Telefon zeigt eine neue Nachricht an.

ein andermal?, fragt er.

Die Nachricht ist schon zwei Stunden alt, also hat sie ihn bereits warten lassen.

wann

freitag, schreibt er sofort zurück.

Sie will schon nein sagen, um ihm eine Lehre zu erteilen, aber am Samstag arbeitet sie, und am Sonntag sind sie zum Essen bei Josefina, damit ist es die einzige Möglichkeit, ihn an diesem Wochenende zu sehen. Sie muss sich auf jeden Fall mit Hector treffen, auch wenn sie sich davor fürchtet. Inzwischen bereut sie, dass sie Elena von ihnen erzählt hat.

ok, antwortet sie und denkt, sie müsste eigentlich glücklich sein, aber sie ist sauer auf sich und müde und kann dann doch nicht schlafen.

Als sie und Elena am nächsten Morgen den Klassenraum wechseln, begegnet sie ihm mit seiner Freundin, die irgendwie größer und stärker aussieht, im Flur. Sie ist blass, dunkler Lippenstift, fast wie ein Grufti, ihr Haar ganz glatt, als hätte sie es gebügelt. Sie hat lange Beine, wie ein Model, während Birdy klein und zierlich ist. Neben ihr kommt Birdy sich wie ein Kind vor. Er sieht Birdy, und ehe er sich's verkneifen kann, lächelt er schon, und sie muss sich zwingen, ihn zu ignorieren und einfach weiterzugehen, ohne Elena etwas zu sagen.

Sie spürt die Versuchung, ihm eine Nachricht zu schicken oder einen Zettel in sein Schließfach zu schieben. Wenn sie alles zerstören wollte, wäre das der schnellste Weg. Manchmal denkt sie, das wäre einfacher, doch sie hat Angst, er könnte wütend auf sie werden. Sie will nicht riskieren, ihn zu verlieren, indem sie eine Dummheit begeht. Erst muss sie sich um ihren Kram kümmern und kann es nicht mal Hector sagen.

Am Freitag will sie sich nach dem Training mit Myles am

Strand treffen. Ihrer Mutter hat sie gesagt, sie gehe mit ihren Teamkameradinnen Pizza essen, und es könnte spät werden. Inzwischen hat sie sie schon x-mal belogen und ist sowieso nie zu Hause, warum also quält sie der Gedanke, dass ihre Mutter allein essen muss? Josefina war die ungestüme Teenagerin, die ihren Wagen zu Schrott fuhr und schwanger wurde. Birdy war immer das brave Mädchen und hat das Gefühl, in zwei Personen aufgespalten zu sein. Obwohl sie über ihre eigene Herzlosigkeit wirklich schockiert ist, hat sie nicht vor, die Sache zu beenden.

Den ganzen Tag wartet sie darauf, dass er sich meldet und schreibt, er schaffe es nicht. Auch als sie nach dem Training das Telefon wieder einschaltet, rechnet sie noch mit einer Nachricht, aber da ist nichts. Die Tage werden allmählich kürzer. Als sie am Strand ankommt, ist es schon richtig dunkel, die Sterne klar, der Parkplatz leer bis auf die zwei Wohnmobile, deren Fenster vor den Dünen gelb leuchten. Als sie anhält, sieht sie, dass im Haus alles dunkel ist. Sie steht in der Einfahrt und denkt, dass sie einen Fehler gemacht hat, dass etwas nicht stimmt. Sie greift nach ihrem Telefon, doch plötzlich geht das Tor hoch wie ein Vorhang, Licht fällt nach draußen, und da ist er, barfuß, in der Hand ein Glas für sie. Alles ist gut.

«Ach», sagt sie und schmiegt sich an ihn. «Das war eine unglaublich lange Woche.»

Am Freitag kann sie endlich wieder ausgehen. Sie und Russ haben den kompletten Abend für sich. Er mag die Casinos mit ihren schicken Restaurants und wuseligen Tanzlokalen, ein Vegas im Kleinformat, das in den Wäldern von Connecticut versteckt ist. Wenn sie mal zu viel trinken, können sie sich ein Hotelzimmer nehmen, ein Luxus, der Carol immer wieder beeindruckt. Die Übernachtung in einer Suite fühlt sich an wie Urlaub, als könnten sie sonst wo sein. Nachdem sie von früh bis spät auf den Beinen war, gefällt es ihr, mit einem gekühlten Glas Wein im Whirlpool zu sitzen und ihre Schmerzen von der Wärme wegschmelzen zu lassen, die sauberen Laken sind dann wie Samt an ihrer Haut. Auch wenn Russ im Bett nicht Wes ist, hat Wes ihr so etwas nie geboten.

«Es ist preiswert», sagt Russ. «Und außerdem krieg ich Punkte auf meine Wampum-Karte.»

An diesem Abend hat er Eintrittskarten für den Cirque du Soleil, denn sie hat ihm gesagt, den würde sie gern mal sehen. Sie bestellen Cocktails, doch die Bedienung ist langsam, die Show ist seltsam und zieht sich endlos hin, und als das Licht wieder angeht, haben sie beide Kopfschmerzen. Sie hat seine Wohnung noch nicht gesehen, und als er vorschlägt, dorthin zu fahren, willigt sie ein und bemüht sich, nicht zu erwartungsvoll zu wirken.

Sie fahren auf der 78 südwärts in Richtung Küste, überqueren die Post Road und kommen direkt an Angels CVS vorbei. Er hat gesagt, es sei Wohneigentum, was alles Mögliche bedeuten kann – ein neues Reihenhaus in Watch Hill, von dessen Veranda man einen Blick auf den Hafen hat, oder eins der Häuser direkt am Golfplatz in Weekapaug, beliebt bei Leuten, die den Winter im Süden verbringen. Je näher am Meer, umso teurer ist alles. Etwas an einer Bucht wäre schön, mit einem Steg unten im Garten. Sie weiß, das ist oberflächlich gedacht, und versucht, sich keine großen Hoffnungen zu machen, aber hier gibt es so viele Häuser am Wasser. Ist es falsch, sich etwas Besseres zu wünschen als das, wo sie selber wohnen? Es ist ja nicht so, als ob sie sich das jemals leisten könnte. Wie viele solche Chancen wird sie bekommen?

An der Shore Road biegt er links ab, also geht's nicht direkt ans Meer, sondern nur in die Nähe. Hier gibt es Farmen und Golfplätze, ein paar alte Motels und Frühstückspensionen mit Blick über die Salzwasserteiche. Der Escalade nimmt die Kurven, taucht ab wie eine Achterbahn, und das Scheinwerferlicht huscht über Steinmauern und Strandrosensträucher. Kurz vor dem Tennisklub bremst Russ und setzt den Blinker. Sie ist überzeugt, dass er abbiegt, doch er fährt an der Einfahrt vorbei und nimmt die nächste, die mit einem schlichten kniehohen Schild versehen ist: *Privat.* Erst als sie sich durch einen Apfelgarten bergauf geschlängelt haben, kommen sie zu einem grüngoldenen ovalen Holzschild, auf dem, angestrahlt und von Backsteinsäulen umrahmt, *The Mews at Champlin Woods, An Active Adult Community* steht.

«Tja», sagt er. «Ich wohne im Heim.»

Ihr erster Gedanke ist nicht, dass er schon ziemlich alt sein muss, sondern wie neu das Ganze doch aussieht, wie teuer. Sie kennt Leute, die dort arbeiten, vom Elms abgeworben wurden durch einen höheren Lohn und bessere Vorsorgeleistungen. Wie viele Seniorenresidenzen bietet die Anlage von selbstständigem Wohnen bis zur Betreuung von Demenzkranken alles an. Der Gedanke dahinter lautet: Wer einmal drin ist, kommt nicht mehr raus.

«Wie ist es?»

«Schön. Das Essen könnte besser sein, aber ich koche meistens selbst.»

Ihr fallen mehrere Gründe ein, warum er es nicht gesagt hat. Da er ja schon bei ihr war, fühlt sie sich hinters Licht geführt, aber sie kann ihm keine richtigen Vorwürfe machen. Wenn's um Geld geht, verhalten die Leute sich eben komisch.

Sie müssen an einem Pförtnerhaus halten. Der Wachmann, der mit einem Klemmbrett herauskommt, sieht vom Alter her so aus, als könnte er ein Bewohner sein, und nennt Russ beim Vornamen.

«Und, wollen Sie uns nicht bekannt machen?», fragt der Wachmann.

«Carol, das ist Kenny. Kenny, das ist Carol.»

«Freut mich, Sie kennenzulernen», sagt sie.

«Hab schon viel von Ihnen gehört – nur Gutes.»

«Das ist schön.»

«Na dann, man sieht sich.»

Nachdem er die Schranke gehoben hat, um die beiden durchzulassen, fragt sie Russ: «Was sollte das Ganze?»

«Er ist bloß eine Quasselstrippe. Er quatscht jeden an.»

«Offenbar hat er schon viel von mir gehört.»

«Nicht durch mich. Aber er wird sich deinen Namen merken. Er schreibt so etwas auf, um Weihnachten ein Trinkgeld zu kriegen.»

Da sie ihn bei ihren Verabredungen sonst ganz für sich hatte, ist es seltsam, jemandem zu begegnen, der ihn kennt, und sei es nur flüchtig. Am liebsten würde sie umkehren, Kenny ausfragen und sich Notizen machen. Das hier ist die Welt von Russ. Sie hat das Gefühl, sich alles einprägen zu müssen, als würde sie es nur dieses eine Mal zu Gesicht bekommen.

Die drei Hauptgebäude stehen in gleichmäßigem Abstand auf der Kammlinie und sehen wie Strandhotels aus, jedes vier Stockwerke hoch mit Balkonen, die einen Blick aufs Meer bieten. Er wohnt im mittleren. Im Foyer muss er einen Code eingeben, um hineinzukommen, und da, gegenüber von den Aufzügen, befindet sich dieselbe Batterie von Briefkästen wie im Elms, daneben eine Altpapiertonne, in die die Bewohner ihre unerwünschte Post werfen können. Beim Aufzug hängt ein Zettel an der Wand, auf dem eine Halloween-Party in The Commons angekündigt wird. Russ muss eine Karte in einen

Schlitz schieben, bevor er den Knopf für seine Etage drückt – die vierte.

«Das Penthouse», sagt sie.

«Das war alles, was bei meiner Bewerbung noch frei war – zumindest haben sie das behauptet. Ich weiß nicht, ob ich es glauben soll.»

Der Flur in seiner Etage ist still und leer, und es herrscht die gleiche leicht erhöhte Temperatur wie bei ihr auf der Arbeit. Die Wände sind in neutralem Beige gehalten, doch die Bewohner haben ihren jeweiligen Eingangsbereich mit aussagekräftigen Gegenständen individuell gestaltet: eine Fußmatte mit Golfmotiv, ein Schirmständer aus Messing, ein Blumentopf in Form einer Katze, aus deren Rücken Efeu wächst. Wieder kommt sie sich wie im Elms vor und fühlt sich unwohl in ihrem Cocktailkleid, als könnte jeden Moment Mrs. Landrum oder Tante Mil um die Ecke biegen.

Neben seiner Tür hängt ein altmodisches japanisches Rollbild, Leute mit Schirmen, die im Regen eine Brücke überqueren, nichts, was sie mit ihm – oder sonst wem – in Verbindung bringen würde, und sie ist enttäuscht, wie schlecht sie ihn kennt, als hätte sie ihm keine Beachtung geschenkt.

Seine Wohnung zu betreten kommt ihr intimer vor, als sich ein Hotelzimmer zu nehmen, folgenreicher, als würde sie unbefugt dort eindringen. An den Wänden, auf dem Kaminsims, überall sind Fotos von seinen Kindern und Enkeln – mit oder ohne ihn, am Strand oder beim Skifahren, beim Tennis, beim Reiten, für eine Hochzeit gekleidet, auf den Stufen einer tropischen Ferienanlage. Das sollte nicht überraschend sein. Er hat ihr immer von seiner Familie erzählt, und dennoch betrachtet sie ihn als Single wie ihre anderen Freunde, hält ihn für unzuverlässig, für verantwortungsscheu. Sie weiß nicht genau, ob sie glauben soll, dass er anders ist, auch wenn es stimmt.

Das da muss seine Exfrau auf der Hochzeit ihrer gemeinsamen Tochter sein, eine üppige Brünette mit großen Zähnen und einer Achtziger-Jahre-Dauerwelle. Carol denkt, dass sie selbst vermutlich eher im Alter der Tochter ist. Wie lange sind die beiden schon geschieden? Reden sie noch wie sie und Frank miteinander, oder hassen sie sich?

«Was möchtest du trinken?», fragt er aus der Küche. «Ich mache einen gewöhnlichen Manhattan.»

«Klingt gut», sagt sie und rätselt, ob er das Ledersofa und den dazu passenden Sessel von zu Hause mitgebracht oder extra für dieses Zimmer gekauft hat. Sie fragt sich, wie lange er schon hier wohnt. Um sich bewerben zu können, muss man fünfundfünfzig sein. Sie ist zweiundvierzig, noch mehr als zehn Jahre davon entfernt. Sie hält sich noch immer für jung, auch wenn das nicht mehr stimmt.

Es ist nur eine Zweizimmerwohnung, und die Küche ist winzig. Der Balkon und der Gaskamin sind schön. Obwohl sie weiß, dass es ein Vermögen gekostet hat, findet sie es im Vergleich zu ihrem Haus klein und steril, ein reduziertes Leben. Hat sie wirklich gehofft, er hätte Platz für sie und ihre Töchter?

«Mir gefällt's», sagt sie. «Ist gemütlich.»

«Danke. Es ist nullachtfünfzehn, erfüllt aber seinen Zweck.»

Der Drink, alkoholreich und bittersüß, ist belebend und ruft ihr ins Gedächtnis, dass es bloß ein Rendezvous ist. Er legt Jazzmusik auf und löscht das Licht, damit sie den Blick auf sich wirken lassen kann. Draußen auf dem Balkon ist es kalt. Das benutzt er als Vorwand, um sie von hinten zu umarmen, und dann zeigt er ihr die dunklen Flecke von Fishers Island und der North Fork und, südlich davon, winzig, ganz allein am Horizont, alle paar Sekunden blinkend, den Leuchtturm von Montauk. Doch noch beeindruckender findet sie den sternenübersäten Nachthimmel, erstaunlich, wie der Halbmond und die helleren Sterne ihren Blick auf sich ziehen. Je länger sie hinschaut, umso mehr Sterne sind da, Galaxie um Galaxie, unendlich, vermutet sie, eine Art Versprechen. Sie hat ein Leben lang zu ihnen hinaufgeblickt, kennt aber ihre Namen nicht. Angesichts so vieler Sterne fühlt sie sich trotz der Arme, die sie umschlungen halten, wie ein klitzekleines, einsames Pünktchen im Weltall.

«Hör mal», raunt er, und nach einer Weile vernimmt sie, wie die Wellen, anderthalb Kilometer entfernt, so regelmäßig wie Atemzüge an den Strand klatschen.

«Ich hör's.»

Er küsst ihren Nacken, und sie hebt das Kinn und ergreift das Geländer, betrachtet noch immer die Sterne, unsicher, was sie sich wünschen soll.

Spät am Abend, als Birdy im Bett liegt und noch ein paar Textnachrichten mit Elena wechselt, erhält sie die automatische Nachricht, dass das Runaway Bunny sie auf einem Foto markiert hat, und sie seufzt. Das ist eine Witzseite für die ganze Schule, benannt nach der Statue im Wilcox Park, wo sich einige aufhalten, wenn sie den Unterricht schwänzen. Im sozialen Netzwerk sind alle mit dem Runaway Bunny befreundet. Birdy denkt, der Post ist sicher von Gabrielas Party an diesem Abend, ein Gruppenbild ihrer Clique in Kostümen, Hector und sie als Batman und Catwoman verkleidet, doch als sie auf die Seite geht, stellt sie fest, dass es ein Bild vom letzten Wochenende in Galilee ist. Die Fähre ist ein weißer Klecks im Hintergrund, während sie und Myles – mit dem Rücken zur Kamera – händchenhaltend am Geländer stehen.

«Nein», sagt sie und setzt sich auf, wobei sie Ofelia weckt. «Nein, nein, nein.»

Sie ist markiert. Er nicht.

Der Post ist gerade erst aufgetaucht, doch es gibt schon die ersten Kommentare.

Die kleine Hure!

Die Schlampe is echt klein

MP hat's drauf

«Mist.»

ernsthaft, schreibt Elena, wobei die Sprechblase ihnen die Köpfe abschneidet, *die kann niemand ausstehen*

Birdy wischt sie beiseite und entfernt die Markierung – sich darüber im Klaren, dass es zu spät ist, stocksauer auf den, der das war. Obwohl sie nicht überrascht ist, tut es weh zu entdecken, dass sie Feinde hat. Auch wenn ihre Freunde den Post nicht sofort zu Gesicht bekommen, wird ihn irgendwann die ganze Schule sehen. So soll Hector es nicht herausfinden.

Zuerst muss sie es Myles erzählen. Während sie überlegt, ob sie ihn anrufen oder ihm schreiben soll, taucht eine weitere automatische Nachricht auf: *Jordan Washburn hat ein Foto von dir markiert.*

«Stopp», sagt sie und entfernt die Markierung.

Allie Marrone hat ein Foto von dir markiert.

Sie ändert ihre Einstellungen, damit es niemand mehr tun kann, doch die Anfragen strömen weiter herein.

Sam Larkin hat ein Foto von dir markiert.

Nicole Perry hat ein Foto von dir markiert.

Das Spektakel geht weiter. Es müssen Unterstufenschüler sein, denn sie kennt ihre Namen nicht. Mit so was hat sie seit Wochen gerechnet, aber trotzdem ist es ein Schock. Da sie keinem daran die Schuld geben kann, kommt es ihr fast so vor, als wäre es nichts Persönliches, wie das Werk von Trollen.

was soll das denn, fragt Elena, die das Foto angehängt hat, und für Birdy schwindet der letzte Hoffnungsfunke. Ihre sonntäglichen Ausflüge und die Treffen am Strand – diese schöne, geheime Zeit ist vorbei.

sorry, schreibt sie. *wollts dir sagen lass uns später reden*

Sie ruft Myles an, hört aber nur das Besetztzeichen und die Aufforderung, auf seine Mailbox zu sprechen.

Ihr Telefon vibriert, es ist Elena. Sie muss den Anruf annehmen.

«Warum hast du mir nichts gesagt? Ich meine, inzwischen ist mir alles klar, ich hätte es selbst rausfinden müssen, aber du hättest es mir verdammt noch mal sagen können.»

«Tut mir leid», sagt Birdy, «es ging nicht. Hör mal, ich kann grade nicht reden. Ich muss Myles anrufen.»

«Du hast noch nicht mit ihm gesprochen?»

«Ich bin mir ziemlich sicher, dass er grade mit ihr spricht.»

«Ach so. Mein Gott. Und was ist mit Hector?»

«Ich muss jetzt auflegen. Tut mir leid.»

«Okay. Hab dich lieb, *chica*.»

«Ich dich auch.»

Bei Myles ist noch immer besetzt, also schreibt sie ihm eine Nachricht. *müssen reden*

Die Antwort lässt auf sich warten, und dann steht da bloß: *morgen*

Sie begreift es nicht. Sie sollte die sein, mit der er redet, nicht seine Freundin.

i love u, schreibt sie versuchsweise, denn sie braucht ein Zeichen von ihm. Sie fragt sich, ob er seine Freundin angerufen hat oder sie ihn, und was das eine oder das andere zu bedeuten hätte. Eigentlich hat sie keine Lust, mit Hector zu reden. Das letzte Mal, dass sie mit jemandem Schluss gemacht hat, war mit Matt Yu im neunten Schuljahr, und sie sind noch immer befreundet.

Myles tippt irgendwas ein, tippt immer noch, und dann verschwindet das Icon eine Zeitlang. Die Mitteilungen strömen weiter, alle schreiben Kommentare, die sich geradezu übereinanderstapeln, bezeichnen sie als Schlampe, als Latinatussi, als Giftzwerg.

i love u 2, schreibt er, und als sie mit beiden Händen das Telefon an ihre Brust drückt und sich in die Kissen sinken lässt, erschreckt sie Ofelia.

Das ist alles, was Birdy braucht. Es gibt ihr den Mut, Hector anzurufen. Noch vor ein paar Stunden waren sie in seinem Wagen am Golfplatz und haben auf heruntergelassenen Sitzen miteinander rumgemacht. Jetzt hat sie das Gefühl, als wäre sie geflüchtet. Warum hat sie dann Mitleid mit ihm?

Sein Telefon klingelt einmal, zweimal, dreimal. Sie stellt sich vor, dass er den Anruf ablehnt – das würde sie tun –, aber dann geht er ran und sagt kein Wort.

Früher, wenn sie sich gestritten haben, hat er sie immer angeschwiegen, als wäre ein Streit unter seiner Würde. Er glaubte immer, im Recht zu sein, und entschuldigte sich nie. Im Hintergrund hört sie das Rattern eines Zuges und denkt, er ist im Freien, und für einen Moment hat sie Angst, sein Wagen könnte direkt auf der anderen Straßenseite stehen. Sie ist versucht, ans Fenster zu treten und nachzusehen.

«Hallo», sagt sie.

Nichts.

«Tut mir leid», sagt sie. «Ich nehm es dir nicht übel, dass du nicht mit mir reden willst. Würde ich auch nicht tun.»

Was soll sie ihm sagen? Was hält sie davon ab aufzulegen?

«Ich will dir bloß sagen, dass es mir leidtut, das ist alles. So hab ich das nicht gewollt.»

Der Zug rumpelt lauter. Vielleicht ist er auf die hintere Veranda gegangen, um zu rauchen. Seine Eltern und seine Geschwister schlafen, das ganze Haus außer ihm, und er steht in der Kälte und blickt auf den Wald.

«Na dann», sagt sie, damit er weiß, dass sie auflegt.

«Warum?», fragt er plötzlich, und sie ist überrascht.

Das ist eine zu schwierige Frage. «Ich weiß nicht.»

«Du musst doch irgendeine Ahnung haben.»

Sie könnte sagen, weil er langweilig ist und Myles nicht. Wenn sie mit Myles zusammen ist und einfach mit ihm abhängt, ist sie glücklicher, als sie es mit ihm je war, jeder Partikel ihres Körpers unter Strom, beide eine perfekte Verbindung, aber auch das trifft es nicht. Wie soll sie etwas erklären, das sie selbst nicht versteht?

Jetzt ist sie es, die schweigt.

«Ich hab dich für besser gehalten», sagt Hector.

«Bin ich aber nicht.»

Er lässt ihre Antwort nachhallen, als wäre das alles, was er von ihr gewollt hat – als wäre dieses Eingeständnis neu. Sie muss von ihm nicht gesagt bekommen, dass sie ein schrecklicher Mensch ist. Das hätte sie ihm schon vor Monaten sagen können. Vielleicht hätte sie's tun sollen. Hätte es etwas geändert?

«Na dann», sagt sie, und diesmal hält er sie nicht auf. Sie zögert, als gäbe es noch etwas zu sagen, aber da ist nur der rumorende Zug, und das war's, sie drückt auf Beenden, und dann ist das mit ihnen ein für alle Mal geklärt.

Erst da, als niemand außer Ofelia sie hören kann, bricht sie in Tränen aus und wischt sie mit beiden Händen ab. Sie müsste erleichtert sein – das ist es doch, was sie gewollt hat –, aber es ist zu viel. Ihr Telefon wird noch immer mit Nachrichten überschwemmt, und sie schaltet es aus und verbannt den Lärm der Welt. Wahrscheinlich sollte sie ihre Seite löschen.

Was wird sie ihrer Mutter und Josefina sagen? Sie wusste, dass es so enden würde, sie hat bloß gedacht, sie hätten mehr Zeit. Das Witzige ist, dass es wirklich ein schönes Bild von ihnen ist. Sie könnte es sich als Bildschirmfoto vorstellen. Es ist schon nach zwei, und sie ist erschöpft, aber an Schlaf ist nicht zu denken. Sie liegt im Dunkeln im Bett, zählt die Stunden und wartet darauf, dass ihr Leben sich ändert.

In der Kirche hat Angel keine Lust, zur Beichte zu gehen. Sie muss an ihrer Wut festhalten, statt sie in Gottes Hände zu legen. Mit gesenktem Kopf kniet sie zwischen ihrer Großmutter und Marie und formt mit den Lippen die Worte, deren Bedeutung zu unmissverständlich ist, um sie zu ignorieren. *Wir haben gegen dich gesündigt in Gedanken, Worten und Werken.* Sie ist in allen drei Fällen schuldig, doch was Myles getan hat, ist noch viel schlimmer, ein Treuebruch, den sie ihm trotz allem, was sie ihm letzte Nacht gesagt hat, wohl nicht verzeihen kann.

Am wütendsten ist sie auf sich selbst, weil sie so blind war. Sie konnte sich nicht vorstellen, dass er sie auf diese Weise anlügen würde. Sie hat nicht für möglich gehalten, dass ihr irgendwelche deutlichen Anzeichen entgangen sind, doch inzwischen zweifelt sie an ihren glücklichen Erinnerungen. Sie dachte, alles wäre in Ordnung, weil sie ihm vertraut hat. Diesen Fehler wird sie nicht noch mal begehen. Er hat versprochen, nicht mehr mit dem kleinen Miststück zu reden, aber von jetzt an sollte er wissen, dass sie sein Telefon kontrollieren wird.

Geläutert erheben sie sich, und Reverend Ochs spricht den

Segen. Sie begrüßen sich gegenseitig in ihrem neuen, unbefleckten Zustand und lassen dann die Vermeldungen über sich ergehen. Sind heute Vormittag irgendwelche Neulinge da?

Das war vermutlich nicht das erste Mal, dass er sie betrogen hat, doch dafür hat sie keine Beweise. Er schwört, es war nur ein Ausrutscher, nichts Ernstes. Das ist ihr egal – er sollte andere Mädchen nicht mal ansehen. Vielleicht liegt sie falsch, aber sie gibt diesem Miststück den Großteil der Schuld. Jungs sind dumm. Die können nicht widerstehen, wenn du sie anmachst. Das Miststück wusste, dass er vergeben war, und trotzdem ist sie ihm nachgelaufen und hat die oberste Regel gebrochen. Dafür muss sie büßen.

Drei Jahre sind sie jetzt zusammen. Hat er wirklich geglaubt, sie würde ihn nach so langer Zeit einfach ziehen lassen? Dass sie nicht um ihn kämpfen würde? Seit ihrem Gespräch drehen sich ihre Gedanken im Kreis. Kennt er sie denn gar nicht?

Sie geht mit dem Rest der Gemeinde nach vorn, um die Kommunion zu empfangen, hilft ihrer Großmutter, sich hinzuknien und wieder aufzustehen, und dann entlässt der Reverend sie mit dem Schlusssegen.

«Dank sei dem Herrn», antworten sie und stellen sich an, um ihm die Hand zu schütteln, bevor sie in die Welt zurückkehren. Einer von den Proctor-Jungs reißt sich die Krawatte ab und rennt mit fliegenden Hemdschößen über den Parkplatz. Sie hatte nicht herkommen wollen, aber jetzt ist sie froh, dass sie gekommen ist. Schon dass sie das Ganze durchgehalten hat, gibt ihr das Gefühl, etwas zustande gebracht zu haben.

Sobald sie zu Hause sind, bleibt ihr nur eine knappe halbe Stunde, um sich fertig zu machen, und sie fühlt sich gehetzt. Sie muss unwiderstehlich aussehen, ohne dass es auffällig ist. Das sollte kein Problem sein – sie weiß, was ihm gefällt –, aber nach letzter Nacht ist sie sich ihrer Wirkung nicht mehr sicher und braucht zu lange, um sich für das richtige Oberteil zu entscheiden; ihr Bett ist übersät mit Kleidungsstücken, die sie verworfen hat. Sie werden draußen sein, also bindet sie sich das Haar zu einem Pferdeschwanz und trägt Lipgloss auf, während Marie ihr von der Tür aus zusieht.

«Wohin wollt ihr?»

«Zum Strand.»

«Wann kommst du zurück?»

«Weiß ich nicht. Warum? Was ist denn später noch los?»

«Nichts», sagt Marie mürrisch. «Ich wollte es bloß wissen.»

«Unternimm doch was mit Brookie. Ich bin mir sicher, sie hat nichts vor.»

«Brookie darf nicht in die Fabrik.»

«Dann geht doch an den Fluss oder zum Friedhof.»

«Da darf sie auch nicht hin.»

«Und wohin *darf* sie?»

«Hinten in den Garten.»

«Dann mach was im Garten mit ihr. Du weißt doch, dass sie sich freut, dich zu sehen.»

«Sie stinkt», sagt Marie, und das stimmt. Brookie hat nicht nur ein schweres Down-Syndrom, sondern auch einen so starken Körpergeruch, dass sich die Leute im Bus woandershin setzen.

«Das ist ja nett. Weißt du was, mach, was du willst, ist mir egal.» Sie ist fertig, verstaut ihr Schminktäschchen unter dem Waschbecken und zwängt sich an ihr vorbei.

Marie folgt ihr wie ein Hund. «Ich will mir kein blödes Footballspiel ansehen.»

«Dann lass es.»

«Das ist alles, was den ganzen Tag läuft.»

«Mir egal, mir egal.»

«Du nervst.»

«*Du* nervst.»

«Bist du zu den *Simpsons* wieder da?», fragt Marie so jämmerlich, dass Angel aufhört, Sachen in ihre Handtasche zu stopfen, und die rechte Hand wie zum Schwur erhebt.

«Zu den *Simpsons* bin ich wieder da. Zufrieden?»

«Nein.»

«Okay.» Bevor sie es vergisst, schnappt sie sich zwei Eddings vom Schreibtisch und hofft, dass wenigstens einer davon schreibt.

Draußen hupt es zweimal. Er ist früh dran, ein gutes Zeichen.

«Wohin fahrt ihr?», fragt ihre Mutter.

«Mein Gott», sagt Angel. «Wir fahren zum Strand.»

«Ich frag doch bloß. Kein Grund, mich anzumotzen.»

«Wir fahren zum Strand. Zum Strand fahren wir. Zum Strand. Strand.»

«Mach's gut», sagt ihre Mutter.

Du mich auch.

«Hallo», sagt Myles zaghaft und beugt sich nicht rüber, um sie zu küssen, was sie richtig findet. Er soll warten.

Es geht nicht nur um ihn. Der Wagen und sein blöder, nach Früchten riechender Lufterfrischer sind auch verdorben. Wie oft hat das kleine Miststück auf dem Sitz gesessen, auf dem sie jetzt sitzt? Wortlos ballt sie die Hand zur Faust und boxt ihn so fest, wie sie kann, auf den Bizeps. Er zuckt zurück, reibt sich den Arm, als würde es wehtun, und gibt durch sein Schweigen zu erkennen, dass er Schlimmeres verdient hätte.

«Fahr einfach los», sagt sie.

«Wohin?»

«Was meinst du wohl?»

Sie will, dass er jetzt durchweg aufrichtig ist, und ist erleichtert, als er auf die 78 in Richtung Strand fährt. Er weiß, wo sie hinmüssen. Während der Fahrt sitzt sie ihm zugekehrt da, den Rücken an der Tür, als hielte sie eine Waffe auf ihn gerichtet.

«Hast du heute mit ihr gesprochen?»

«Nein.»

«Hast du ihr eine Nachricht oder eine E-Mail geschickt, dich irgendwie mit ihr in Verbindung gesetzt?»

«Du hast doch gesagt, das soll ich nicht.»

«Das hat offenbar nichts zu bedeuten.»

«Hab ich nicht.»

«Woher weiß ich, dass du mich nicht belügst?»

«Weil's nicht so ist.»

«Wo ist dein Telefon?»

«In meiner Hosentasche.»

Sie streckt die Hand aus, und er stemmt sich vom Sitz hoch, um zu gehorchen.

«Hast du alles gelöscht?»

Warum überrascht ihn das? «Ja, hab ich.»

«War es viel?»

«Ja.» Kein Zögern, das weiß sie zu schätzen.

«Ist ihre Nummer noch gespeichert?»

«Nein.»

«Na hoffentlich. Fotos?»

«Nein.»

«Was heißt das?»

«Da sind keine Fotos.»

«*Waren* da welche?»

Sein Gesicht verrät es, und dennoch scheint er um Anerkennung zu buhlen, weil er sie gelöscht hat, als hätte er durch dieses Opfer seine Loyalität bewiesen. Eins muss er begreifen. Er war im Unrecht. Er wird immer im Unrecht sein. Egal, was von jetzt an passiert, sie wird nie wieder mit ihm Mitleid haben.

«Wie viele waren es?»

«Nicht besonders viele.»

«Hast du sie selbst gemacht, oder hat sie sie dir geschickt?»

«Sie hat sie mir geschickt.»

«Und du hast keine gemacht.»

«Nein.»

Sie weiß nicht genau, ob er lügt, das heißt, vermutlich schon. Er hat Fotos von ihr gemacht, die sonst niemand sehen sollte, warum sollte er das nicht auch bei einer anderen tun? Sie will sich gar nicht vorstellen, was für Fotos ihm das Miststück geschickt hat.

Sie steckt das Telefon in den Becherhalter. «Ich will ihren Namen nicht hören. Ich will ihr Gesicht nicht sehen. Ich will nicht, dass du an sie denkst. Wenn du mit mir zusammen sein willst, dann musst du mit mir zusammen sein. So einfach ist das.»

«Tut mir leid.»

«Du kannst dich nicht einfach entschuldigen. So läuft das nicht. Und ich glaube nicht, dass es dir leidtut.»

«Doch.»

«Halt den Mund. Dir tut bloß leid, dass du erwischt worden bist. Du wolltest es mir nicht erzählen. Du wolltest es weiterlaufen lassen, bis irgendwas passiert, oder?»

Er gibt keine Antwort.

«Danke», sagt sie, «da fühl ich mich wirklich gut.»

Sie sieht, dass er sich noch mal entschuldigen will, es aber aus Sorge, sie nur noch wütender zu machen, nicht tut. Wenigstens versucht er nicht, sich zu verteidigen. Wenn er das täte, dann wär's das, dann würde sie sagen, dass er anhalten und sie rauslassen soll. Stattdessen fahren sie schweigend am CVS, dem Flughafen und den verwaisten Ferienhäusern vorbei, die Anfahrt und der erste Blick aufs Meer sind nicht länger aufregend, und wieder sieht sie die beiden händchenhaltend am Geländer vor sich. Was haben sie ihr eigentlich *nicht* genommen?

Es ist ein halbwegs schöner Tag, leicht bewölkt bei schwachem Wind, und auf dem Parkplatz am Strand stehen vereinzelt Autos, an den Umkleidekabinen sind es mehr. Für einen Augenblick wünschte Angel, sie wäre solo, müsste diesen Schlamassel nicht ganz allein – und völlig grundlos – bewältigen. Nächstes Jahr wird Myles an die University of Rhode Island verschwinden, und dennoch kann sie ihn nicht loslassen. Sie muss es klarstellen. Es ist seine Schwäche, die sie an diesen Punkt gebracht hat, nicht ihre.

Als er sie zum ersten Mal in das Haus mitgenommen hat, war sie beeindruckt, aber das lag weder an der Lage noch an dem Blick. Mit den brandneuen Edelstahlgeräten und begehbaren Kleiderschränken war es schöner als jede Wohnung, in der sie je gelebt hatten. Sie konnte kaum glauben, dass seine Familie es nur im Sommer nutzte. Die paar Male, als sie dort übernachtet und morgens die Flaggen auf der Veranda gehisst oder bei Sonnenuntergang auf den dazugehörigen Strandabschnitt geblickt hatte, verspürte sie einen Besitzerstolz wie noch nie zuvor, als würde der Glanz des Hauses irgendwie auf sie abstrahlen. Doch als sie jetzt die Treppe zum Zimmer seiner Eltern hinaufgeht, begreift sie, dass es nie ihr gehört hat. Wie die Tagesausflügler am Strand war sie stets nur ein austauschbarer Gast.

Sie stellt ihre Handtasche auf den Nachttisch seiner Mutter, erobert den Raum auf diese Weise zurück.

«Wetten, dass ihr den Kamin anhattet», sagt sie und zieht die Vorhänge auf, damit Licht hereinfällt. «Mach ihn an.»

Als sie sich ausziehen, getrennt durch das Bett, mustert sie seinen Körper auf Knutschflecke oder Kratzer, auf jegliche Spuren, die sie auslöschen muss. Er schlüpft zu schnell unter die Decke, als wäre er plötzlich sittsam. Sie reißt die Decke weg und packt zu, schwingt ein Bein auf die andere Seite, klettert auf ihn und hält seine Schultern fest.

Wie er sie küsst, was er sagt – mit allem stellt sie ihn auf die Probe.

«Hast du ein Kondom benutzt?», fragt sie, als es so weit ist.

«Ja.»

«Na immerhin.»

Wann haben sie zum letzten Mal tagsüber miteinander geschlafen? Sie findet es bezeichnend, dass sie sich nicht mehr erinnern kann. Ihr Fehler war, ihn aus den Augen zu lassen.

«Mach die Augen zu», sagt sie und zeigt ihm zur Sicherheit den Mittelfinger, bevor sie beide Hände um seine Luftröhre legt. Sie drückt nicht fest zu, presst nur ganz leicht mit den Daumen und fragt sich, ob sie stark genug wäre. Wahrscheinlich, wenn er sich nicht wehren würde.

Das tut er nicht. Während sie rittlings auf ihm sitzt, lässt er die Augen geschlossen, ohne dass sie es noch mal sagen muss, und beide werden immer schneller. Sie nimmt die Hände von seiner Kehle, um sich zurückzulehnen, und ein Untersetzer fällt scheppernd vom Nachttisch. Er greift nach ihren Brüsten – zu ihrem Missfallen seine Lieblingsstelle an ihrem Körper. Zur Belohnung oder Bestätigung lässt sie es zu. Früher hat sie ihn dann immer angespornt. Aber jetzt bleibt sie stumm, lauscht seinem Atem, hält den Rhythmus und fährt auf ihn nieder, während er sich immer weiter nach oben stemmt und sich dann mit zurückgelegtem Kopf unter ihr verkrampft. Wenn sie ein Messer in der Handtasche hätte, könnte sie es ihm in einem Zug über die Kehle ziehen, und das wär's dann mit ihnen.

«Lass die Augen zu», sagt sie und steigt von ihm runter.

«Okay.» Aber zögerlich – eine Frage, fast ein Scherz.

Sie kramt in ihrer Handtasche, bis sie einen Edding gefunden hat. Sie kniet sich über ihn – während er abschlafft, das Kondom ist nur noch zur Hälfte drauf – und zieht die Stiftkappe ab. Als die Spitze des Eddings seine Haut berührt, zuckt er zusammen.

Er schreibt noch. Die Linie ist schwarz und dick, der Geruch berauschend.

«Was machst du da?»

«Scht», sagt sie. «Nicht bewegen, sonst ruinierst du alles.»

Unter seinem Bräunungsstreifen, auf seinen untersten Bauchmuskel, schreibt sie in riesiger schwarzer Schrift: **I ♥ AO**

«Bin gleich fertig.»

Sie zupft das Kondom weg und hält mit einer Hand seinen Schwanz hoch, während sie an ihrem Telefon den Bildausschnitt wählt – nicht perfekt, aber gut genug.

«Okay, du kannst sie wieder aufmachen.»

«Wow», sagt er ungläubig.

«Gefällt's dir nicht? Wenn du willst, kann ich auch was anderes machen.»

«Nein, das ist gut.»

«Und jetzt will ich noch woandershin.»

Sein hilfloser Blick ist perfekt. Er dachte, er hätte für heute genug gebüßt. «Wohin denn?»

«Was meinst du wohl?»

Unterwegs macht sie ein paar Selfies von ihnen im Wagen, damit, wenn sie später jemanden bittet, ein Foto von ihnen zu machen, der nicht seinen Schwanz zu sehen bekommt.

«Du musst lächeln», sagt sie. «So tun, als wären wir gut drauf.»

Brookie kapiert Cluedo nicht. Es gibt zu viele Figuren und Zimmer und Tatwaffen, um den Überblick zu behalten, doch sie spielt es trotzdem gern. Sie bewegt ihren lila Spielstein Feld für Feld durch das Tudor Mansion, und ihre Strategie erschöpft sich darin, die Geheimgänge zu benutzen, wie beim Leiterspiel. «Geheimgang zum Arweitssimmer», liest sie strahlend und setzt ihre Figur mit überschwänglicher Geste in die gegenüberliegende Ecke, als hätte sie gewonnen. Sie ist jedes Mal verblüfft, wenn Marie den Fall löst, obwohl das, wenn sie nur zu zweit spielen, ziemlich einfach ist. Marie könnte genauso gut allein spielen, und ihr ist klar, dass sie es ohne Brookie wohl auch tun würde.

Lieber würde Marie die Fabrik erkunden oder am Fluss entlang zu dem Altarm unterhalb vom Friedhof mit seinem schlammigen Ufer gehen, wo die älteren Jugendlichen nachts Feuer machen und ihre verkohlten Bierdosen und leeren Zigarettenschachteln hinterlassen wie archäologische Gegenstände, aber wenn was passieren würde oder man sie erwischen sollte, würde Mrs. Tidwell Brookie nie mehr zu ihr lassen. Marie hat es satt, allein zu sein, und möchte als vertrauenswürdig gelten, sie wünschte bloß, Brookie wäre nicht so eine Bürde, sondern eher eine richtige Freundin. Als Babysitterin würde sie wenigstens Geld bekommen. Trotzdem ist es besser, als bei ihrer Großmutter zu sein und sich anhören zu müssen, wie sie und ihre Mutter über irgendwas streiten, das schon vor Maries Geburt passiert ist. Sonntage sind so langweilig.

«Mister Gween», vermutet Brookie. «Im Arweitssimmer. Mit dem Seil.»

Marie zeigt ihr wieder die Karte mit dem Arbeitszimmer und dem Seil. Also ist es Mr. Green im Wintergarten, mit dem Heizungsrohr, Marie muss bloß noch hinkommen. Drei Runden später ist sie dort und spricht ihren Verdacht aus.

«Äh-äh», sagt Brookie lächelnd und mit einem Kopfschütteln und dreht die Karte mit dem Heizungsrohr um.

«Danach hab ich dich schon gefragt.»

«Äh-äh.»

«Doch.» Marie zeigt ihr, dass sie es auf ihrem Notizzettel angekreuzt hat. «Dann muss es der Kerzenleuchter sein. Sehen wir nach.»

Sie öffnet den Umschlag, und zu Brookies Verblüffung hat sie wieder recht.

Draußen wird es allmählich dunkel, und Marie muss sie an der Straße entlang nach Hause bringen, darum klappt sie das Spielbrett zusammen, und sie räumen alles ein. Alte Notizzettel von Angel und ihrer Mutter liegen auf dem Boden der Schachtel verstreut wie Quittungen, und die Handschrift der beiden ruft ihr Spiele ins Gedächtnis, die zu anderen Zeiten in anderen Wohnungen stattgefunden haben, immer zu dritt. Als sie noch klein war, konnte sie Angel nie besiegen, deshalb glaubt sie zu wissen, wie Brookie sich fühlt.

Es ist kalt draußen, und Marie hilft Brookie, den Reißverschluss ihres Mantels hochzuziehen. Die Tidwells wohnen bloß fünf Häuser weiter, doch Marie hört auf den Rat ihrer Mutter und schließt hinter ihnen die Haustür ab. Es gibt keinen Gehsteig, keinen Bordstein, das Gras ist verfilzt und rutschig vom herabgefallenen Laub. Wie auf dem Weg zur Bushaltestelle fasst Brookie sie an der Hand, und Marie hofft, dass niemand sie im Vorbeifahren sieht. Sie stapfen an den Werkshäusern der Line & Twine mit ihren kaputten Fensterscheiben und efeuüberwucherten Garagen vorbei, jedes einzelne eine gespenstische Spielart seiner selbst. Die Fabrik auf der anderen Straßenseite ist eine lange, mit dilettantischen Graffiti besprühte Mauer. Trotz des Windes hört Marie den Fluss über das Wehr strömen, und sie wünschte, sie müsste am nächsten Tag nicht zur Schule gehen.

Mrs. Tidwells Schrottkarre steht in der Einfahrt, das heißt, sie ist vom Einkaufen zurück. Noch bevor sie die Tür aufmacht, riecht Marie schon, dass sie Kekse gebacken hat. Das ist einer der Gründe, warum Brookie so dick ist. Mrs. Tidwell ist noch dicker, sie hat ein Doppelkinn, und unter ihrer Kittelschürze schwabbeln Fettwülste. Wenn Marie zu viel gegessen hat, hat ihre Mutter sie schon oft ausgeschimpft, indem sie gesagt hat, dass sie doch sicher nicht wie diese beiden aussehen will.

«Danke, Marie», sagt Mrs. Tidwell und nimmt Brookie in Empfang. «Hol dir einen Keks, solange sie noch warm sind.»

Marie würde am liebsten wieder gehen, doch der Geruch von warmer Vanille ist überwältigend, und ihr fällt keine höfliche Ausrede ein, also landet sie in der Küche und verdirbt sich mit Keksen und Milch den Appetit aufs Abendessen. Als sie aufbricht, brennen schon die Straßenlaternen.

«Vielen, vielen Dank, Marie», sagt Mrs. Tidwell übertrieben, weil sie ihr nichts bezahlen kann.

«Bis morgen, Brookie.»

«Bis morgen.» Brookie steht in der Tür und winkt.

Als Marie allein durch die Dunkelheit stapft, schüttelt sie den Kopf. Wie werden ihre Mutter und sie sich noch von den Tidwells unterscheiden, wenn Angel erst mal weg ist? Denn auch wenn sie es ihrer Mutter nicht ins Gesicht sagt, glaubt sie nicht an Russ. In der Nähe brettert ein Pick-up die Gerade der Potter Hill Road entlang. Der Wind frischt auf, und die Schatten treiben sie vor sich her nach Hause.

Birdy kann kaum glauben, dass er sie so ignorieren würde, absolute Funkstille. Den ganzen Tag hat sie darauf gewartet, etwas von ihm zu hören – ein Anruf, eine Nachricht, irgendwas, um sie wissen zu lassen, was vor sich geht. Wegen der Flut von eingehenden Kommentaren hat sie ihre Seite geschlossen. Es ist Elena, die ihr von dem Foto von ihm und seiner Freundin in genau derselben Pose erzählen muss – eine Attacke, die Birdy verwirrt und verletzt.

Also deshalb konnte er ihr nicht antworten.

Sie weiß nicht, was sie glauben soll. Sie dachte, dieser Tag würde ein Freudenfest sein. Sie hat getan, was von ihr erwartet wurde. Er nicht, warum auch immer. Jetzt würde sie sich das Foto am liebsten selbst ansehen, als könnte sie bei näherer Betrachtung daraus schlau werden.

«Was sagen die anderen so?»

«Das sind alles Arschlöcher», sagt Elena, um der Frage auszuweichen. Aber Birdy wartet ab. «Sie finden es witzig, als würde sie dich vorführen oder so was. Ich finde es durchgeknallt, was sie macht. Das muss doch geplant gewesen sein.»

«Es ist eine Botschaft.»

«Eine Botschaft, die besagt: Ich bin völlig abgedreht. Du musst dich vor mir in Acht nehmen.»

«Um sie mach ich mir keine Gedanken.»

«Was hat er dir denn gesagt?», fragt Elena, um mehr zu erfahren, aber Birdy hat keine Antwort darauf.

«Es wird nicht leicht», sagt Birdy. «Das haben wir gewusst.»

«Sonya erzählt überall, dass du mit Hector Schluss gemacht hast.»

Birdy hat es nicht mal ihrer Mutter erzählt. Jetzt muss sie es tun, bevor Josefina davon erfährt. «Was kümmert sie das? Die kann Hector nicht mal leiden.»

«Ich wollt's dir bloß sagen.»

Am liebsten würde sie antworten, das gehe Sonya nichts an, aber es spielt keine Rolle. Morgen wissen es sowieso alle. Warum hat sie geglaubt, dass Sonya eine bessere Freundin wäre? Gregory und Hector sind wie Brüder, und Hector hat sich nichts zuschulden kommen lassen, darum kann Birdy es irgendwie verstehen. Sie ist es nicht gewohnt, dass man über sie herzieht, egal, ob sie's verdient hat oder nicht. Wenigstens hat sie noch Elena.

«Und dich», sagt sie zu Ofelia und krault sie hinter den Ohren. «Auch wenn dein Atem nach Fisch stinkt.»

Unten sieht sich ihre Mutter die Yankees an, trinkt dazu eine Dose Bier und strickt irgendwas Rosafarbenes für Luz. Sie gewinnen wieder, und Birdy will ihr nicht die Laune verderben. Sie will es am Morgen noch mal probieren, da kann sie es ihr sagen und sich gleich davonmachen, ohne in Einzelheiten gehen zu müssen. Sie lässt Ofelia ein letztes Mal raus, gibt ihrer Mutter einen Gutenachtkuss und geht nach oben.

Sie hofft immer noch, dass er anruft – sie haben schon zu späterer Stunde miteinander geredet und ihre Situation durchgekaut –, lässt ihr Telefon auf dem Nachttisch liegen und sieht jedes Mal nach, wenn auf dem Display eine Nachricht erscheint, doch es ist bloß Elena, die ihr Gespräch allein weiterführt und dann einen Screenshot des Fotos schickt.

Die beiden stehen händchenhaltend am Geländer, die Fähre ein weißer Klecks im Hintergrund. Es ist nicht digital bearbeitet, wie sie zunächst gehofft hat. Sie erkennt sein Bruins-Kapuzenshirt und erinnert sich, dass sie von hinten die Arme um ihn geschlungen, die Hände in seine flauschige Vordertasche geschoben und die Wange an seinen Rücken gepresst hatte, sodass sie seinen sauberen Geruch einatmen konnte. Seine Freundin ist fast so groß wie er. Sie ist im

Volleyballteam und in normalen Kursen wie er, nicht in Leistungskursen wie Birdy. Birdy ist neugierig, will sie aber auch nicht zu gut kennen. Sie vergrößert das Foto mit Daumen und Zeigefinger, als könnte das etwas an seiner Bedeutung ändern, doch es wird bloß unscharf.

Was soll sie damit anfangen?

Sie ignoriert Elena und schickt es ihm – *was soll das?* –, legt sich dann wieder hin und fragt sich, ob das ein Fehler war.

Unten jubelt ihre Mutter, und Birdy dreht sich auf die Seite und denkt, dass sie alles verloren hat. Auch wenn sie erschöpft ist, weiß sie, dass sie nicht einschlafen wird, und als sie doch einschläft, wird sie von Ofelia geweckt, die sich im Dunkeln die Pfoten leckt, und Birdy schimpft sie aus und sieht dann auf ihrem Telefon nach. Es ist erst halb vier, und für den Rest der Nacht ist sie mal wach, mal schläft sie und sinkt irgendwann in einen verwickelten Traum mit ihrem Vater und einem Mietwagen, in dem sie beide sich auf dem Weg zu einem ausländischen Flughafen verfahren, bis plötzlich der Wecker klingelt.

Von ihm – nichts, und sie scrollt zu seiner letzten Nachricht zurück, *i love u 2*, wie um zu überprüfen, dass er es tatsächlich geschrieben hat. Eigentlich war das gestern. Was hat sich seitdem geändert? Liegt es bloß daran, dass seine Freundin ihn nicht aufgeben will? Birdy versteht sie nicht. Das ist der Grund, warum sie zu Hector ehrlich sein musste. Wenn jemand nicht mit dir zusammen sein will, warum willst du dann mit ihm zusammen sein? Sie hat getan, was sie tun musste. Der Rest ist Sache von Myles.

Die Yankees haben wieder gewonnen, und beim Frühstück lässt Birdy ihre Mutter die Höhepunkte des Spiels zusammenfassen, bevor sie ihr von Hector erzählt. Sie verrät nicht, dass es Teil eines größeren Plans war, sagt nur, sie hätten sich getrennt.

«Warum?», fragt ihre Mutter und nimmt besorgt ihre Hand, als wären Hector und sie füreinander geschaffen.

«Gibt viele Gründe. Es kam nicht unerwartet. Ist besser so.»

«Ach schade. Ich dachte, ihr wärt glücklich. Neulich hab ich dich singen gehört, und da dachte ich, oh, gut, sie ist wieder glücklich. Denn eine Zeitlang warst du unglücklich.»

Birdy geht davon aus, dass Josefina ihrer Mutter alles erzählen wird, aber vorerst genügt es, dass ihre Mutter von ihrer Trennung weiß.

«Ich war mit Hector schon lange nicht mehr glücklich», sagt sie, und als sie es ausspricht, fühlt es sich wahr an. Wahrscheinlich hat sie sich deshalb in Myles verknallt.

«Ich mach mir Sorgen um dich.»

«Brauchst du nicht. Mir geht's gut.»

«Ich kann nicht anders», sagt ihre Mutter, «du bist alles, was ich noch habe», und sie umarmt Birdy kurz und lässt sie wieder los.

«Ich weiß, dass du ihn gemocht hast.»

«Das spielt keine Rolle. *Du* musst mit ihm glücklich sein.»

Warum war sie besorgt? Ihre Mutter wird immer versuchen, sie zu verstehen. Es ist Josefina, die sie zusammenscheißen wird.

Weil sie es derart eilig hat wegzukommen, ist sie eine Viertelstunde zu früh und muss auf dem Parkplatz des Bess Eaton in der Granite Street die Zeit totschlagen, damit sie in der Raucherecke niemanden sehen muss. Sie überlegt, gar nicht in die Schule zu gehen, sondern an dem Verkehrspolizisten in der neongelben Weste, der die Autos in die Einfahrt winkt, einfach vorbeizugleiten und zum Strand zu fahren, doch das könnte noch schlimmer sein.

Auf einmal ist sie doch spät dran und muss den Wagen am

hintersten Ende des Parkplatzes abstellen. Als sie zum Hintereingang geht, sieht sie seinen Eclipse mit der Schnauze voran am Zaun des Fußballfelds stehen. Sie könnte einen Umweg machen und einen Zettel unter den Scheibenwischer stecken oder in den Türrahmen klemmen, aber das hat keinen Sinn. Das Geheimnis ist gelüftet, und die anderen haben ihre Meinung schon zum Ausdruck gebracht. Indem sie sich heute blicken lässt, fordert sie alle auf, es ihr ins Gesicht zu sagen. Als sie sich dem Gebäude mit seinen Fensterreihen nähert, stellt sie sich vor, dass die ganze Schule sie beobachtet. Sie widersteht der Versuchung, zu winken oder ihnen allen den Mittelfinger zu zeigen.

Die Flure sind eigenartig leer. Sie muss zum Sekretariat, um sich einen Entschuldigungszettel zu holen. Montags hat sie als Erstes Erdkunde bei Mr. Calderon. Als sie die schwere Tür öffnet, wenden sich ihr alle Gesichter zu, auch das von Sonya, das so verärgert aussieht, als hätte Birdy ihr persönlich was angetan. Hinten kichert jemand über einen Witz, und Birdy versucht, so zu tun, als hätte sie es nicht gehört, und setzt sich auf ihren Platz in der Mitte, wohl wissend, dass alle sie anstarren. Sie holt ihr Schulheft raus und stellt den Rucksack auf den Boden. Als sie aufschaut, guckt Lexi Parenti zwei Reihen weiter woandershin, als fühlte sie sich ertappt.

Birdy richtet den Blick auf Mr. Calderon, der an der Tafel verschiedene Ökosysteme auflistet, kann sich aber nicht auf das konzentrieren, was er sagt. Neben ihre Notizen vom Freitag hat sie eine Rose gemalt, woran sie sich jedoch nicht erinnern kann. Der Freitag kommt ihr schon so weit weg vor. Da wusste noch niemand von ihnen, und für einen Augenblick driftet sie in eine Sehnsucht nach dieser verlorenen Zeit.

«Hier in Westerly haben wir Laubwald, Wiesen, Süßwasserteiche, Feuchtgebiete, eine Flussmündung. Was noch?»

Das Meer. Es ist offensichtlich, doch sie kann es nicht sagen und wartet, bis Dani Lefebvre geantwortet hat.

«Was für eine Besonderheit hat das Meer hier in Westerly? Welche Bedingungen seines Ökosystems unterscheiden es von anderen Teilen des Nordatlantiks?»

Auch diesmal weiß Birdy die Antwort, doch Schweigen ist ihre beste Verteidigung. Wenn sie mit den anderen schon keine Einheit mehr bilden kann, so kann sie wenigstens verhindern, dass sie die Aufmerksamkeit auf sich zieht. Ihre Strategie geht auf, doch auf die Art dauert der Unterricht ewig.

Während sie beobachtet, wie die Minuten heruntersticken, stellt sie sich vor, was sie zu Sonya sagen könnte, um alles wieder in Ordnung zu bringen. Sie kann nicht sagen, dass es ihr leidtut, denn das stimmt nicht. Und Sonya erzählt überall herum, dass sie mit Hector Schluss gemacht hat, die kann sie also vergessen. Sie hofft geradezu, dass Sonya sie schneidet, denn was gibt's da noch zu sagen, und plötzlich begreift Birdy, dass *sie* Sonya schneiden sollte – so, wie der Trainer es ihnen nahelegt, wenn er sagt, dass sie ihr Ding durchziehen sollen, statt auf den Schwachsinn zu hören, den das andere Team so von sich gibt.

Schließlich klingelt es, und Mr. Calderon erinnert alle noch an die Aufgaben, bevor er sie gehen lässt. Sonya sitzt näher an der Tür. Birdy schindet Zeit, sie räumt ihre Sachen weg und sieht auf dem Telefon nach, in der Hoffnung, dass Sonya rausgeht, aber die sitzt bloß da und lässt den Rest der Klasse an sich vorbeidefilieren, als würde sie darauf warten, sich Birdy allein vorzuknöpfen.

Als Birdy aufsteht, steht auch sie auf.

Sonya kommt auf sie zu und kramt in ihrem Rucksack nach irgendwas. Warum muss Birdy an einen vergifteten Apfel denken? Sie würde sich am liebsten an Mr. Calderon wenden, doch er ist damit beschäftigt, die Tafel abzuwischen.

Sonya zieht die Hand aus dem Rucksack und hält ihr eine kleine schwarze Box hin, die Birdy wiedererkennt: Es ist die Schatulle der gravierten Fliegeruhr, die sie Hector zum Jahrestag geschenkt hat und die er jeden Tag trägt. Sieht ihm ähnlich, dass er die Box aufgehoben hat.

Es sieht ihm ähnlich, dass er sie von einem Boten überbringen lässt, denn damit liegt es in Birdys Verantwortung, sie formell anzunehmen, wie ein Zeichen der Kapitulation. «Danke.»

«Warum musstest du ihm das antun? Ich begreif's nicht.»

Am liebsten würde Birdy sagen, dass sie es auch nicht begreift, aber das geht Sonya nichts an. «Es wär sowieso nicht gut gegangen.»

«Dann sag ihm das. Das tust du aber nicht. Am schlimmsten ist, dass du rumläufst, als würde dir das Ganze nichts ausmachen. Tja, jetzt kriegst du's am eigenen Leib zu spüren. Fühlt sich nicht so gut an, wenn's einem selbst passiert, hm?»

«Du hast doch gar keine Ahnung», sagt Birdy und spürt, dass Mr. Calderon heimlich zuhört.

«Alle kennen Myles. Du hättest mich bloß fragen müssen, ich hätte's dir sagen können. Frag Lydia oder Casey Conley. So läuft das bei ihm, und er kehrt jedes Mal zu ihr zurück. Wie kannst du dich für was Besonderes halten?»

«Tu ich ja gar nicht», sagt Birdy und versucht, nicht überrascht zu wirken.

«Für jemanden, der so klug ist, bist du echt dumm.»

Der nächste Kurs beginnt gleich, und nach einem mitleidigen Kopfschütteln tritt Sonya den Rückzug an und überlässt es Birdy, sich mit dieser neuen Anschuldigung auseinanderzusetzen. Es ist eine Lüge, die sie verletzen soll, und das tut sie auch. Lydia und Casey Conley sind beide so groß wie sie und beide dunkelhaarig, als wäre sie bloß das neueste Opfer in einer langen Reihe von Eroberungen. Sie steckt die Box mit der Uhr in ihren Rucksack und überlegt, was sie damit anfangen soll.

Im Gedränge des Flurs gibt es kein Entrinnen. Sie senkt den Kopf und reiht sich in den Strom ein, eine Parade von Gesichtern zieht vorbei, die Blicke forschend, bemüht, in sie hineinzuschauen. Sein Schließfach liegt auf dem Weg zum Trigonometriekurs. Selbst jetzt, hilflos, von Zweifeln geplagt, hofft sie, ihn ohne seine Freundin zu entdecken – ein so idiotischer Wunsch, dass sie Sonya recht geben muss. Natürlich steht er nicht an seinem Schließfach. Mit gleichbleibendem Blick geht sie achtlos daran vorbei. Dann biegt sie um die letzte Ecke vor ihrem Klassenraum, und an der Tür steht Elena, ihr Fels in der Brandung, der ihre Rettung ist.

Birdy erzählt ihr, was Sonya gesagt hat.

«Von Casey Conley hab ich nichts gehört», sagt Elena. «Aber Lydia, ja.»

«Warum hast du mir nichts gesagt?»

«Wann hätte ich das denn tun sollen? Du hast es mir doch erst vor zwei Tagen erzählt.»

«Ich bin so dumm.»

«Hör auf», sagt Elena, doch der Gedanke geht Birdy nicht mehr aus dem Kopf. All die Versprechen, all die intimsten Momente – alles, was sie für besonders hielt, war es nie. Sie hätte sonst wer sein können.

In ihrem Trigonometrieheft entdeckt sie eine weitere Rose vom Freitag und weiß einfach nicht mehr, was sie da empfunden hat. Während Mrs. Sczerbinski ihren Stoff herunterleiert, umrandet Birdy die Rose, begräbt sie unter einer Schraffur und schwärzt schließlich alles ein, damit sie die Umrisse nicht mehr erkennen kann.

In den Fluren macht Elena den Weg frei wie eine Leibwächterin. Sie haben zur gleichen Zeit Mittagspause und beschließen, nicht in die Cafeteria zu gehen, sondern sich in einem Drive-in etwas zu besorgen – bloß um vom Campus wegzukommen. Birdy hat keinen Appetit, doch es ist eine Erleichterung, sich nicht mehr verstellen zu müssen. Sie nehmen Elenas Jeep, und als sie die Route 1 entlangbrausen, entspannen sich ihre Gesichtszüge.

Sie entscheiden sich für das Taco Bell neben dem Job Lot, denn da geht es schnell, und alles ist billig, und Elena trinkt gern Baja Blast. Birdy nimmt ein paar Bissen von ihrem Crunchwrap und klappt dann die Schachtel zu. Elena ist noch mit ihrem beschäftigt, als plötzlich ihr Telefon klingelt. Sie bedient es mit einer Hand.

«O Mist, guck dir das mal an.»

Es ist ein Video von Myles' Eclipse, der noch immer am Zaun geparkt ist. Die Kamera schwenkt die ganze Seite entlang und zeigt, dass jemand den Wagen mit einem Schlüssel zerkratzt hat, eine ununterbrochene Linie, die sich wie eine Straße von vorn bis hinten durch den Lack schlängelt. Sie haben auch die Motorhaube verschandelt, ein großes, schlampiges X, und obwohl sie Myles gegenüber keine Verbundenheit verspüren sollte, macht diese beschissene Tat ihr Bauchschmerzen.

Sie glaubt nicht, dass Hector, der Autofan, so etwas tun würde, aber auch da ist sie sich nicht mehr sicher. Irgendwie wird man am Ende wohl ihr die Schuld daran geben.

«Das war ich nicht», sagt sie.

«Es wurde vor zwei Minuten aufgenommen.»

«Du bist meine Zeugin. Ich war die ganze Zeit mit dir zusammen. Wer hat's denn geschickt?»

«Jemand, den ich nicht kenne.»

Erst jetzt denkt Birdy an ihren eigenen Wagen, ein leichtes Ziel, weitab am hinteren Ende des Parkplatzes – als bräuchte sie an diesem Tag noch mehr Dramatik. Auch wenn sie nur noch zwei Kurse hat, einer davon Studienzeit, will sie nicht mehr zurück.

«Gib jetzt nicht auf», sagt Elena. «Du hast es doch fast geschafft. Heute ist ein harter Tag. Von jetzt an wird es einfacher.»

So viel ihr Elena auch bedeutet – als sie ihren Müll weggeworfen haben und nach Westerly fahren, kommt es ihr wie ein Fehler vor. Bestimmt wird alles noch schlimmer. Sie hat Hector, Myles und seine Freundin noch nicht von Angesicht zu Angesicht gesehen und kann ihnen nicht ewig aus dem Weg gehen. Sie befürchtet, dass die Warterei nur der geringste Teil ihrer Strafe ist.

Mit ihrem Wagen ist alles in Ordnung, keine Kratzer oder eingeschlagenen Fenster, er ist bloß dreckig. Sein Eclipse ist nicht mehr da, und der Outback ihrer Teamkameradin Monica Chaudhry hat seinen Platz eingenommen. Sie sucht die Reihen nach Hectors Charger ab und fragt sich, ob er überhaupt hergekommen ist. Als eine Art Buße hält sie ihn für unschuldig, aber wer sonst hätte Myles' Wagen zerkratzen sollen – Gregory? Sie haben Stellung bezogen. Das Einzige, worüber sie sich einig sind, ist das: Sie ist es nicht wert, um sie zu kämpfen.

In den Fluren befürchtet sie an jeder Ecke, dass seine Freundin ihr auflauert, vielleicht auch direkt vor der Tür, wenn sie den Klassenraum wechseln muss. Schon ihre Größe macht Birdy Sorgen. Wenn sie und Josefina sich als Kinder geohrfeigt haben, war am Ende immer sie rot im Gesicht und gedemütigt. Ausgeschlossen, dass sie diese langen Arme abwehren kann, und seine Freundin ist nicht Josefina. Sie wird nicht aufhören, wenn Birdy in Tränen ausbricht.

Studienzeit, dann Englisch, und sie hat den Tag überstanden. Sie muss bloß zu ihrem Auto gelangen und hat Elena an ihrer Seite. Sie ist darauf gefasst, dass ein Mob sie beschimpft, doch niemand lauert ihr an ihrem Schließfach auf oder hält an der Raucherecke nach ihr Ausschau. Geradezu enttäuschend. Sie weiß, das Ganze ist erst vorbei, wenn sie seiner Freundin begegnet, doch inzwischen ist sie bereit. Egal, was dann passiert, es kann nicht so schlimm sein wie diese Warterei.

«Ich ruf dich heute Abend an», sagt Elena, und Birdy bedankt sich bei ihr.

«Ach komm», sagt Elena, als wäre es selbstverständlich, «du bist meine Freundin.»

Reflexhaft schaut sie, bevor sie losfährt, auf ihrem Telefon nach, ist dann aber wütend auf sich. Dumm hat Sonya sie genannt. Die ganze Zeit, in der sie geglaubt hat, glücklich zu sein, hat er sie bloß ausgenutzt. Jetzt wissen es alle.

Das Radio ist ihr Feind, genau wie der CVS, die Flughafenschilder und der Strand, das Wal-Mart mit seinem belebten Parkplatz, ja sogar der Spirituosenladen mit dem Kühlschrank voller Champagner. Die Straßen, die Bäume, der Himmel. Es gibt nichts auf der Welt, das noch gefahrlos ist.

Zu Hause behandelt ihre Mutter sie, als wäre sie krank, und macht zum Abendessen ihre geliebten Hähnchenkroketten. Birdy stochert daran herum und schabt die Reste in den Müll, in der Hoffnung, dass ihre Mutter es nicht bemerkt. Falls sie mit Josefina gesprochen hat, sagt sie es nicht. Sie sitzt auf dem Sofa und strickt, unendlich geduldig, und als ihr Garnknäuel auf den Boden fällt, erschrickt Ofelia. Die Yankees haben einen Abend spielfrei, deshalb sehen sie sich *Dancing With the*

Stars an, eine Sendung, die Birdy normalerweise zum Lachen bringt, doch sie ist müde, und nach etwas mehr als der Hälfte klinkt sie sich aus und gibt ihrer Mutter einen Gutenachtkuss.

«Morgen ist ein neuer Tag», sagt ihre Mutter, als wäre das gut.

«Ja», sagt Birdy.

Oben teilt sie Elena mit, dass sie sich hinlegt, schaltet ihr Telefon aus und kappt die Verbindung zur Welt, nur dass das Gedankenkarussell sich weiterdreht und immer wieder Bilder aufblitzen lässt von ihnen beiden in dem Zimmer mit Ausblick aufs Meer, dem Kamin, den kühlen Laken und dem Nippes seiner Mutter – alles unwiederbringlich verloren, immer noch da, aber für sie verboten, wie in einem Traum. Sie schlägt die Augen auf und ist hellwach, die Wände von der Steckdosenleiste unter ihrem Schreibtisch rötlich gefärbt. Sie klopft ihr Kissen zurecht und legt sich anders hin, aber nichts hilft. Wie hört man auf zu denken? Wie hört man auf, jemanden unbedingt haben zu wollen?

Der nächste Tag ist nicht besser. Elena bemüht sich um sie, doch Birdy hat zu lange nicht geschlafen und nichts Richtiges gegessen. In der Schule kann sie sich nicht entspannen, ist ständig in erhöhter Alarmbereitschaft. Als sie beim Fußballtraining Ausdauersprints läuft, wird ihr schwindlig, und der Trainer lässt sie aussetzen und isoliert sie noch weiter von ihren Teamkameradinnen. Sie ist so müde, dass sie wünschte, sie könnte aus allem aussteigen.

Auf dem Parkplatz hat sie gerade die Spikes ausgezogen und ist in ihren Wagen gestiegen, als auf ihrem Telefon eine Nachricht eingeht. Sie kennt die Vorwahl nicht und hält es für Werbung, doch sie schaut trotzdem nach.

Soy Oquendo, steht da, und der Tag ist gerettet.

Wie konnte sie je an ihm zweifeln? Sie ist nicht dumm, ihr fehlt es bloß an Mut.

Soy Oquendo, antwortet sie.

Während sie darauf wartet, dass er fertigtippt, lacht sie über ihr Verlangen und blickt sich um, um zu sehen, ob irgendwer sie gehört hat. Schon verlangt es sie nach mehr.

miss u, schreibt er.

miss u 2

Es ist ein Wegwerf-Telefon, wie Drogendealer sie benutzen, und ein Geheimnis, das sie die Woche überstehen lässt. Plötzlich ist sie unverwundbar. Zur Erleichterung ihrer Mutter beginnt sie, wieder zu essen und beim Fernsehen zu lachen. Sie kann noch nicht wieder schlafen, doch jetzt hat sie etwas, woran sie sich in all den leeren Stunden festhalten kann. Er gesteht, dass er nicht mit ihr reden soll, und obwohl sie alles für ihn riskiert und verloren hat, schmeichelt ihr dieses Eingeständnis, denn es ist alles, was sie will: Auch er kommt nicht darüber weg.

Am Donnerstagabend, bei der Arbeit, hilft sie Mr. Futterman und Sandra, den Laden zu schließen, und als sie vom Papiercontainer zurückkommt, fällt aus dem Dunkeln, mit voller Wucht, Myles' Freundin über sie her.

Bevor Birdy reagieren kann, ist sie schon da, packt sie an den Haaren und schlägt mit der Faust auf sie ein. Birdy hebt die Arme, um sie abzuwehren, doch seine Freundin trifft sie an der Stirn und schlägt ihr den Sonnenschild weg. Birdy weicht zurück, stolpert über ihre eigenen Beine und strauchelt. Als sie zu Boden geht, erhält sie einen Schlag aufs Ohr, der einen stechenden Schmerz durch ihren Schädel zucken lässt. Sie stürzt auf den Beton und hält die Hände schützend vor sich, rollt sich im Schatten des Containers zusammen. Myles' Freundin tritt ihr gegen die Hüfte, in den Hintern, den unteren Rücken, was Birdy aufstöhnen lässt, und schließlich hört sie auf und steht keuchend, gesichtslos vor ihr.

«Das hast du davon», sagt sie und zeigt mit dem Finger auf sie. «Vergiss das bloß nicht.»

SAS

Das Wochenende vor Halloween sollten wir bei unserem Vater sein, doch irgendwann am Donnerstag rief er unsere Mutter im Elms an und sagte ab. Er muss arbeiten, sagte sie uns beim Abendessen, das war nicht ungewöhnlich. Es waren die Wochen der Flaute zwischen dem Laub und dem Schnee, und wenn er konnte, verdiente er sich auf dem Bau schwarz was dazu, indem er Dachdeckerkolonnen half, die Neubauten am Wasser vor dem Wintereinbruch zu decken. Wir kannten es schon, dass er von der Bildfläche verschwand. In mancher Hinsicht war es eine Erleichterung. Wenn Angel samstags arbeiten musste, blieb ich allein mit ihm zurück, und dann fiel es uns beiden nicht leicht, die Zeit bis zu ihrer Rückkehr auszufüllen. Das Ungewöhnliche war, dass unsere Mutter unseren Vater entschuldigte, statt sich – weil er uns so kurzfristig hängenließ – über seine Unzuverlässigkeit zu beklagen, als wäre es diesmal ausnahmsweise nicht seine Schuld.

Nur die Pläne von mir änderten sich durch die Absage. Freitags waren meine Mutter und Russ fest verabredet, und Angel, da sie ja urplötzlich Zeit hatte, verkündete, dass sie mit Myles ins Kino gehe. Um mich davor zu bewahren, dass ich allein zu Hause war, entschied meine Mutter, ich solle bei meiner Großmutter übernachten, eine Lösung, die mir wie eine Strafe vorkam.

«Ich bin doch ständig allein hier», sagte ich.

«Ich weiß», sagte meine Mutter. «Aber das gefällt mir nicht.»

«Viel Spaß», sagte Angel.

«Ich darf mich um Brookie kümmern, aber nicht auf mich selbst aufpassen.»

«Es ist doch bloß für eine Nacht», sagte meine Mutter, denn sie wusste, dass wir nicht gern dort waren. Als sie und unser Vater sich getrennt hatten, mussten wir ein Jahr lang bei meiner Großmutter wohnen – Angel und ich im Keller, wo selbst jetzt noch die Arbeitsjacke unseres Großvaters in einem nach Mottenkugeln und Mäusekot stinkenden Zedernschrank hing. Wir waren überzeugt, dass etwas in dem Haus herumgeisterte, und sei es nur die Vergangenheit unserer Mutter. Überall hingen Fotos von ihr, doch nur aus ihrer Kindheit, als wäre sie auf der Fahrt zum Abschlussball bei einem Autounfall ums Leben gekommen. Seit ihrem Auszug hatte sich nichts verändert, sogar der Lehnsessel unseres Großvaters mit seinen blank gewetzten Armlehnen aus Kunstleder stand noch gegenüber der alten Fernsehtruhe. Unsere Großmutter hatte weder Kabelfernsehen noch Internet, und ihr Telefon sah aus wie ein Requisit aus einem alten Film. Am Griff des Backofens hingen Geschirrtücher, auf denen Kalender aus den 1970ern aufgedruckt waren. Sie wohnte buchstäblich in der Küche. Sie trank Instantkaffee, rauchte pausenlos Carltons, von denen sich ihre Finger und Zähne verfärbt hatten, und hörte den ganzen Tag Talk-Radio, wobei sie Verschwörungstheorien in sich aufsaugte, die nach ein paar Gläsern eines Getränks, das sie Dago Red nannte, wieder aus ihr hervorsprudelten. Sie glaubte, dass Obama ein Muslim war, eine Überzeugung, die unsere Mutter aus ihr herausgekitzelt hatte, um sie gleich danach zu verspotten, was zu hässlicheren, noch persönlicheren Bosheiten führte, die wir am liebsten wieder vergessen hätten, doch abgesehen von Tante Mil war sie unsere einzige Verwandte und wohnte in der Nähe, und auch wenn wir uns nicht immer mit ihr vertrugen, war sie, wenn es drauf ankam, stets für uns da.

«Es wird dich schon nicht umbringen», sagte meine Mutter. «Wir können morgen einen Filmabend machen, was hältst du davon?»

Es war kein fairer Handel. Als unschuldiges Opfer konnte ich vermutlich eine einzige Forderung stellen. «Und Cottage Pudding.»

«Und Cottage Pudding.»

«Na gut», sagte ich in einem Ton, der ihr klarmachte, dass sie mir noch etwas schuldig war.

«Danke», sagte sie entschuldigend.

Am Freitag fuhr ich mit Brookie im Bus nach Hause, brachte sie bis zur Tür und vergewisserte mich, dass Mrs. Tidwell mich nicht beobachtete, bevor ich die Straße überquerte und hinter die Line & Twine schlüpfte. Die Fabrik war noch stärker als der Fernseher zu meiner Zuflucht geworden. Bei schönem Wetter las ich meine Englischlektüre auf der vermoosten Betonbrüstung des Wehrs und beobachtete, wie das glatte schwarze Wasser das Laub darauf zutrieb. Wir lasen gerade *Wer die Nachtigall stört*, und die Stelle, wo Scout in ihrem Schinkenkostüm überfallen wird, machte mir schreckliche Angst. Flussabwärts war ein Reiher, der im seichten Wasser am anderen Ufer Fische fing, und er hatte sich an mich gewöhnt, sodass wir beide, völlig reglos, auf unsere Arbeit konzentriert waren.

Drinnen, bei der Erkundung des ersten Stocks der Fabrik, hatte ich die Rechnungsstelle entdeckt, in der meine Großmutter die Bücher geführt hatte. Der Boden war mit gelben und rosa Rechnungen übersät, die andere Jugendliche dort verstreut hatten. Die Schreibtische waren durchstöbert worden, doch ihr Inhalt war nicht stehlenswert, deshalb lagen noch ziemlich viele verrostete Ringhefter, verschimmelte Aktenordner und – meine Beute an jenem Freitag – ausgetrocknete Gummistempel herum. Ich wollte einen für meine Großmutter finden, weder zur Bestechung noch als Friedensangebot, sondern um sie zu besänftigen. Die Line & Twine hatte in unserer Familiengeschichte eine solche Bedeutung, dass ich wusste, sie würde sich über ein Erinnerungsstück riesig freuen. Sie war am glücklichsten, wenn sie über die Vergangenheit reden konnte, und das würde ihr dazu einen Anlass geben. Ich stellte meinen Rucksack auf einen Schreibtisch und stocherte mit dem Fuß in den Papieren herum, bis ich einen Stempel aufgestöbert hatte. Ich hoffte, es wäre einer, mit dem sich BEZAHLT oder ÜBERFÄLLIG stempeln ließ, doch es war bloß einer mit Datum: 11. FEB 89. Die anderen – DUPLIKAT, EINGEGANGEN, GENEHMIGT – wären auch nicht besser gewesen, und ich wollte noch eine Weile allein sein, bevor Angel nach Hause kam, deshalb gab ich mich mit dem ersten zufrieden und hoffte, dass es ein Datum von Bedeutung war.

Ich schloss die Haustür auf und sperrte hinter mir ab, wie meine Mutter es mir aufgetragen hatte. Dann hängte ich meine Jacke auf, warf meinen Rucksack aufs Sofa und ging schnurstracks zu Angels Wandschrank.

Als ich am Samstagabend nach dem Gasbehälter gesehen hatte, war die Tüte mit den Ballons offen gewesen. Nach ein paar Versuchen mit dem Ventil gelang es mir, einen von ihnen zu füllen. Ich trat vor Angels Spiegel, um die Wirkung voll und ganz zu sehen. Das Gas fühlte sich kalt an, als ich es einatmete, und schmeckte leicht süßlich. Mit geblähten Wangen hielt ich für einen Augenblick die Luft an. Ich hatte vor, «We

Are the Lollipop Guild» zu singen, doch noch bevor ich anfangen konnte, schwankte das Zimmer und verdunkelte sich.

Ich konnte den Ballon nicht mehr festhalten, und er flog in die Luft und drehte mehrere Loopings.

«Uaaaaah», sagte ich. Meine Stimme war aber nicht piepsig, sondern klang tief und schleppend, wie bei einem erwachenden Riesen. Da war ich also im Zimmer meiner Schwester und sah alles, aber zugleich war ich woanders, weit weg, bei meiner eigenen Privataudienz, und beobachtete das Ganze. Ihre Kommode mit den dazu passenden Knäufen sah so seltsam – so feierlich – aus, dass ich lachen musste. Das Zimmer wurde noch dunkler, als gäbe es gerade eine Sonnenfinsternis. Das Mädchen im Spiegel kam grinsend auf mich zugetaumelt, die Arme ausgestreckt wie ein Zombie. Mit dem Gesicht voran lief ich gegen die Wand und prallte zurück, kippte nach hinten und stieß gegen Angels Bett, wobei ich so heftig kicherte, dass mir die Tränen kamen.

Ich weiß nicht, wie oder wo Myles da rangekommen war, aber der Behälter war voll mit Distickstoffoxid – Lachgas. Ich hatte noch nie Drogen genommen oder mich betrunken, deshalb wusste ich nicht, was passiert war, wusste bloß, dass ich es noch mal tun wollte. Ich fand heraus, dass ich mich auf einem Stuhl zurücklehnen oder auf ihr Bett legen musste und nur einen winzigen Hauch einatmen durfte, um nicht ohnmächtig zu werden. Von da an kehrte ich jedes Mal, wenn sie mich allein ließen, zu ihrem Wandschrank zurück – ein weiterer Grund, warum ich nicht begeistert war, dass ich zu meiner Großmutter sollte. Jetzt wollte ich ein paar Züge nehmen, bevor Angel nach Hause kommen würde, und so kroch ich auf die dunkle Ecke zu, tauchte unter ihren hängenden Kleidern hindurch und schob den Milchkasten mit ihren Rollschuhen aus dem Weg.

Der Karton war weg.

Gestern war er noch da gewesen. Sie konnten ihn in der Mittagspause geholt haben, oder vielleicht hatten sie eine Stunde geschwänzt. Ich hätte nicht überrascht sein sollen. An den Wochenenden stiegen Partys. Ich hatte mich einfach darauf verlassen, dass der Behälter da war, ein Geheimnis innerhalb eines Geheimnisses.

Myles setzte Angel um kurz nach fünf ab, schließlich wusste er, dass unsere Mutter nicht vor halb sechs nach Hause kam. Sie ging nach oben und kam wieder runter, warf einen Blick in den Kühlschrank, setzte sich dann neben mich aufs Sofa und verschickte Nachrichten.

«Was ist mit dem Gasbehälter passiert?», fragte ich beiläufig.

«Lass es», sagte sie und tat mich mit einem Handwedeln ab, nicht weil sie wütend war, sondern weil sie wusste, dass ich bloß bluffte. Unserer Mutter davon zu erzählen wäre ein schwerer Verstoß gewesen.

Sie schrieb ihre Nachrichten zu Ende und nagelte mich mit einem Blick fest, als wollte sie mir die Chance geben, die Frage zurückzuziehen. «Meinst du etwa, ich hab die Ballons nicht gezählt? So viele waren das nicht.»

Als ich mich verteidigen wollte, rief sie auf ihrem Telefon ein Foto auf und zeigte es mir: Myles, engelsgleich, bewusstlos auf ihrem Bett. «Du hast Glück gehabt, dass du dich nicht umgebracht hast. Und du bist angeblich die Klügere. Ich glaub, ich spinne.»

«Ich dachte, es wäre Helium.»

«Ist mir egal. Lass die Finger von meinen Sachen.»

«Okay.»

«Nix ‹okay›, denn du kannst nicht damit aufhören. Das nächste Mal ist es wieder was anderes. Das ist weder schlau noch witzig. Mach ich bei dir doch auch nicht.»

Ich pflichtete ihr bei, fand aber, das ließ sich nicht vergleichen. Ich hatte keine Geheimnisse, die es wert waren, verborgen zu werden.

Sie machte sich wieder ans Nachrichtenschreiben, und ich machte mich wieder ans Fernsehen, als wäre alles gut, und das war es auch. Egal, wie sehr wir uns grollten, wir kannten einander ja.

Unsere Mutter war spät dran und sagte zu mir, ich solle meine Sachen zusammenpacken, damit sie mich sofort zu unserer Großmutter bringen könne. Auch wenn der Gasbehälter weg war, störte es mich immer noch, wie ein kleines Kind behandelt zu werden, und als sie mich absetzte, sagte ich ihr so unaufgeregt wie möglich, dass es für mich doch gar kein Problem sei, allein zu Hause zu bleiben.

«Das weiß ich doch», sagte sie. «Ich hab bloß ein schlechtes Gewissen, weil ich dich in letzter Zeit so oft alleinlasse. Es ist mein Problem.»

Obwohl ich erleichtert war, das zu hören, war ihr die Erkenntnis zu spät gekommen, um mich zu retten. Ich musste trotzdem bei meiner Großmutter übernachten.

Sie hatte auf uns gewartet. Sie öffnete die Haustür und stand, in die Strickjacke meines Großvaters gehüllt, mit verschränkten Armen da, die Windfangtür geschlossen, damit die Wärme im Haus blieb. Meine Mutter stieg nicht aus, sie winkte bloß und setzte mich ab, als würde sie eine Geisel übergeben. Als ich die Verandatreppe hinaufstieg, war sie bereits verschwunden.

«Ich dachte schon, du hättest vielleicht ein besseres Angebot», sagte meine Großmutter.

Ihr Pullover reichte bis zu den Knien und hatte zwei geräumige Taschen wie eine Kittelschürze, eine, in der sie ihre Zigaretten und das Feuerzeug hatte, in der anderen steckten

Unmengen benutzter Papiertaschentücher. Sie trug ihn im Haus, in drei von vier Jahreszeiten, und obwohl ich gesehen hatte, wie sie ihn mit Woolite im Spülbecken wusch, war die Ausdünstung überwältigend, als sie mich umarmte. In ihrem Kuss schwang ein säuerlicher Weingeruch mit. Überrascht war ich nicht. Es war schon nach fünf.

«Du siehst gesund aus», sagte sie, womit sie vermutlich dick meinte. Zwischen den Zigaretten und dem Wein aß sie kaum etwas. Meine Mutter lag ihr ständig in den Ohren, sie solle es mal mit den Nahrungsergänzungsmitteln probieren, die sie ihren Patienten im Elms gebe. Ihre Haut war grau und am Hals ganz schlaff.

«Du auch», sagte ich.

«Ich habe dich im Zimmer deiner Mutter einquartiert, falls du deine Sachen abstellen willst. Hast du Hunger?»

«Ja», sagte ich, obwohl es nicht stimmte, denn ich roch, dass etwas auf dem Herd köchelte. Sie hatte ihren eigenen Zeitplan, von dem sie durch nichts abzubringen war.

Im Zimmer meiner Mutter befanden sich noch immer ihre Möbel aus Highschooltagen, darunter ein roter Sitzsack, der aussah wie eine zerquetschte Tomate. Auf der Kommode stand, zwischen anderen Bildern von ihr aus jener Zeit, ein gerahmtes Foto vom Abschlussball, auf dem sie mit ihrem Dekolleté eine Sexbombe war, ihr Partner dagegen ein Zottelkopf in babyblauem Smoking. Obwohl meine Großmutter seinen Namen öfters erwähnte, konnte ich ihn mir einfach nicht merken. Sie war seine Fürsprecherin gewesen und verzieh es meiner Mutter nie, dass sie sich für meinen Vater entschieden hatte. Meine Mutter war ein Einzelkind gewesen, ein Wunder nach einer Reihe von Fehlgeburten. Ein Leben lang lasteten alle Hoffnungen ihrer Eltern auf ihr, was mir als dem Nesthäkchen der Familie zum Glück erspart blieb. Auch wenn es seltsam war, in ihrem alten Zimmer zu übernachten, war es besser als der Keller mit den Mäusen und Spinnen und mit Angel, die das Ausziehbett mit ihren Heulkrämpfen erzittern ließ.

Zum Abendessen hatte meine Großmutter meine Lieblingsspeise gemacht – Sahnegeschnetzeltes auf Toast oder, wie mein Großvater es genannt hatte, Scheiße auf Schindel, SAS. Zu Hause gab's das nie, weil meine Mutter es nicht ausstehen konnte. Die Sahnesoße war üppig, das Rindfleisch salzig, der Toast untendrunter schön weich. Es war ein Gericht, das man schnell essen musste, sonst wurde es zähflüssig wie Leim. Beim ersten Bissen verbrannte ich mir den Mund, und dann wartete ich, bis sie mit ihrer winzigen Portion fertig war, bevor ich um einen Nachschlag bat.

«Lass noch Platz», mahnte sie, denn sie hatte Grape-Nut-Pudding mit Dessertsoße gemacht, eine weitere Lieblingsspeise, die es normalerweise nur an Feiertagen gab. Sie ging auf meine Vorlieben ein und machte mir ein schlechtes Gewissen, weil ich nicht hatte kommen wollen, und zum Zeichen meiner Dankbarkeit ging ich, nachdem ich das Geschirr gespült und sie sich in den Lehnsessel gesetzt hatte, um die Zeitung zu lesen, nach oben und holte den Gummistempel.

«O Gott», sagte sie, «ich erinnere mich. Wir mussten jeden Morgen das Datum ändern. Da waren die Hände immer voll Tinte.» Sie breitete die knochigen Arme aus, um mich an sich zu ziehen. «Danke. Das war sehr aufmerksam von dir. Du bist ein braves Mädchen, Marie. Du hast ein gutes Herz.»

Aus Erfahrung oder angeborenem Gespür misstraute ich jeglicher Rührseligkeit, und zu diesem Zeitpunkt hatte sie schon mindestens vier Gläser Wein getrunken, deshalb nahm ich ihre Worte nicht ernst.

Wir sahen uns gemeinsam *Jeopardy!* und *Glücksrad* an, noch so ein Ritual, und während der Werbepausen tappte meine Großmutter in die Küche, um sich Wein nachzuschenken, jedes Glas voller als die beim Abendessen, als wollte sie sich einen Weg sparen. Obwohl sie sich diese Spielshows schon jahrzehntelang ansah, war sie erstaunlich schlecht darin. Sie vergaß die Kategorien und konnte die einfachsten Fragen nicht beantworten, saß ratlos und vor sich hin murmelnd da und wiederholte im Flüsterton die richtige Antwort, sobald ein Kandidat sie aussprach, als hätte sie sie schon die ganze Zeit gewusst. Wie meine Mutter wurde sie im Lauf des Abends immer nachlässiger, torkelte zur Küchentür, als wäre sie auf einem krängenden Schiff, griff an ihrer Tasche vorbei, sodass ihr Feuerzeug auf den Boden fiel, und ich wäre gern zu Hause gewesen.

Als *Glücksrad* vorbei war, nahm sie wieder die *Sun* und kommentierte geistesabwesend die Torheiten örtlicher Politiker, als wüsste ich, wer sie waren. Wenigstens zog sie nicht über Obama her. Ich lag auf dem Teppichboden, versuchte mir *Ghost Whisperer* anzusehen und dachte, sie würde bald ins Bett gehen, als sie die Zeitung senkte und, wie aus dem Nichts, in betont ernstem Ton sagte, mein Vater tue ihr leid.

Er war ein Thema, über das ich nicht mit ihr sprechen wollte, und ich nickte bloß in der Hoffnung, dass sie es damit gut sein ließe.

«Man sollte meinen, dass er in seinem Alter mehr Verstand hat.»

Als ich mich zu ihr umdrehte, sah ich, dass sie nicht mit mir, sondern irgendeiner unsichtbaren Person sprach, die mitten im Zimmer stand, vielleicht meinem Großvater. Ich stellte mir vor, dass sie so redete, wenn sie allein war, und ihren ewigen Kummer mit den Toten teilte.

«Ich sollte nichts sagen. Deiner Mutter gefällt nicht, was

ich zu sagen habe, deshalb sage ich nichts. Ich rede mich nicht noch mal um Kopf und Kragen.»

Sie verschwand hinter der Zeitung, und ich war bedient, außerstande, mich zu wehren. Sie hatte mir *Ghost Whisperer* verdorben. Um Punkt neun, als es zu Ende war, spülte sie ihr Glas aus, ließ mich aufstehen und ihr einen Gutenachtkuss geben, und dann schleppte sie sich die Treppe hinauf, um ins Bett zu gehen.

Mein Vater hatte sich, wie meine Mutter mir am Samstagabend nach dem Cottage Pudding erzählen würde, vor einer Bar geprügelt und lag im Krankenhaus. Es ging ihm gut, er hatte bloß ein paar Risswunden im Gesicht. Sie behielten ihn zur Beobachtung da, weil sie dachten, er könnte eine Gehirnerschütterung haben.

Ich weinte nicht, auch weil ich es nicht glaubte. Da sie so wenig erzählte, wusste ich, dass sie nicht die ganze Wahrheit sagte. Um die zu erfahren, musste ich meine Schwester fragen.

«Mit wem hat er sich denn geprügelt?»

«Was meinst du wohl?», sagte Angel.

«Mit Russ», sagte ich.

«Nein, du Dummerchen.» Das hieß, mit Wes.

«Woher weißt du, dass er es war?»

Mir, mit dreizehn, kam es so vor, als würde sich meine Schwester durch eine Welt voller Geheimnisse bewegen und die verborgenen Ströme des Verlangens, die das Leben beherrschten, alle überblicken können, während mir im Innersten sogar die Leute, die mir am nächsten standen, unbegreiflich und ein völliges Rätsel waren.

«Es stand in der Zeitung», sagte sie.

3

Birdys Hüfte hat es am schlimmsten erwischt, ein einziger dunkler Bluterguss und so empfindlich, dass es schon wehtut, das Bein anzuheben, als sie aus der Dusche steigt. Sie kann sich nicht erinnern, dass sie auf die Rippen geschlagen wurde, doch der Beweis, ein brauner faustgroßer Fleck, ist im Spiegel zu sehen. Zu Ofelias Verwirrung schließt sie ihre Zimmertür ab, bevor sie sich anzieht, legt sich dann aufs Bett und streift sich mit zusammengebissenen Zähnen ihre Jeans über. Im Bad schminkt sie sich wie an jedem anderen Tag. Hinter dem einen Ohr ist eine Schwellung, doch abgesehen von einer leichten Schürfwunde an der Kinnspitze, die auch vom Fußball stammen könnte, ist ihr Gesicht unversehrt. Sie hatte schon Angst, an der Stirn eine Beule zu haben, und findet es witzig, dass ihr Sonnenschild sie davor bewahrt hat. Sie dreht ihr Gesicht in die eine und dann in die andere Richtung, tupft Abdeckcreme auf ihr Kinn. Niemand wird etwas merken.

Ihrer Mutter ist nichts aufgefallen, sonst würde Birdy nicht zur Schule gehen. Sie würde lieber mit ein paar Eisbeuteln zu Hause bleiben, doch sie spielen gegen Chariho, und nach dem Spiel will er sich mit ihr treffen. Wie's aussieht, werden sie sich immer noch sehen. Sie wird nicht zulassen, dass seine Freundin sie auseinanderbringt.

Sie hat es keinem erzählt, nicht mal Elena. Sie will nicht

Gesprächsthema sein. Das hier betrifft sie und Myles, nicht die ganze Schule. Der Plan seiner Freundin ist bereits fehlgeschlagen. Sobald er sieht, was sie getan hat, wird er sich mit Sicherheit für sie entscheiden.

Als sie auf den Parkplatz einbiegt und der Schlange vor ihr hinterherfährt, ist sie in Alarmbereitschaft, blickt in die Spiegel und rechnet jeden Moment damit, dass seine Freundin kreischend zwischen den geparkten Autos hervorstürmt, die Scheibe einschlägt und sie aus dem Wagen zerrt. Stattdessen sieht sie Hector, der am Kofferraum seines Chargers lehnt und mit Gregory und Sonya spricht, die sich aus dem Staub machen, als sie Birdy kommen sehen.

Sie ist darauf vorbereitet, direkt an ihm vorbeizufahren, doch zu ihrer Überraschung hält er sie an. So, wie er letztes Mal mit ihr gesprochen hat, musste sie annehmen, er hätte die Nase voll von ihr.

Er beugt sich nicht zum Fenster herein, sondern tritt einen Schritt zurück, als könnte sie einfach weiterfahren.

«Was ist?», fragt sie.

«Hallo. Ich brauch die Eintrittskarte für die Tanzparty.»

Nächsten Freitag ist der Halloween Hop. Sie wollten zusammen hingehen, das heißt also, er nimmt eine andere mit. Bloß deshalb redet er mit ihr.

«Die hab ich nicht dabei.»

«Dann gib sie mir irgendwann.»

«Ja.»

«Okay», sagt er mit dieser gespielten Gelassenheit, die sie nicht ausstehen kann.

«Ist das alles, was du sagen willst?»

«Es sei denn, du willst mir noch was sagen.»

Sie hat doch schon gesagt, dass es ihr leidtut, dass es ihre Schuld ist. Was will er denn noch – eine Begründung? Früher wollte sie ständig mit ihm zusammen sein. Wann hat sich das geändert?

«Ich bring dir die Karte.»

«Okay», sagt er und lässt sie weiterfahren, und sie wünschte, sie hätte so einen Wagen wie er, damit sie mit quietschenden Reifen losfahren und ihn in einer Qualmwolke zurücklassen könnte.

Sie will nicht wissen, mit wem er hingeht, aber Elena erzählt es ihr trotzdem: Brianna Mendes.

Sie ist eine Teamkameradin beim Softball, die zweitbeste Pitcherin, und obwohl es Birdy egal sein sollte, fühlt sie sich betrogen.

«Ich dachte, sie hätte was mit Josh.»

«Schon länger nicht mehr.»

«Sie ist in Ordnung», sagt Birdy.

Es steht ihr nicht zu, gekränkt zu sein, sich gedemütigt zu fühlen schon. Als sie den Klassenraum wechseln, versucht sie, mit Elena Schritt zu halten und das verletzte Bein nicht zu schonen. Wie immer inzwischen ist sie überzeugt, dass jeder Bescheid weiß und sie niemandem leid tut. Wenn sie von der Prügelei wüssten, würden alle, sogar ihre Freunde, sagen, sie habe es nicht besser verdient.

Auf der Busfahrt zum Fußballspiel läuft es genauso. Wenn sie zu einem Auswärtsspiel unterwegs sind, ist es Tradition, im Gang ihre Tanzmoves vorzuführen, aber als die Musik diesmal losdröhnt, bleibt sie auf ihrem Platz – *Got me lookin so crazy right now, your love got me lookin so crazy right now* – und sieht die Teiche, Bootswerften und Ladenzeilen vorbeiziehen, ohne dass eine ihrer Teamkameradinnen ihren Namen ruft.

Beim Aufwärmen, den Dehn- und Lockerungsübungen sowie dem Ballbesitztraining, fühlt sie sich gut und hat keine großen Schmerzen, aber als das Spiel beginnt, kann sie nicht mit vollem Tempo laufen und kommt bei Bällen, die sie normalerweise locker unter Kontrolle bringen würde, einen Schritt zu spät. Die Mittelfeldspielerinnen von Chariho sind groß und körperlich stark – athletische weiße Mädchen so groß wie Myles' Freundin –, und nachdem ein paar von ihnen an ihr vorbeigeprescht sind, versucht Birdy aus Frustration zu grätschen, bringt eine von ihnen zu Fall und bekommt eine gelbe Karte. Der Trainer brüllt und deutet auf seinen Kopf. Es geht nicht darum nachzudenken. Ihr ganzes Spiel ist auf Schnelligkeit aufgebaut. Ohne diese Schnelligkeit ist sie zu klein und zu langsam, eine leichte Beute. In der Mitte der ersten Halbzeit springt sie zu einem Kopfball hoch, hat aber nicht das richtige Timing. Sie kommt in dem Moment runter, als sich ihre Gegenspielerin hochschraubt, ihr die Schulter ans Kinn rammt – fester als jeder Schlag von Myles' Freundin – und sie zu Boden streckt.

Birdy schmeckt Blut und bleibt liegen.

«Steh auf», sagt die Gegenspielerin und streckt ihr die Hand entgegen, als würde sie bloß simulieren.

Der Schiedsrichter sieht sie sich genauer an und winkt den Trainer herbei, der ihr aufhilft. Er fordert sie auf, den Kopf zurückzuneigen, und kneift ihre Nasenflügel zusammen. Als sie vom Platz geführt wird, tätscheln ihre Teamkameradinnen ihr eine nach der anderen die Schulter und äußern die üblichen Ermunterungen. So viel haben sie den ganzen Tag nicht zu ihr gesagt.

Ihr Team spielt nicht gut, und dass sie verlieren, setzt Birdy zu. Zur Halbzeit liegen sie 3:0 zurück, und nach seiner Motivationsrede nimmt der Trainer sie beiseite und fragt, wie sie sich fühle. Er weiß von nichts, er will bloß seine Spielerin wiederhaben, und sie ist dankbar, zur Abwechslung mal wie ein normaler Mensch behandelt zu werden.

«Alles in Ordnung», sagt sie, doch kurz nach Beginn der zweiten Halbzeit bekommt sie Nasenbluten, was auf ihrem Trikot dunkle Streifen hinterlässt, und der Schiedsrichter unterbricht das Spiel und schickt sie vom Feld. Sie hat noch nie bei irgendwas aufgegeben, und dennoch ist es eine Erleichterung, nicht mehr laufen zu müssen. Den Rest des Spiels steht sie mit einem Eisbeutel an der Seitenlinie und sagt sich, dass sie alles versucht hat.

Das Endergebnis lautet 7:0, und auf der Heimfahrt ist es totenstill. Niemand macht ihr einen Vorwurf, aber sie weiß, dass sie, wenn sie sich später an das Spiel erinnern, nicht nur an das eindeutige Ergebnis, sondern auch an ihre Verletzung denken werden, als stünde beides in einem Zusammenhang. Und vielleicht ist es auch so.

Bei ihrer Ankunft ist es schon dunkel, und drei Scheinwerfer sind auf die Flagge gerichtet. Als sie auf den Parkplatz biegen, kann sie seinen Eclipse nirgends entdecken. Auch wenn das gar nicht geplant gewesen war, hatte sie der Vorstellung nachgehangen, dass er auf sie warten würde, ein Zeichen für den Rest der Schule, dass sie zusammen sind, doch nach diesem Tag überrascht es sie nicht. Er hat keine Nachricht geschickt. Er wird nicht am Strand sein. Sie wird umkehren, nach Hause fahren und ihrer Mutter sagen, nach der Verletzung habe sie keine Lust mehr gehabt auszugehen. Zumindest hat sie jetzt eine Begründung für die blauen Flecke.

Auf der ganzen Fahrt zum Strand quält sie sich mit ihren Gedanken herum. Sie waren so lange nicht mehr zusammen, dass sie befürchtet, er will sie gar nicht mehr. Das hier soll doch ihr großes Wiedersehen sein, der Beweis, dass sie nicht voneinander lassen können. Eigentlich müsste sie glücklich sein, doch dass sie immer noch alles heimlich machen müssen, stört sie. Es ist doch kein Geheimnis mehr. Er muss zu seiner Freundin und zu ihr ehrlich sein. So kann es nicht weitergehen. Das ist einfach nicht richtig. Wenn er es ihr nicht sagt, dann tut sie's. All das wiederholt sie in Gedanken, als sie am Strand an den Wohnmobilen, dem Water Wizz und dem dunklen Karussell vorbeifährt. Er soll über ihre blauen Flecke schockiert sein, soll ihre Wunden küssen und ihr sagen, dass er mit seiner Freundin nichts mehr zu tun haben will. Alles kommt ihr so einfach vor. Sie begreift es nicht. Wie können die beiden nach allem, was passiert ist, noch immer zusammen sein?

Das Haus ist dunkel, wie sie es erwartet hat, sodass ihre schlimmsten Befürchtungen bestätigt sind, doch es ist bloß eine Finte. Noch bevor sie in die Einfahrt biegt, gleitet das Garagentor hoch, enthüllt einen breiten Lichtstreifen, und Myles taucht unter dem Tor hindurch und kommt ihr entgegen, was er noch nie getan hat. Flink wie ein Akrobat klettert er auf die Motorhaube ihres Wagens und klammert sich an die Windschutzscheibe, während sie in die freie Parkbucht fährt.

«Du bist so ein Idiot. Was hättest du gemacht, wenn ich gegen die Wand gefahren wäre?»

«Dann wär ich jetzt tot.» Er lässt das Tor herunter und führt sie in die helle Küche. «Was ist denn mit deinem Kinn passiert?»

«Das war deine Freundin, tja.» Sie zieht den Bund ihrer Sporthose runter, um ihm ihre Hüfte zu zeigen, die inzwischen noch schlimmer aussieht, an den Rändern ganz gelb.

«Boah. Ach du Scheiße.»

«Sie hat mich getreten. Die ist verrückt. Sie hat mich auf der Arbeit überfallen.» Birdy hebt das Trikot hoch und zeigt ihm ihre Rippen.

«Davon hat sie mir nichts gesagt.»

«Also, na ja, sie hat mir einen überraschenden Schlag verpasst und dann auf mich eingetreten, als ich am Boden lag. Vielleicht solltest du sie mal danach fragen.»

«Tut mir leid, das ist echt daneben. Alles in Ordnung mit dir?»

«Tut verdammt weh.»

«Das glaub ich dir. Mein Gott, tut mir leid.»

Auf der Küchentheke hat er Champagner stehen. Wie um das Thema zu wechseln, nimmt sie ein Glas und wartet, bis er seins erhebt.

«Du hast mir gefehlt», sagt er.

«Du mir auch.» Sie küsst ihn. «Du weißt, dass das eine blöde Situation ist.»

«Ja.»

«Was wollen wir jetzt tun?» Sie lässt die Frage im Raum stehen. «Was ich will, weiß ich.»

«Schon klar.»

Sie kann es nicht ausstehen, wenn er plötzlich verstummt, als wäre sie es, die die Stimmung zerstört hat, weil sie eine Rechtfertigung erwartet. Sie will doch bloß, dass er auf ihrer Seite ist, doch nicht mal das bringt er fertig.

«Ich hasse das», sagt sie.

«Ja.»

Sie waren schon x-mal in dieser ausweglosen Situation, für gewöhnlich am Telefon, sein Schweigen eine Anklage. Was ist heute Abend anders?

«Du hast doch *mir* eine Nachricht geschickt», sagt sie. «Ich wäre schon klargekommen. Ich hätte mich schlecht gefühlt, aber ich hätte es hingekriegt.»

«Ich nicht. Ein Wunder, dass ich's so lange geschafft hab.»

Sie fühlt sich geschmeichelt, ja freut sich fast, weil sie jetzt weiß, dass auch er gelitten hat, und wie so oft in seiner

Gegenwart ist ihr Mitgefühl größer als ihr Urteilsvermögen, denn sie stellt das Glas ab und küsst ihn, schließt die Augen und bleibt so, schmeckt den Champagner, verliert sich in der warmen Benommenheit, im Gefühlsdusel, bis sie irgendwann seine Hand nimmt und ihn zur Treppe nach oben führt.

Im Zimmer ist es dunkel, doch für ein Feuer ist keine Zeit, kein Bedarf. In den letzten Wochen waren sie zu oft getrennt, und sie fallen, sich immer noch küssend, aufs Bett, zerren an ihrer Kleidung, nesteln an den Knöpfen. Schließlich sind sie von allem befreit und schmiegen sich, Haut an Haut, fest aneinander. Sie hat noch ihre Kniestrümpfe an, das lenkt sie kurz ab, als sie sich auf ihn setzt und die Wärme sich in ihrem Innern ausbreitet, und plötzlich spürt sie, wie sich irgendwo in ihrem Kopf ein Raum öffnet und eine Flüssigkeit daraus hervorströmt. Blut, das ihr aus der Nase rinnt.

«Entschuldige», sagt sie, kneift die Nasenflügel zusammen und neigt zu spät den Kopf zurück.

«Ist schon okay», sagt Myles und versucht weiterzumachen, doch sie haben schon innegehalten.

Er schaltet das Licht an, sucht für sie nach Papiertaschentüchern. Da sind nicht nur helle Blutstropfen auf seiner nackten Brust und dem Bauch, sondern da ist auch ein Tattoo, anscheinend selbstgemacht mit schwarzem Edding, direkt über der Stelle, an der sie noch miteinander verbunden sind, ein Herz und die Initialen seiner Freundin, eindeutig ihre Handschrift.

«Was ist das?», fragt Birdy mit starrem Blick, doch sie weiß genau, was es ist.

Es hat jetzt keinen Sinn mehr weiterzumachen, und sie hebt die Hüften von ihm runter und deckt sich mit den blutbefleckten Laken zu.

«Ich glaube, das sollte witzig sein.» Doch er verbirgt es.

«Das ist nicht witzig. Warum hast du mir nichts gesagt? Mich zumindest vorgewarnt? Scheiße. Ich begreife euch nicht.»

«Sie hat Angst vor dir.»

«Ich vor ihr auch, aber ich schreibe nicht meine Initialen auf deinen Körper. Das ist doch verrückt.»

«Sie glaubt, dass du mich ihr wegnehmen willst, und das stimmt ja auch.»

Birdy ist sich nicht sicher, ob sie das noch will. Warum verteidigt er sie? Das ist genauso schlimm, wie damit einverstanden zu sein, dass sie was auf seinen Körper schreibt – sogar noch schlimmer.

«Ich kann das nicht mehr», sagt sie. «Dir muss klarwerden, was du willst.»

«Ich will dich.»

«Dann weißt du ja, was du zu tun hast.»

Er senkt den Kopf, reibt sich den Nacken. «Ja.»

«Dann tu's auch. Ich geh duschen.»

Sie wünscht sich, dass er sie aufhält, sie in den Arm nimmt, sie anfleht, nicht zu gehen. Als nichts davon passiert, betrachtet sie es als weiteren Verlust. Hector war zumindest nicht schwach. Wenn er versprochen hatte, etwas zu tun, dann machte er das auch.

Im Badezimmerspiegel sieht sie aus, als wäre sie geschlagen worden. So fühlt sie sich auch, und nicht mal das kribbelnde Duschwasser hilft. Warum hat sie geglaubt, das hier würde irgendwas ändern?

Aus Gewohnheit oder vielleicht, um sich zu entschuldigen, gesellt er sich zu ihr, doch in dem hellen Licht sieht das Geschriebene noch obszöner und die Tinte noch frischer aus, als könnte sie auf sie abfärben. An der Ablage hängt ein oranger Schwamm, der seiner Mutter gehören dürfte. Birdy spritzt etwas Duschgel drauf und packt Myles von hinten, schlingt dann den Arm um ihn und schrubbt an den verletzenden Buchstaben, scheuert seine Haut, bis die ganz rosig ist, als könnte sie, wenn sie sich nur genug Mühe gibt, alles auslöschen.

Carol erzählt ihren Töchtern nicht, dass sie ihn besucht, denn sonst würden sie mitkommen wollen, und er hat ihr auch so schon die Suppe versalzen. Es ist Sonntagnachmittag, für sie die einzige Zeit zum Entspannen. Sie würde sich lieber die Pats anschauen und dabei Nachos essen, doch stattdessen sagt sie, sie gehe einkaufen – nicht völlig gelogen –, steckt alles, was sie aus dem Medizinschränkchen braucht, in ihre Tasche und macht sich auf den Weg. Die beiden werden sie nicht vermissen. Angel muss arbeiten, und Marie ist froh, zu Hause zu bleiben, ein Luxus, den Carol auch gern hätte. Sie hat das Gefühl, dass sie ständig in der Stadt herumhetzen muss, um alles zu erledigen. Daran ist sie selber schuld, wie ihre Mutter ihr gern ins Gedächtnis ruft, als wäre sie nur aus Stolz allein.

Als sie noch verheiratet waren, kümmerte sich Frank um die Autos, den Garten und die Rechnungen. Jetzt, auf sich gestellt, ist er hilflos. Sie sind seit acht Jahren geschieden, und noch immer ruft er an, um sich ein Thermometer oder eine Wärmflasche zu borgen, als wäre es Geldverschwendung, sich eine eigene zu kaufen, und wozu auch? Solange Carol da ist, ist das nicht nötig. Früher hat sie im Scherz gesagt, er habe sie nur geheiratet, weil sie Krankenschwester sei, aber es stimmt, immer hat er irgendwas, und sie fällt jedes Mal darauf rein. Genau wie heute. Sie hätte ihm sagen können, er solle zur Notfallambulanz gehen, aber sie fährt mal wieder quer durch die Stadt, damit er fünfzig Dollar spart.

Sonntags gibt es im Restaurant Dim Sum, und sie muss

ein Stück weiter oben parken, vor dem zwielichtigen orientalischen Headshop, bei dem die untere Hälfte der zersplitterten Glastür mit Sperrholz ausgebessert ist. Der Spirituosenladen, wo er seine Schecks einlöst, und der Waschsalon, in dem er seine Sachen wäscht, sind geöffnet, an Wochenenden ist dort viel los. Sie sucht seine Wohnung nur ungern auf, denn sie findet sie deprimierend. Als er dort einzog, frisch getrennt von ihr, dachte sie noch, es wäre nur vorübergehend, das Erstbeste, was er finden konnte, doch die Sache hat Hand und Fuß. Wenn man die Mobil-Tankstelle mit dem Minimarkt auf der anderen Straßenseite mit in Betracht zieht, hat er alles, was er braucht, direkt vor der Tür.

Sie denkt an das Mews, den Blick vom Balkon, und hat plötzlich Schuldgefühle, als würde sie Russ hinter sich lassen. Er hat davon geredet, mit ihr und ihren Töchtern Weihnachten nach Bermuda zu fliegen. Sie hatte eigentlich vor, ein paar Reiseführer aus der Bücherei zu holen, will es aber nicht beschreien.

Sein Briefkasten ist einer von zweien unten an einer steilen Treppe, auf dem anderen steht der Name des Nachbarn auf Chinesisch und auf Englisch – Chin. Sie klingelt, wartet mit der Hand auf dem Knauf, bis er den Türöffner betätigt, und drückt die Tür dann mit der Schulter auf. Der Geruch von Fünf-Gewürze-Pulver erfüllt das Treppenhaus und wird immer unangenehmer, je weiter sie hinaufgeht. Noch bevor sie oben angelangt ist, öffnet sich die Tür, sodass die Übertragung des Pats-Spiels nach draußen dringt, und da ist Frank, er winkt und lächelt, als wäre es ein freudiger Anlass – die eine Braue rasiert und blutverkrustet unter einer Reihe von Klammerpflastern.

Sie sollte fragen, ob es wehtut, sollte um ihn herumscharwenzeln, ihren Helden, doch sie ist müde und beschränkt sich darauf, sein Gesicht zum Licht zu drehen, damit sie sich den Schaden ansehen kann. Über der Augenhöhle ist die Haut aufgeplatzt, eine Verletzung, die sie im Elms nach Stürzen immer wieder zu sehen bekommt. «Sieht ziemlich sauber aus.»

«Ich hab das Zeug benutzt, das sie mir gegeben haben, aber es ist fast aufgebraucht.»

«Ich hab dir was mitgebracht, das kannst du behalten.»

Die Kahlheit der Wohnung ruft ihr ins Gedächtnis, warum sie ihn nur ungern besucht, Wohnzimmer und Küchenzeile sind karg wie eine Zelle. Nach ihrer gemeinsamen Zeit als Familie fällt es ihr schwer, in ihm keinen hoffnungslosen Fall zu sehen. Er muss sich aufs Sofa setzen und zur Deckenleuchte raufschauen, während sie die Klammerpflaster entfernt und den Kleberest mit Franzbranntwein betupft.

«Mach die Augen zu.»

«Ich hab ein schlechtes Gewissen», sagt er, «weil sie am Wochenende nicht kommen konnten.»

«Daran hättest du vorher denken sollen.»

«Ich hab nicht nachgedacht. Er hat einfach dumm rumgelabert, und da bin ich ausgerastet.»

«Bist du noch auf der Highschool oder was?»

Er lacht. «In der Highschool hätt ich ihm in den Arsch getreten.»

Sie will nicht wissen, was Wes gesagt hat. Vielleicht hat er gar nichts gesagt. Auch wenn Frank kein Recht dazu hat, ist er immer noch eifersüchtig. Wenn es um Männer geht, traut er ihrem Urteilsvermögen genauso wenig wie ihre Mutter.

Die Anklage lautet auf Körperverletzung. So, wie er es sagt, klingt es wie ein Irrtum, als hätte Wes Schlimmeres verdient.

«Wie viel wird es dich kosten?»

«Keine Ahnung, ist das erste Mal. Ein paar Hundert. Das war's wert.»

«Tatsächlich?»

«Ja», sagt er.

«Ich werd Marie ausrichten, dass du das gesagt hast.»

«Ich kann die beiden nächstes Wochenende nehmen.»

«Nächstes Wochenende ist Halloween. Da hat Ange ihre große Tanzparty.»

«Und Marie?»

«Marie geht mit Brookie Süßigkeiten sammeln. Du kannst schön noch ein bisschen warten.»

«Muss ich dann wohl.»

Sie reinigt die Wunde mit Betadine-Lösung von der Arbeit und gibt ihm das Fläschchen. Als sie neue Klammerpflaster anbringt, punkten die Patriots und erobern beim Kickoff einen fallen gelassenen Ball.

«Es läuft aus dem Ruder», sagt er.

«Mist. Das wollte ich mir anschauen.»

«Danke für deine Hilfe.»

«Ja», sagt sie, sich auf das letzte Pflaster konzentrierend, und denkt dabei, dass sie sich schon lange nicht mehr so nah waren. Er weiß, sie wird sich stets um ihn kümmern, als Tribut an die Menschen, die sie mal waren. Sie kann ihm nicht verübeln, dass er das zurückhaben will.

«Bleibst du noch auf ein Bier?»

«Nein, ich muss los. Ich muss noch einkaufen.»

«Ich hab deinen Scheck nicht vergessen, hier ist er.»

«Danke, den kann ich gebrauchen.»

Er will sie nicht weglassen, doch nachdem sie an der Tür noch gut zehn Minuten geplaudert haben, während die Pats zum Angriff übergegangen sind und einen weiteren Touchdown erzielen konnten, entkommt sie schließlich.

«Ay carumba», sagt sie und startet den Wagen.

An der nächsten Querstraße biegt sie links ab, verlässt

Pawcatuck und fährt über die Brücke zurück nach Rhode Island. Würde sie sich rechts halten, könnte sie zu McQuade's gehen und mit all den anderen Müttern ihre Einkäufe machen, doch da ist es zu teuer, und so hat sie es nicht geplant. Stattdessen fährt sie geradeaus – durch ganz Westerly, an der Bücherei und der Highschool vorbei und die Granite Street entlang – stadtauswärts, dieselbe Strecke, die sie immer von der Arbeit zurückgelegt hat, wartet an denselben Ampeln, hält an denselben Stoppschildern, denkt, wie sehr sich alles doch ändert, und kommt schließlich zu dem Zweifamilienhaus, wo sie hinter Wes' Pick-up parkt, damit ihr Wagen nicht abgeschleppt wird. Als sie die Treppe raufgeht, denkt sie, dass sie heute genug Bewegung hat.

«Du kommst spät», sagt er, ins Spiel vertieft.

«Tut mir leid», sagt sie. «Ich musste einen Hausbesuch machen.»

Die Yankees sind in den Playoffs, und ihre Mutter will eine Party geben. Zwischen Fußball, Arbeit und dem Versuch, sich mit Myles zu treffen, hat Birdy dazu keine Zeit, kann ihr das aber nicht sagen. Jetzt wird sie also fünf Stunden lang mit Josefina, Kelvim und all den Tanten, Onkeln, Cousins und Cousinen, die ihr Fragen zu Hector stellen, im Haus festsitzen. Da könnten sie ihn genauso gut einladen.

Ihre Mutter will Bohneneintopf mit Kutteln machen und dazu Papo Secos, um ihn aufzutunken – die Lieblingsspeise ihres Vaters, als könnte auch er vorbeikommen. Wenn sie sich spätabends die Spiele anschaut, trägt sie immer seine Kappe vom Sieg über die Mets. Inzwischen trägt sie sie im ganzen Haus wie einen Talisman, als würde es Pech bringen, sie abzusetzen. Birdy versteht das. Wenn sie sich mit Myles trifft, trägt sie am liebsten den roten BH, den sie beim ersten Mal anhatte, und wäscht ihn, wenn nötig, abends im Waschbecken. Wie ihre Mutter macht sie sich zu viele Gedanken und hat das, was passiert, nicht im Griff. Sie wird alles tun, um weiter an das mit ihm zu glauben.

Was sie von Shrimp Mozambique als Vorspeise halte? Und danach müsse es Frischkäse geben. Ihre Mutter holt ihre Dose mit den Karteikarten hervor, fleckig und abgegriffen von lebenslangem Gebrauch.

«Meinst du, sie hätten gern Kabeljaufrikadellen?»

Es ist bereits zu viel Essen, zu viel Arbeit, doch sie ist voller Tatendrang, und Birdy kann sie nicht davon abbringen. Als sie die Speisenfolge festgelegt haben, hilft Birdy, eine Einkaufsliste zu machen, und sieht in den Schränken nach, ob genug Reis, Piri-Piri-Soße und Tomatenmark da ist. Sie ist derart bei der Sache, dass sie ein paar Minuten lang nicht an sich denkt, und freut sich über die Ablenkung. Inzwischen denkt sie oft, es wäre besser, wenn sie das Ganze einfach beenden würden. Manchmal würde sie am liebsten gar nichts empfinden. Und manchmal hat sie genau davor Angst.

Das erste Spiel findet am Mittwochabend statt, und das heißt, sie muss direkt vom Training nach Hause kommen, ohne einen Abstecher zum Strand zu machen.

«Die Yankees sind scheiße», sagt Myles, als sie es ihm erzählt, denn wie die meisten ihrer Freunde ist er ein Red-Sox-Fan.

Am Dienstag müssen sie beide arbeiten, und am Freitag findet die Tanzparty statt, also sehen sie sich nur am Donnerstagabend. Er scheint damit kein Problem zu haben, das ärgert sie. Sie will, dass er sich mehr ins Zeug legt.

«Wir könnten einfach schwänzen», sagt sie, ein kleiner Seitenhieb, weil die Tage trotz all seiner Versprechungen immer noch seiner Freundin gehören.

«Wann hast du das letzte Mal geschwänzt?»

«Beim Grillfest des Abschlussjahrgangs.»

«Das zählt nicht.»

«Ich kann das Training sausen lassen.»

«Wie denn?»

«Ich sag einfach, mir geht's nicht gut.»

«Und das macht deinem Trainer nichts aus?»

Wieder mal opfert sie ihm ihren Tagesablauf. Sie weiß, das ist jämmerlich – da braucht Elena ihr gar nicht in den Ohren zu liegen –, doch inzwischen ist sie über jeglichen Stolz hinaus. Sie wird alles aufgeben, um ihn für sich zu gewinnen, sogar sich selbst.

Das Schwierige ist, es dem Trainer zu sagen, der sie schon immer gut leiden konnte. Am Mittwoch nach dem Mittagessen schaut sie in seinem Büro in der Sporthalle vorbei, wo er gerade ein Jumbosandwich isst, nicht eins von ihrer Arbeit, das Einwickelpapier ist so groß wie seine Schreibunterlage. Auch wenn es keine Lüge wäre – sie bittet ihn nur ungern um eine Extrawurst und stößt ihre Erklärung stockend hervor. Obwohl er keinen Grund hat, ihr nicht zu glauben, würde sie ihm zum Beweis gern ihre Hüfte zeigen.

«Schon in Ordnung», sagt er. «Tu, was nötig ist. Aber gegen North Kingston brauchen wir dich.»

Sie bekommt ihren Willen, warum also schämt sie sich? Es kommt ihr zu einfach vor, ist Betrug, und als sie im Unterricht sitzt und an den Strand denkt, fragt sie sich, ob es jemanden gibt, den sie nicht anlügen würde. Nicht mal Myles kennt ihr Wesen ganz.

Als sie den Parkplatz verlässt, ist sie paranoid und stellt sich vor, der Trainer oder Myles' Freundin könnte beobachten, in welche Richtung sie fährt. Während der Fahrt auf der 78 blickt sie immer wieder in den Spiegel, als würde sie verfolgt.

Er ist da und wartet schon auf sie, hat seinen Wagen in der Einfahrt geparkt statt in der Garage versteckt. Als sie sich mit ihrem danebenstellt, steigt er aus, und schon an seinem Winken – zaghaft, nur ein einziges Wedeln der Hand – erkennt sie, dass irgendetwas nicht stimmt.

Der Kuss, den er ihr gibt, ist freundschaftlich, und als sie ihn näher an sich zieht, hält er sie von sich weg, als könnte jemand sie sehen.

«Was ist los?», fragt sie.

«Lass uns ein Stück gehen.»

Also betreten sie das Haus nicht. Sie hat sich so an diesen Ablauf gewöhnt, dass es ein Schock ist. Sie haben nur anderthalb Stunden. Vielleicht denkt er das auch gerade.

Es sieht stürmisch aus, und der Strand ist leer bis auf den Pick-up eines Brandungsanglers ganz hinten am Kanal. Sie gehen nicht auf ihn zu, sondern auf die geschwungene Uferlinie der Landzunge mit dem gefährlich nah am Meer stehenden Haus, vor ihnen nichts als Möwen und Regenpfeifer, die im Tang herumpicken. Im Gehen blickt er auf seine Füße, auf die Wellen, auf einen Trawler weit draußen am Horizont, und plötzlich weiß sie Bescheid.

Warum jetzt? Warum heute, wo sie gerade gelogen hat, um bei ihm sein zu können? Er hätte wenigstens bis morgen warten können. Auf diesen Moment hat sie sich seit ihrem ersten Kuss vorbereitet, und doch ist ihr schwindlig und übel, als könnte sie gleich umkippen oder krank werden. Sie wünschte, er würde ihre Hand nehmen. Sie hat den Drang zu rennen, aber der Sand ist weich, und bei jedem Schritt ziept ihre Hüfte. Sie sollte nicht hier sein. Sie sollte beim Training sein, wo nichts passieren kann.

«Ich hab nachgedacht», sagt er.

«Das klingt nicht gut.»

«Nein. Ich weiß nicht.» Er weiß, dass sie es nicht ausstehen kann, wenn er das sagt, denn er weiß es sehr wohl, er kann bloß nicht sagen, was er meint, weil er Angst hat. An seiner Stelle soll sie es sagen.

Sie bleibt stehen, damit auch er stehen bleibt, und er sieht sie an, mit einem Blick, der besagt, dass es ihm leidtut, dass sie ihm hoffentlich verzeiht – nicht jetzt, doch vielleicht irgendwann. Sie hat das Gefühl, als würde sie verurteilt, ja als würde ihr jede Möglichkeit genommen, etwas selbst zu entscheiden. Das hat mit Sicherheit seine Freundin entschieden, nicht er. Er bemüht sich, nett zu sein, das macht es noch schlimmer. Es wäre einfacher, wenn er herzlos wäre. Auch jetzt will sie noch an ihn glauben.

«Wir können so nicht weitermachen», sagt er, als ginge es ihm um sie beide.

Das Schlimme ist, dass sie ihm insgeheim zustimmt. Sie ist müde, und es wäre eine Erleichterung, nicht länger jemand zu sein, der sie nicht ist. Sie könnte wieder die alte Birdy werden, die bei allen beliebt ist, doch diese Birdy gibt es nicht mehr.

«Warum musstest du noch mal zurückkommen?», fragt sie. «Warum konntest du es nicht einfach bleiben lassen?» Sie hat noch im Ohr, wie Hector sie nach dem Grund gefragt hat, und ihr wird bewusst, dass sie jetzt in seiner Haut steckt und wie perfekt das passt. Sie stellt sich vor, wie Sonya über sie lacht.

«Hätte ich nicht tun sollen. Ist meine Schuld.»

«Ja verdammt, es ist deine Schuld. Mein Gott, Myles. Ich hab jemanden für dich verlassen. Begreifst du das? Er ist ein guter Mensch, und ich hab ihn deinetwegen verlassen.»

«Ich weiß.»

«Ich kann nicht einfach zu ihm zurück. Du musst nicht zu deiner durchgeknallten Freundin zurück, weil du sie gar nicht verlassen hast. Ich weiß auch, dass ich nicht die Erste bin. Ich gehöre nicht mal zu den ersten drei.» Nichts davon hat irgendwas mit der Entscheidung zu tun. Sie will ihm bloß ein schlechtes Gewissen machen.

«Du bist die Einzige, die mir was bedeutet hat.»

«Leck mich», sagt Birdy, stößt ihn weg, dreht sich um und stapft auf das Haus zu.

«Deshalb bin ich ja auch zurückgekommen», ruft Myles ihr nach. «Deinetwegen.»

Sie geht weiter, hinkt über den unebenen Sand, weiß ganz genau, dass er ihr folgt. Sie will keine Tränen vergießen, doch der Wind weht ihr ins Gesicht, und plötzlich sieht sie alles verschwommen, und als ihre Nase läuft, muss sie sie mit dem Handrücken abwischen.

«Warte», sagt er und holt sie ein, fasst sie aber noch immer nicht an.

«Du bist ein Arschloch.»

«Das weiß ich. Ich hab alles vermasselt. Und das will ich nicht mehr.»

«Was ist denn passiert? Gestern war noch alles in Ordnung.»

Sie ist grausam, verlangt eine Erklärung von ihm, obwohl ihr alles klar ist, schon die ganze Zeit klar war. Es gab Augenblicke, in denen sie das Gefühl hatte, dass er jetzt ihr gehörte, aber nur wenn sie allein waren.

«Ich weiß nicht», beginnt er.

«Hör auf, das zu sagen. Du weißt es. Sei ausnahmsweise mal ehrlich zu mir.»

«Ich war die ganze Zeit ehrlich zu dir. Deshalb fällt mir das hier ja so schwer.»

«So schwer fällt es dir gar nicht», sagt sie. «Du hast dich offenbar schon entschieden.»

Es stimmt, denn ihre Worte bringen ihn zum Schweigen.

Sie stapfen weiter, während die Wellen heranschäumen und sich wieder zurückziehen, unaufhörlich. An einem klaren Tag könnten sie Block Island sehen, doch wegen der Wolken ist da nur eine dunkle Linie. Obwohl sie die Flugzeuge und die Fähren so oft beobachtet haben, sind sie nie dort gewesen.

«Vielleicht klappt es nicht», sagt er, «aber ich muss es versuchen.»

«Soll mich das etwa trösten?»

«Ich habe es satt zu lügen.»

«Dann sag ihr die Wahrheit.»

Er sieht sie hilflos an, als wäre sie ungerecht. Denn das ist die Wahrheit. Er sagt sie ihr gerade.

Sie sind jetzt fast beim Haus angelangt und entfernen sich vom Wasser, durch eine Lücke in den Dünen, wo das Seegras im Wind raschelt. Sie muss daran denken, dass ihre Mutter gerade den Teig für die Brötchen knetet und der Eintopf schon auf dem Herd simmert, und sie wünschte, sie wäre dort.

«Und dafür hab ich das Training ausfallen lassen.»

Es ist scherzhaft gemeint, doch er kann nicht aufhören, sich zu entschuldigen. Selbst wenn er aufrichtig ist, sie hat es satt. Um ihn abblitzen zu lassen, schaut sie auf ihrem Telefon nach und sieht, dass ihre Mutter versucht hat, sie zu erreichen. Sie braucht Paprikagewürz.

Wie schnell sie ihm die kalte Schulter zeigt, als würde sie ihn nicht mehr kennen – als wären sie, um es mit einem einzigen Wort zu sagen, Feinde. Seine blöde Schrottkarre, sie ist froh, dass Hector das Ding zerkratzt hat.

«Willst du noch reinkommen?», fragt er.

«Nein, will ich nicht. Was sollen wir da machen, Videospiele spielen? Ich fahr nach Hause. Ich hab noch zu tun.»

Als sie ihren Wagen aufschließt, kommt er näher, als ob er

sie küssen wollte, doch sie hält die Hand hoch. «Das ist nicht dein Ernst, oder?»

Dafür, dass es die letzten Worte waren, die sie an ihn gerichtet hat, findet sie sie nicht bedeutsam genug. Während der Fahrt zurück auf der 78, das Radio vorsorglich ausgeschaltet, überlegt sie, was sie hätte sagen sollen, etwas Bissiges, Romantisches, doch die Gedanken gehen mit ihr durch. Sie ist verletzt und wütend und frei, spult das Gespräch noch einmal ab, konzentriert sich darauf, wo und warum er falschliegt, als wollte sie ihn später, wenn sie zu Hause ist, anrufen, das Gespräch fortsetzen und seine Annahmen eine nach der anderen widerlegen, bis er kapituliert. Was erhofft sie sich davon? Sie sieht vor sich, wie sie über den Strand geschlendert sind, als wären sie Schauspieler auf einer leeren Bühne, und begreift, warum er sie nicht ins Haus lassen konnte. Sie fragt sich, ob er das schon öfter getan hat, ob sie bloß noch so eine ist, mit der er einen Spaziergang gemacht hat, als er sie nicht mehr haben wollte.

«Ich bin deinetwegen zurückgekommen», hat er gesagt. Warum hat sie das überrascht? Auch jetzt fällt ihr kein Grund ein, warum er alles ein zweites Mal – und nachdem seine Freundin das Foto verschickt hat – aufs Spiel setzen wollte. Sie erinnert sich, wie sie *Soy Oquendo* auf ihrem Telefon gesehen hat und ihr Tag gerettet war. Warum hat er dann, nachdem er zu ihr zurückgekommen ist, nicht um sie gekämpft? Das findet sie schlimmer, als wenn er gar nicht zurückgekommen wäre. Auch wenn sie noch so oft drüber nachdenkt, es ergibt einfach keinen Sinn, weder in der Kassenschlange im Stop & Shop noch auf der Fahrt am Fluss entlang bei Einbruch der Dämmerung, oder zu Hause, als sie Ofelia füttert und beim Aufbau des Buffets auf dem Esszimmertisch hilft.

Ihre Mutter steht in ihrer Schürze und mit der Yankees-

Kappe ihres Vater gut gelaunt am Herd. Der Eintopf köchelt, die Papo Secos sind auf Backblechen ausgelegt, damit sie sie im letzten Augenblick in den Ofen schieben kann.

«Wann soll's denn losgehen?»

«Ich hab gesagt, um sieben.»

«Und wann fängt das Spiel an?»

«Um acht.»

Birdy packt Bier und Eis in eine Kühlbox und macht den Rotwein auf, stellt Diätcola für Josefina, Mineralwasser für *Tía* Miranda und Sprite und Orangina für die Kinder hin. Oliven, Brezeln, Erdnüsse, Cracker für den Frischkäse – alles ist fertig, und sie verdrückt sich nach oben, um sich umzuziehen, gefolgt von Ofelia. Sie muss aufhören, auf ihrem Telefon nachzuschauen, und lässt es eingestöpselt neben dem Bett liegen. Sie wünschte, sie könnte sich einfach schlafen legen. Bestimmt wollen alle über Hector reden, und die ganze Party wird sich mit ihrer Trennung befassen, als wüssten sie irgendetwas darüber, genau wie die Leute in der Schule oder bei Facebook. Sie glauben, sie zu kennen, aber das stimmt nicht mehr, nicht mal ihre Mutter kennt sie. Für eine kurze Zeit hat Myles sie gekannt, das hofft sie zumindest. Was sollte das Ganze sonst?

Sie zieht sich das alte Jeter-T-Shirt ihres Vaters an, fadenscheinig und weich vom Waschen, so groß, dass es ihr bis zu den Knien reicht. «Jetzt kommst du dran.» Sie streift ihr eigenes Jeter-T-Shirt über Ofelias Kopf und schiebt die Pfoten durch die Armlöcher. «Guck mal, wir sind Zwillinge», sagt sie, doch Ofelia ist unglücklich und reibt die Schulter am Bett, um das Hemd wieder abzustreifen.

Es klingelt, und Ofelia rennt bellend nach unten, als wäre es der Postbote.

Es sind *Tío* Luis und *Tía* Eva, die immer als Erste eintreffen und für den Fall, dass die Yankees die Playoffs gewinnen, eine Flasche Sekt mitgebracht haben.

«Die trinken wir zusammen», sagt ihre Mutter.

«Die T-Shirts gefallen mir», sagt *Tío* Luis.

Ihre Mutter muss nach den Kabeljaufrikadellen sehen und überlässt es Birdy, sich um die Gäste zu kümmern.

«Kann ich was helfen?», fragt *Tía* Eva.

«Nein», sagt Birdy und führt die beiden ins Esszimmer, wo der Wein steht.

Hinter ihr geht die Haustür auf, und Ofelia stürmt los.

«Ich hab keine Angst vor dir», sagt Josefina, hinter der Kelvim steht, mit Luz in der Trage. Sie umarmt Birdy, umarmt sie etwas länger als sonst, und Birdy muss an Myles denken, daran, dass er sie am Strand nicht anfassen wollte. Noch so ein Rätsel. Das, was sie verbunden hat, war nicht stark genug.

Josefina hält ihren Arm fest und mustert sie von Kopf bis Fuß. «Du siehst gut aus, *irmãzinha.* Wir unterhalten uns später.»

Luz ist der große Star, pausbäckig und zahnlos, nur Gaumen, Sabber und wulstige Finger. Ihre Mutter nimmt sie Kelvim ab und wiegt sie hin und her, tanzt mit ihr und gurrt ihr ins Ohr, setzt ihr die Kappe ihres Großvaters auf, tippt ihr auf die Nasenspitze, bis sie lacht, und Birdy ist froh, in den Hintergrund treten und zusammen mit Kelvim die Babysachen in Josefinas altes Zimmer bringen zu können.

«Das mit dir und Hector tut mir leid», sagt Kelvim und häuft alles aufs Bett.

«Ja, danke.»

«Ich hab gehört, er hat seinen Job aufgegeben.»

Sie würde am liebsten sagen: Wen kratzt das schon? Zugleich würde sie gern wissen, was es zu bedeuten hat. «Er hatte den Job schon ewig.»

«Du bist noch im D'Angelo?»

«Ja, ich wünschte, ich könnte aufhören.»

«Sei's drum», sagt Kelvim, und Birdy erinnert sich, dass er für Hector immer ein Vorbild war, der verantwortungsvolle junge Vater. Kelvim ist der Einzige, mit dem er reden würde, wenn er hier wäre, und sie fühlt sich seltsam, als hätte sie auch die beiden voneinander getrennt. Was hat sie nicht alles zerstört?

Unten kommen neue Gäste herein, und Ofelia bellt ununterbrochen.

«Ich bring dich nach oben, und das wird dir nicht gefallen», ermahnt Birdy sie, und als Ofelia nicht hört, packt sie sie am Halsband und zerrt sie weg. «Wenn du aufhörst, dich so idiotisch aufzuführen, kannst du wieder runterkommen.»

Es ist Zeit zu essen, und Birdy muss ihrer Mutter mit den Papo Secos helfen, die aus dem Ofen geholt und zum Buffet gebracht werden müssen. Sie winkt mit ihrem Topfhandschuh *Tía* Claudia, *Tío* Euclides und ihren drei in der Schlange wartenden Söhnen zu, dann *Tía* Lucinda, *Tía* Elvira und ihren Nichten Inês, Paulina und Marcia. Es herrscht so ein Gedränge wie bei ihren Familienpicknicks, nur dass alle vor dem Fernseher im Wohnzimmer versammelt sind. Als Birdy in der Küche fertig ist und sich einen Teller auffüllt, begibt sich Michelle Obama gerade mit einem erst kürzlich aus dem Irak zurückgekehrten Soldaten zum Werferhügel, von wo er in Richtung Jeter einen Strike wirft.

«Genau», sagt Birdy und dreht sich um, damit alle den Namen auf der Rückseite ihres T-Shirts sehen.

Ein anderer Soldat singt die Hymne. Es nieselt, und die Leute auf den Tribünen scheinen zu frieren. Die Papo Secos sind locker und luftig, und sie tunkt damit den salzigen Eintopf auf, dieweil die Phillies nichts zustandebringen. *Tío*

Fausto bietet ihr einen Platz an, aber sie winkt bloß ab. Sie hat zu tun.

Als die Yankees am Schlag sind, lässt ihr Cousin Marco ein Stück Kabeljaufrikadelle auf den Fußboden fallen.

«Wo ist der Hund?», ruft *Tía* Hilaria, und Birdy begreift, dass er noch oben ist. Sie wartet, bis Jeter ausgemacht wird, bevor sie Ofelia holen geht.

Nachdem sie ihre Zimmertür hinter sich geschlossen hat, kniet sie sich hin und nimmt Ofelias Gesicht zwischen die Hände, sodass sich ihre Nasen berühren. «Du musst brav sein.» Als sie Ofelia loslässt, tollt die herum, als wäre das Ganze ein Spiel. «Oder auch nicht.»

Sie gehen gerade die Treppe hinunter, als von unten ein Stöhnen heraufdringt, das nur eine schlechte Nachricht sein kann. Birdy beeilt sich, um die Wiederholung zu sehen. Die Phillies haben einen Homerun erzielt.

«Schon in Ordnung», sagt ihre Mutter. «Ist ja bloß ein Punkt.»

Im nächsten Inning schafft Jeter es auf die zweite Base, doch A-Rod wird zum zweiten Mal ausgemacht, und das ganze Zimmer verstummt.

«Ich hasse den Kerl», sagt *Tía* Eva.

Im Spiel passiert nicht viel, und Birdy überlässt Ofelia den Nichten, die ihr den Bauch kraulen, hilft Josefina beim Aufräumen der Küche, indem sie den Topf einweicht und die Reste wegstellt. Wie immer hat ihre Mutter zu viel gemacht. Die Feijoada wird noch den nächsten Monat reichen.

«Ich nehm was davon mit», sagt Josefina. «Die war gut.»

«Stimmt.»

Sie sind allein am Spülbecken, spülen und trocknen nebeneinander ab, ein Ritual aus ihrer Kindheit. Birdy rechnet damit, dass sie etwas über Hector sagt, ihre Enttäuschung über sie zum Ausdruck bringt. Diese bange Erwartung ist eine ziemliche Qual, für die sie heute keine Geduld hat.

«Kelvim sagt, Hector hat seinen Job aufgegeben.»

«Scheiße, tut mir leid», sagt Josefina. «Ich hab ihm gesagt, er soll es für sich behalten.»

«Warum? Er mag Hector.»

«Alle mögen Hector», sagt Josefina. «Ich mag Hector. Ich liebe ihn nicht. Aber das muss ich ja auch nicht.»

Birdy weiß nicht genau, wie das gemeint ist, und wartet auf eine Erklärung.

«Du schon», sagt Josefina.

«Nein.»

«Hab ich zumindest immer gedacht. Ich meine, er ist in Ordnung. Und was ist mit dem anderen?»

Birdy hat gehofft, dass sie es nicht wüsste, ist aber nicht überrascht. Alle sind bei Facebook. «Ich dachte, ich liebe ihn.»

«Dann ist es also vorbei.»

«Ich glaub schon.»

«Und wo stehst du jetzt?»

«Nirgends», sagt Birdy.

«Willst du zu ihm zurück?»

«Zu welchem von beiden?»

«O *querida*, tut mir leid.» Sie nimmt sie in die Arme, und wieder hat Birdy Myles am Strand vor Augen.

«Ich will's, aber es geht nicht.»

«Tu's nicht», sagt Josefina und drückt sie an sich. «Das funktioniert nicht.»

«Woher weißt du das?»

«Ich weiß es eben, okay?»

«Danke», sagt Birdy, froh, dass sie Josefina hat. Sie sind Schwestern, durch Blutsbande, auch durch Geheimnisse verbunden.

Als ihre Mutter mit Luz hereinkommt, haben sie sich gerade wieder gesammelt. «Ich glaube, die Gäste sind bereit für den Nachtisch.»

Es gibt Milchreis, in einem Rautenmuster mit Zimt bestreut. Ihre Mutter streut den Zimt immer mit der Hand, was einfach aussieht, doch sie macht das ja auch schon ein Leben lang.

Genau in dem Moment, als Birdy Teller ins Esszimmer bringt, erzielen die Phillies einen weiteren Homerun.

«Das kann doch nicht wahr sein», sagt *Tío* Luis, denn es ist derselbe Spieler.

«Sind nur zwei Punkte», sagt ihre Mutter, doch es ist schon das sechste Inning.

Es wird nicht besser. Außer Jeter kommt keiner von den Yankees mit dem Pitcher der Phillies zurecht. Am nächsten Tag ist Schule, und nach dem Dessert fangen alle an aufzubrechen.

«Ihr verpasst die große Aufholjagd», witzelt ihre Mutter, gibt Kelvim und Josefina einen Kuss und kneift Luz in die Wangen.

In der Bronx regnet es, und als der eingewechselte Pitcher der Yankees zwei Homeruns zulässt, leeren sich die Zuschauerränge. Nach zwei weiteren Runs verabschieden sich auch *Tío* Luis und *Tía* Eva. Am Ende sitzt nur noch ihre Mutter auf dem Sofa und schaut sich an, wie A-Rod ausgemacht wird, während Birdy die Stühle dorthin zurückstellt, wo sie normalerweise stehen. Nach dem letzten Batter schaltet ihre Mutter den Fernseher aus und hilft ihr.

«Danke», sagt ihre Mutter, schließt dann ab und schaltet draußen das Licht aus.

«Das mit dem Spiel tut mir leid.»

«Es war bloß das erste Spiel. War schön, alle zu sehen.»

Birdy wünschte, sie hätte den Optimismus und gesunden

Menschenverstand ihrer Mutter. Es war wirklich schön, alle zu sehen, besonders Josefina, doch sie hat das Gefühl, als wäre sie den ganzen Tag lang nur die Verliererin gewesen, und will bloß, dass er zu Ende geht.

Oben entdeckt sie auf ihrem Telefon eine Nachricht, und die unbändige Hoffnung, die das auslöst, ärgert sie. Er kann ihr das doch nicht schon wieder antun. Sie kann das nicht.

Es ist Hector, der wegen der Eintrittskarte nervt.

Sie legt das Telefon auf ihren Nachttisch und setzt sich auf die Bettkante, überlegt, ob sie die Karte zerreißen oder einfach vergessen soll, zieht sie dann aus dem Spiegelrahmen und steckt sie in ihre Handtasche.

Beim Zähneputzen ist sie noch immer verärgert, und als sie im Bett ist und das Licht ausgeschaltet hat, kann sie nicht schlafen. Sie fragt sich, ob Myles schläft oder ob er an sie denkt. Sie liegt da, geht das Gespräch am Strand noch einmal durch, sieht vor sich, wie der Wind in seine dunklen Haare fegt, während sie auf das weit entfernte Haus auf der Landzunge mit seinen stattlichen Schornsteinen und dem Witwensteg zuschlendern, ohne ihm wirklich näher zu kommen. Warum hat sie ihm nicht noch mehr zugesetzt?

Aus dem Dunkel am Fuß ihres Bettes dringt ein Röcheln – Ofelia, die an irgendetwas würgt. Sie hält kurz inne, grunzt dann wie ein Wildschwein, als bekäme sie keine Luft, und Birdy bekommt einen Schreck.

«Warte.» Sie wird sich übergeben. So läuft es auf jeder Party. Sie bettelt ständig, die Kinder können ihr nicht widerstehen, und noch bevor Birdy die Bettdecke zurückschlagen und Ofelia ins Bad schleifen kann, wo es leichter ist sauberzumachen, würgt sie mit feuchtem Husten, streckt den Hals, reißt das Maul auf und kotzt auf den Teppich.

«Na super», sagt Birdy.

Am Freitagabend ist Cabbage Night, und Marie würde gern jemandem einen Streich spielen, aber wem? Angel ist auf ihrer Tanzparty, und ihre Mutter ist mit Russ im Casino, deshalb hockt sie allein zu Hause, isst vor dem Fernseher Fischstäbchen mit Pommes und denkt sich irgendwelchen Unfug aus – wie sie die Scheiben von Mr. DeRosas Mercedes mit Seife beschmiert oder Mrs. Capuanos Haustür mit Eiern bewirft. Morgen geht sie mit Brookie Süßigkeiten sammeln, obwohl sie weiß, dass sie zu alt dafür ist, doch sie lechzt noch immer nach dem kostenlosen Süßkram, und am Sonntag ist Halloween schon vorbei, also muss es heute Abend passieren.

Das Problem ist, dass an ihrer Straße niemand wohnt. Sie hat die verlassenen Häuser ringsum erkundet, doch trotz der bereits kaputten Fensterscheiben, zertrümmerten Waschbecken und der in die Rigipswand geschlagenen Löcher fand sie es nie verlockend, sie noch mehr zu verwüsten, und die Fabrik ist ihre Zuflucht und somit tabu. Ihr geht es nicht um Zerstörung, sondern um Rache. Dafür braucht sie eine Zielperson, und zwar in der Nähe. Sie könnte durch die zugewucherten Gärten die Straße entlangschleichen und Klingelmännchen bei Mrs. Tidwell spielen, weil die sie nie bezahlt, nur dass sie ihr, genau wie ihrer Mutter, leidtut. Außerdem macht das ohne eine brennende Tüte voll Hundescheiße keinen Spaß, und wo soll sie jetzt Hundescheiße herkriegen? Genau genommen, vermutet sie, könnte sie auch ihre eigene Scheiße nehmen. Wenn sie Lust darauf hätte, drei Kilometer im Dunkeln zurückzulegen, könnte sie den Fächerahorn ihrer Großmutter mit Toilettenpapier umwickeln, doch das dürfte viel Arbeit sein, und dann müsste ihre Großmutter jemanden beauftragen, das Ganze wieder zu beseitigen. Da ist es einfacher, sich *Ghost Whisperer* anzuschauen und sich diese Heldentaten bloß vorzustellen, aber dann ist *Ghost*

Whisperer zu Ende, und Marie muss eine Entscheidung treffen.

Wie immer, wenn Langeweile im Spiel ist, sucht sie den Kühlschrank auf. Ihre Mutter hat die Süßigkeiten für Halloween im Gefrierfach verstaut und Marie gebeten, sie nicht alle aufzuessen, denn Angel würde so was auch nie tun. Marie denkt, dass es doch sicher in Ordnung ist, wenn sie in eine einzige der Tüten ein nagetierartiges Loch reißt. Halloween ist erst morgen, und in ihrer Straße kommt sowieso niemand, um Süßigkeiten zu sammeln, also fischt sie einen kleinen Snickers-Riegel heraus, stopft sich das ganze Ding in den Mund und steht kauend vor der geöffneten Tür, eine weitere Angewohnheit, von der ihre Mutter sie gern abbringen würde. Nach einem zweiten Snickers holt sie die große Flasche Wein ihrer Mutter aus dem Kühlschrank, überprüft, wie viel drin ist, zieht den Korken heraus und führt sie mit beiden Händen an die Lippen.

Der Wein ist kalt und säuerlich und übertüncht kurz den Geschmack des klebrigen Nougats, bevor er sich, noch süßer, wieder einstellt. Sie nimmt einen weiteren Schluck, lässt ihn im Mund hin und her gleiten. Ohne etwas dazu schmeckt er zu sauer, und sie muss husten, verzieht das Gesicht und drückt den Korken wieder rein. Wie kann ihre Mutter davon eine ganze Flasche trinken? Marie stellt sie so hin wie vorher, das Etikett nach vorn, und schnappt sich noch ein Snickers, um den Geschmack aus dem Mund zu kriegen.

Oben zieht sie im Zimmer ihrer Mutter die oberste Kommodenschublade auf und inspiziert die neue Unterwäsche, die sich ihre Mutter für Wes oder Russ oder wen auch immer besorgt hat, den sie diese Woche beeindrucken will. Schwarz, rot, Leopardenmuster, trägerlos, Formbügel, Push-up, Bikini, Slips, sogar ein Tanga, den Marie sich lieber nicht an ihr vorstellen will. Trägt sie dieselben Sachen für beide? Denn das wäre krass. Und wie viel hat all das gekostet? Ihre eigenen BHs sind heftpflasterfarben, ihre Unterwäsche wurde in Sechserpacks bei Wal-Mart gekauft.

Sie zieht ihre Hemdbluse aus, nimmt sich den ganz oben liegenden Zebramuster-BH mit steifen Körbchen und posiert damit vor dem Spiegel. Ihre Mutter beklagt sich immer, dass ihre Titten zu groß sind. Jetzt muss Marie ihr beipflichten. Ihre eigenen sehen in den riesigen formbeständigen Körbchen ganz mickrig aus. Im Spiegel ist sie mit ihrem vorstehenden Bauch der geschlechtslose Kloß, der sie ist, und sie wendet sich ab, zieht sich wieder an und schwört, das nie wieder zu tun, obwohl sie sehr wohl weiß, dass sie nicht widerstehen kann.

In Angels Zimmer ist sie vorsichtiger, weil ihr bewusst ist, dass dort Fallen lauern könnten. In ihrer Kommode oder dem Nachttisch warten keine Geheimnisse – das sind die Orte, die ein Einbrecher oder die kleine Schwester als Erstes durchsuchen würde. Sie geht direkt zum Wandschrank, sieht ganz unten auf dem Boden in der Ecke nach und widmet sich dann der Wand aus Schuhkartons, öffnet einen nach dem anderen und greift in jeden einzelnen Schuh, um sicherzugehen, dass da nichts reingestopft wurde. Sie ist geduldig – Angel hat immer irgendwas versteckt –, doch am Ende findet sie bloß eine Steinpfeife und einen Gasbrenner, den sie schon mal gesehen hat. Sie öffnet den Reißverschluss der nach Zeder duftenden Aufbewahrungstasche und durchstöbert die Taschen ihrer Winterjacken, aber auch da ist nichts. Die Fäuste in die Hüften gestemmt, steht sie da und starrt auf die hängenden Kleider, die Wolldecke und die Milchkiste mit Angels Rollschuhen.

Es steckt gleich im ersten Rollschuh, den sie sich vornimmt, ganz vorn in der Spitze – ein Motorola-Klapphandy, das sie unverzüglich öffnet. Die Sprachbox ist leer, eine Enttäuschung, und es sind auch keine Kurznachrichten drauf. Keine kürzlichen Anrufe, als wäre vom Handy alles gelöscht worden, doch die Batterie ist halb aufgeladen. Ihr erster Gedanke, vom vielen Fernsehen, ist der, dass Angel mit Drogen dealt, ein Geheimnis, das zu gefährlich ist, um es als Druckmittel einzusetzen. Marie schaltet das Handy aus, steckt es in die Spitze des Rollschuhs zurück und geht wieder nach unten, wo sie überlegt, was sie mit dieser neuen Information anfangen kann.

Sie öffnet den Kühlschrank, um sich noch ein Snickers und einen Schluck Wein zu gönnen, tritt ans vordere Fenster und betrachtet den in der Einfahrt stehenden Wagen ihrer Mutter. Marie könnte sie anrufen und sagen, Wes sei draußen, er sei betrunken und wolle sich mit Russ prügeln, doch das würde ihre Mutter nicht witzig finden. Was könnte sie bloß machen, ohne Ärger zu kriegen? Gerade zieht sie als mögliches Opfer ihren Vater in Betracht, als plötzlich auf der anderen Straßenseite, vor der langen, fensterlosen Wand der Line & Twine, drei Schatten auftauchen – drei Jungs in schwarzen Kapuzenshirts, in denen sie wie Ninjas aussehen.

Sie bleiben stehen und stellen ihre Rucksäcke ab. Es ist eine Sprayertruppe, zwei von ihnen schwenken in großen Kreisbewegungen ihre Dosen über dem Kopf und sprühen Graffiti, während der Dritte Schmiere steht. Sie tritt einen Schritt vom Vorhang zurück, damit er sie nicht sieht. Im Dunkeln ist nicht zu erkennen, was sie da schreiben, nur wenn ein Auto kommt und sie sich zu Boden fallen lassen, kann sie kurz die gerundeten Outlines der Wörter sehen. Ihre Nicknames, nimmt sie an, wie bei den anderen Bildern an der Wand auch, doch der Gedanke, dass sie wie ein Überfallkommando vorgehen, macht es aufregend. Sie beobachtet sie, weil sie wissen will, ob auch der Dritte die Gelegenheit kriegt, sich zu betätigen, und ist begeistert, als er tatsächlich loslegt und schneller ist als die beiden anderen, weil er mit beiden Händen sprüht. Als er fertig ist, sammeln sie ihre Dosen ein und verschwinden wieder in der Nacht, und Marie wünschte, sie könnte mitgehen.

In ihrem Zimmer zieht sie, als Nachahmung, lauter schwarze Sachen an, sogar schwarze Socken. Alle benutzen Duschgel bei ihnen zu Hause, und so ist die einzige Blockseife, die sie finden kann, ein schmutziges Stück Ivory neben dem Waschbecken im Keller. Als sie die Treppe raufgeht, versteckt sie es an der Hüfte wie eine Waffe. Sie schaltet das Flurlicht und die Verandalampe aus und wartet, bis ihre Augen sich an die Dunkelheit gewöhnt haben, bevor sie nach draußen schlüpft.

Die Straße ist leer, der Mond, schon fast voll, steht tief, sein blasses Licht wirft Schatten. Der Wind frischt auf, rüttelt an den kahlen Zweigen, und Marie schleicht die Treppe hinunter, kauert sich in die Finsternis zwischen dem Haus und dem Wagen ihrer Mutter und lauscht. Auf der anderen Seite der Line & Twine plätschert der Fluss über das Wehr, unsichtbar. Nichts und niemand kommt vorbei, aber sie wartet, geduldig wie ein Attentäter, die scharf riechende Seife feucht in der warmen Hand. Neben das Vorderrad geduckt, kann keiner sie sehen, und dieses Gefühl gefällt ihr. Nur weil sie nachts draußen ist, ist sie gefährlich, ein Raubtier.

In der Ferne brummt ein Motor, und das Geräusch kommt langsam näher. Sie bückt sich noch tiefer, bis ihr Kopf fast den Boden berührt, und lugt unter den Wagen. Hinten bei den Tidwells tauchen zwei Scheinwerfer auf. Ganz kurz befürchtet sie, es könnten Angel und Myles sein, die von der Tanzparty abgehauen sind und in Angels Zimmer rummachen wollen, doch der Motor klingt tiefer, vielleicht ein Pick-up. Wenn es Wes ist, weiß sie nicht, was sie tun wird. Wegrennen. Als der Abstand immer geringer wird und der Wagen auf der Geraden beschleunigt, gleitet das Scheinwerferlicht unter den Wagen ihrer Mutter, als würde es nach ihr suchen, und sie setzt sich auf und versteckt sich hinter dem Vorderrad, den Rücken an den Kotflügel gedrückt, eins mit der Dunkelheit. Das Licht wird greller, der Widerschein fällt auf ihre Seite des Wagens, und auch das Unkraut in der Einfahrt wird sichtbar, ein Geflecht aus Schatten huscht über Veranda und Haustür und verschwindet, als der Pick-up vorbeirauscht. Marie muss lachen. Sie will das noch mal machen.

Sie könnte das Gefühl, beinahe erwischt zu werden, die ganze Nacht auskosten, doch es ist kalt, und sie hat keine Jacke an, und als eine Kolonne von drei Autos vorbeibraust, während eins aus der anderen Richtung kommt, ist sie geschafft. Der Wind weht mal stärker, mal schwächer. Der Fluss plätschert. Sie kniet sich hin und späht über die Motorhaube. Obwohl niemand kommt, schleicht sie wie ein Einbrecher um den Wagen und bleibt in Deckung. Mit einer Ecke der Seife schreibt sie in riesigen Buchstaben auf die Heckscheibe, sodass es von der Straße aus zu sehen ist: HURE.

Die grausame Genugtuung ihrer Tat – die Wahrheit darin – ist zu viel für sie und hemmt sie. Falls sie das da glaubt, so ist sie nicht skrupellos genug, um es dem Rest der Welt zu sagen. Das ist kein Streich, und bevor jemand vorbeikommen und es sehen kann, ixt sie die Buchstaben aus und verwandelt das Wort in ein abstraktes Muster, löscht dieses mit sich überlappenden Kreisen aus, wodurch sie einen schmierigen Tornado aus Seife erschafft, und macht erst an den Seitenscheiben weiter, als sie sieht, dass nichts mehr zu erkennen ist.

Auf dem Weg zur Tanzparty, beide in Kostümen, angenehm besäuselt vom Vorglühen mit Jägermeister bei Ryan, gesteht Myles, dass sie ihm heute eine Nachricht geschickt hat.

«Ich dachte, das willst du wissen.»

Er lässt die Bombe platzen, während er fährt, blickt sie nur flüchtig an, als wäre es ohne Bedeutung. Mit seiner grinsenden Joker-Fratze und der grünen Clownsperücke könnte es eine Verarschung sein, doch er meint es ernst. Angel soll wissen, dass es diesmal wirklich vorbei ist. Nachdem er sie so lange belogen hat, will er Anerkennung für seine Aufrichtigkeit.

«Ich hab ihr nicht geantwortet.»

Warum tut er ihr das an? Es scheint ihm zu gefallen, wenn sie den Verstand verliert. Gestern hat sie ihn noch im Arm gehalten, als ihm die Tränen kamen bei seiner Entschuldigung, dass er wieder alles zerstört habe. Jetzt hätte sie Lust, ihn zu schlagen.

«Wann hat sie dir denn geschrieben?», fragt sie, um zu erfahren, wie lange er es vor ihr geheim gehalten hat.

«Direkt vor der Arbeit.»

Wie eine Stalkerin kennt das kleine Miststück seinen ganzen Tagesablauf. Angel wird wegen der genauen Zeit auf seinem anderen Telefon nachsehen müssen – wahrscheinlich der einzige Grund, warum er es ihr jetzt erzählt.

«Du hast ihr nicht geschrieben.»

«Ganz sicher nicht.»

Sie lässt das unkommentiert, damit er hören kann, wie schuldbewusst er klingt. «Die rafft's einfach nicht.»

Sie streckt die Hand aus, weil sie sein Telefon haben will, und er gibt es ihr wortlos. Als Teil ihres Poison-Ivy-Kostüms hat sie spitze grüne Fingernägel und kann die Tasten kaum drücken.

«Wo ist die Nachricht denn?»

«Ich hab sie gelöscht.»

«Nächstes Mal nicht löschen. Ich will sie sehen.»

«Okay, soll nicht wieder vorkommen.»

Er ist jetzt ihr Verbündeter, ihr Komplize, als wollte er das Unverzeihliche wiedergutmachen. Das Schreckliche ist, dass sie ihm glauben will. Sie sind schon so lange zusammen, dass sie bei seinem Geständnis Angst hatte, ihn zu verlieren. Jetzt ist er reumütig zu ihr zurückgekehrt, ihre Bindung noch stärker. Was passieren wird, wenn er aufs College geht, ist eine Frage, die sie nicht beantworten kann, aber bis zu dem Tag, an dem er Ashaway verlassen wird, gehört er nun einmal ihr.

Vor dem Eingang der Schule steht ein Streifenwagen – leer, wie sie im Vorbeifahren sehen. Der Polizist ist im Gebäude, wo er für Sicherheit sorgt, indem er hinter dem Tisch steht, an dem zwei Mütter in roten Thing-1- und Thing-2-Oberteilen und blauen Beehive-Perücken die Eintrittskarten kontrollieren.

«Die Farbe gefällt mir», sagt Mom 2 über Angels feuerrotes Haar.

«Manic Panic.» Sie hat sich mit ihrem Outfit viel Mühe gegeben, besonders mit den kniehohen Stiefeln, und freut sich, dass es auch jemand anderem auffällt, nicht nur den fiesen Typen, die ihr bloß in den Ausschnitt glotzen (wie zum Beispiel der Polizist).

Die Tanzparty findet in der Cafeteria statt, das eindringliche Geklimper von John Carpenters *Halloween*-Melodie dringt bis zu ihnen, auch dass der DJ zu einer Runde Applaus für Michael Myers auffordert. Im Flur, hinter der Trophäenvitrine, hat ein Fotograf einen schwarzen Hintergrund aufgebaut und macht Erinnerungsporträts von den Paaren, bevor ihre Kostüme ruiniert sind. Dort wartet schon eine lange Schlange. Angel sieht den Exfreund des kleinen Miststücks weiter vorn mit Brianna Mendes stehen, als Indiana Jones und Karen Allen verkleidet, und bemerkt, dass auch Myles sie gesehen hat, weil er den Rücken durchdrückt und die Brust rausstreckt. Er hat seinen Wagen noch nicht reparieren lassen, und sie findet, der Schaden ist wie alles andere seine eigene Schuld.

«Nicht dran denken», sagt sie.

«Ich fang schon keinen Streit an.»

«Nein, das machst du nicht, lass es einfach.»

Die lebhafte Basslinie von *Ghostbusters* schraubt sich unwiderstehlich hoch und bringt die Leute in Schwung. *If there's something strange in your neighborhood.* Sie könnten darauf verzichten, sich anzustellen, doch sie hat Myles gesagt, dass sie ein Foto von ihnen haben will – eine weitere Bedingung, die sie an seine Kapitulation geknüpft hat –, und ist erleichtert, als Hector und Brianna endlich an der Reihe sind. Am liebsten würde sie gehen, aber das darf sie nicht. Sie hat die Mission, allen zu zeigen, dass sie noch zusammen sind, bei Hector ist es umgekehrt, was ihr leichter vorkommt. Obwohl sie es grundsätzlich weiß, will sie sich nicht so genau damit befassen, was sie gemeinsam haben, aus Angst, Mitleid mit ihm zu verspüren. Es ist einfacher, wenn sie in ihm einen Feind sieht.

«Hey, ihr Loser», ruft Mikayla winkend und eilt vorbei, im selben Britney-Spears-Outfit wie neulich bei Ryan, das ihre Taille hervorhebt. Früher wurden sie für Schwestern gehalten. Es muss an der Nachricht liegen, die Myles ihr gegenüber offengelegt hat, denn als er sie betrachtet, ist Angel für einen Augenblick sogar auf sie eifersüchtig.

Ryan und Lindsay kommen als Fred und Wilma Feuerstein, in Hausschuhen, die wie nackte Füße aussehen. Für ihre Clique ist das hier bloß ein Zwischenspiel vor der Party danach. Hier gibt's nichts zu trinken, keinen Ort zum Kiffen, und die

Musik ist lahm. Am Ende des Abends werden sie wie immer um ein Lagerfeuer versammelt sein, und Myles wird für alle spielen, aber nur für Angel singen.

«Das ist Abzocke», sagt Ryan so laut, dass der Fotograf es hört. «Macht doch eure eigenen Fotos.»

«Du brauchst es ja nicht zu kaufen, wenn's dir nicht gefällt», sagt Angel.

«Habt ihr das von Casey Daigle gehört? Die ist schwanger.» Er schnalzt mit der Zunge.

«Echt verrückt», sagt Angel.

«Das ist der Grund, warum sie und Benny sich getrennt haben», sagt Lindsay.

«Wow», sagt Myles, als die beiden weg sind. Er wundert sich immer über das, was andere machen, als wäre er selbst die reine Unschuld.

«Du weißt aber schon, dass sie auch über uns so reden», sagt sie.

«Das stimmt nicht, nein.»

«Sie bemitleiden mich und halten dich für ein Arschloch.»

«Keine Ahnung, ob ich ein Arschloch bin», sagt er, das Wort abwägend. «Vielleicht eher ein Schwanz.»

«Ein schöner Schwanz, der ein Arschloch sein kann.» Sie küsst ihn auf die Wange und hinterlässt einen Lippenstiftabdruck auf seiner weißen Schminke.

«Dagegen ist nichts einzuwenden.»

Es ist ein gutes Gefühl, darüber zu witzeln, als wäre es Schnee von vorgestern und könnte ihnen nichts anhaben, doch schon beim Klingeln eines Telefons werden ihre Gedanken bitter, und als sie an der Spitze der Schlange angelangt sind, weiß sie, was sie zu tun hat. Sie hat dem Miststück ja gesagt, was sie davon haben würde.

Der Fotograf ist auch kostümiert, er trägt einen Fedora, in

dessen Hutband ein Presseausweis steckt, und benutzt eine kastenförmige alte Kamera, wie man sie aus Filmen kennt.

«Den Joker erkenne ich», sagt er und führt sie vor den Hintergrund. «Und du bist ...»

«Dr. Pamela Isley. Poison Ivy. Im Film von Uma Thurman gespielt.»

«Den hab ich nicht gesehen, aber die Fingernägel gefallen mir.» Er schiebt den Hocker weg. «Ich möchte euch stehend fotografieren, damit man eure Kostüme sieht. Ja, das ist gut. Lass deinen Kopf genau so. Könntest du ihn vielleicht anschauen? Seid ihr zusammen?»

«Ja», sagen sie gleichzeitig und müssen beide lächeln.

«So ist es gut. Das Kinn hoch. Wenn du jetzt noch die linke Hand an seine Taille legen könntest.»

Die Scheinwerfer sind heiß, und während sie die lächerlichen Posen einnehmen, sich in die Augen schauen und dabei nicht zu lachen versuchen, fühlt sie sich zugleich ungeschützt und ihm näher. Hoffentlich können alle aus ihrer Klasse sie sehen. Es wäre übertrieben, wenn sie ihn küssen würde (und gegen die Vorschriften), doch sie stellt es sich vor, eine offene Deklaration an die gesamte Schule. Das hier muss reichen.

«In Ordnung», sagt der Fotograf. «Jetzt noch eins, das den Figuren entspricht.»

Das ist einfach, weil sie es zu Hause vor dem Spiegel geübt hat. Sie geht in Angriffsstellung, formt ihre Hände zu Klauen, lächelt spöttisch wie Uma Thurman und funkelt die Kamera an, als wäre sie kampfbereit. Neben ihr, die Daumen in seine Weste gehakt, wirft Myles den Kopf zurück und lässt ein leises, wahnsinniges Lachen ertönen. Es ist das Foto, das ihnen von allen am besten gefällt, dasjenige, das sie unbedingt haben müssen – zwei Superschurken, die sich verbünden, um ihren Erzfeind zu besiegen.

Ihrer Mutter tut es leid, dass Birdy an Halloween arbeiten muss, doch Birdy sagt, das sei schon in Ordnung, das Wetter sei beschissen, und sie habe nichts Besseres zu tun. Was macht eine weitere Lüge schon aus? Sie hat sich am Donnerstag krankgemeldet, außerstande, die Vorstellung zu ertragen, dass sie arbeiten oder irgendwo unter Leuten sein soll. Bei Sonnenuntergang hat sie auf dem Parkplatz am Strand gesessen und ihm eine Nachricht geschickt, hat auf seine Antwort gewartet, ist dann, von den verwaisten Häusern und geschlossenen Hotels beobachtet, im Dunkeln am Wasser entlanggestapft und hat sich ausgemalt, wie ein Orkan alles wegfegt.

Jetzt, wo er sie wiedersehen will, kann sie darüber lachen, wie melodramatisch sie war, und erinnert sich an alle Einzelheiten, um ihre Geschichte für ihn ausschmücken zu können, wertet ihre Traurigkeit als Beweis ihrer Liebe. Nach dieser letzten Trennung glaubt sie, er ist genauso hilflos wie sie. Warum sonst sollten sie sich das zumuten? Trotz all der Fehler, die sie gemacht haben, ist es ein Trost zu wissen, dass sie genauso sind.

Es ist kalt und nieselig, als sie der Straße durch Ashaway folgt, vorbei am Liquor Depot, wo Hector nicht mehr arbeitet und der Parkplatz voll unbekannter Autos ist, vorbei an der Mobil-Tankstelle, dem Bi-Lo und dem Crandall Field mit seinem Picknick-Pavillon und der Spielburg, vorbei am Postamt und an der alten Fabrik am Fluss – alles Szenerien, die sie inzwischen mit ihm, mit der Erwartung, geliebt zu werden, verbindet, das gilt sogar für das Granitwerk mit den Grabsteinen, fürs Lucky-House-Chinarestaurant, den Gebrauchtwagenplatz, an dem manchmal die Polizisten stehen. In seiner heimeligen Vertrautheit ist all das magisch für sie, aufgeladen mit flüchtiger Schönheit, genau wie das Laub.

Der Himmel ist dunkel, der Tag neigt sich dem Ende zu.

Als sie auf die 78 fährt, gehen plötzlich, als hätte jemand einen Hebel umgelegt, vor ihr die Straßenlaternen an, und deren silbernes Licht weist ihr den Weg. Alles ist ein Zeichen, die Welt voller Bedeutung. Anderthalb Kilometer später muss sie an der Post Road an der Ampel halten, mit Blick auf den CVS, wo seine Freundin arbeitet, eine Warnung, die sie zu ignorieren versucht. Sie ist nicht auf Rache aus – heute kann sie nicht verbittert sein –, und doch, nach allem, was passiert ist, kann sie nicht leugnen, dass es ihr eine gewisse Freude bereitet, wie alles ausgegangen ist. Wie unverwüstlich die Liebe ist, wie überraschend.

Die Ampel springt auf Grün, und sie lässt den CVS hinter sich, braust am Stop & Shop vorbei und am Flughafen entlang, hält Ausschau nach Polizisten, denn es ist der letzte Tag des Monats. Sie hält nicht an den Tennisplätzen, um sich in der nasskalten Damentoilette umzuziehen, fährt einfach weiter, biegt in die Winnapaug Road ein und erklimmt den letzten Hügel, und plötzlich erstrecken sich vor ihr die Wiesen und Salzwasserteiche, und in der Ferne ist, statt der dunklen Linie des Meeres, eine weiße Nebelwand.

An der Küste ist Dunst aufgezogen, der wie dichter Rauch über den Ferienhäusern und Motels hängt und alles gespenstisch aussehen lässt. Es ist, als würde man durch eine Wolke fahren, als käme der doppelte gelbe Mittelstreifen aus der Düsternis geströmt. Sie probiert das Fernlicht aus, doch das macht alles noch schlimmer. Sie kennt den Weg und muss trotzdem im Kriechtempo fahren, sucht das Stoppschild und die Uhr, die immer falsch geht.

Auf dem Parkplatz am Strand kann sie nicht mal die andere Seite sehen, und sie nutzt den Schutz des Nebels, um das rote Oberteil anzuziehen, das ihm so gefällt, und wirft ihre Uniform auf den Rücksitz. Sie streicht sich das Haar zurecht und kaut ein letztes Kaugummi, das sie, obwohl es noch saftig ist, schließlich wegwirft, um ihren Lippenstift nachzuziehen. Vielleicht liegt es am Make-up oder an ihrem Gewichtsverlust, weil sie nichts gegessen hat, jedenfalls sieht sie im Spiegel anders aus, die Konturen ihres Gesichts schärfer, deutlicher, und sie dreht den Kopf von einer Seite zur anderen, um ihre neuen Wangenknochen zu würdigen, und wirft sich ein wissendes Lächeln zu. So was bewirkt nur die Liebe.

Beim Verlassen des Parkplatzes muss sie wegen eines Autos warten, dessen Nebelleuchten in diese Suppe einen Tunnel bohren. Erst als der Geländewagen direkt vor ihr vorbeigleitet, erkennt sie, dass es die Polizei ist, das ergibt einen Sinn. Wer sonst sollte bei diesen Verhältnissen unterwegs sein?

Auch wenn sie im Innersten das Gefühl hat, nicht mehr ganz dicht zu sein – oder dumm, wie Elena sagen würde –, da sie jedes Mal, wenn er sich anders besinnt, zu ihm zurückrennt, will sie lieber alles auf eine Karte setzen, als sich noch einmal so wie gestern zu fühlen, ein Aschenbrödel, das nicht zum Ball gehen darf.

Sie gleitet an den Attraktionen vom Water Wizz vorbei, dem einen Scheinwerfer, der die Silhouette des Karussellpavillons hervorhebt, wo ihr Vater sie vor Jahren, wie ein oft zurückgespultes Video zeigt, auf ein bemaltes Pferd setzte und mit einer Hand am Rücken festhielt, während sie sich im Kreis drehten, und plötzlich muss sie an ihre Mutter denken. Heute Abend haben die Yankees ihr drittes Spiel. Wenn sie nach Hause kommt, wird ihre Mutter vor dem Fernseher sitzen und Ofelia mit ihrem Jubelgeschrei verschrecken. Ihr Vater ist schon so lange tot. Wie schafft ihre Mutter das? Ein Tag ohne Myles, und sie ist nur noch ein Nervenbündel.

Vom Seewind getrieben, wabert der Nebel über die Straße. Inzwischen regnet es stärker. Hier stehen auf beiden Seiten

Häuser, wie sie nie eins besitzen wird, grau geschindelte Ferienhäuser, die mit Hummerbojen und Wetterfahnen verziert sind, die Zäune aus alten Surfbrettern errichtet. Es dauert länger, als ihr lieb ist, aber sie kann nicht schneller fahren. So nah am Meer gibt es keine Gullys, und das Wasser sammelt sich auf dem Seitenstreifen und nimmt die halbe Spur ein. Sie überquert die gelbe Linie, um den Pfützen auszuweichen, muss bremsen, als die ganze Straße unter Wasser steht, pflügt langsam hindurch, und ihre Reifen schieben wie ein Schiff eine Welle vor sich her. Der Polizist ist längst weg. Sie stellt sich vor, dass sie liegen bleibt und den Pannendienst rufen muss und wie sie es ihrer Mutter erklären würde. Das hebt sie sich für Myles auf. Er wird lachen, wenn sie ihm die Geschichte erzählt, und ihren Mut mit einem Kuss belohnen.

Das Licht weiter vorn gehört zum Breachway Market, das heißt, als Nächstes kommt der Strandclub und dann die Brücke, an der sie und Josefina als Kinder Krebse gefangen haben. Sie ist spät dran, aber sie wird es schaffen. Plötzlich hat sie Angst, dass er nicht da sein wird und ihr geschrieben hat, er müsse absagen. Die Pläne von ihnen sind immer so unbeständig. Auch wenn alles gut läuft, glaubt sie nicht daran, dass sie sich erfüllen.

Von draußen ist nicht zu erkennen, ob jemand da ist. Die Fenster sind dunkel, die Einfahrt leer, Regen prasselt auf den Kies. Ihr Scheinwerferlicht streicht über die Veranda. Normalerweise öffnet er das Garagentor, bevor sie anhalten kann. Sie hat recht gehabt, er hat sie versetzt, doch als sie nach dem Telefon greift, gleitet das Tor nach oben, und da sind seine Füße, und schon duckt er sich unter dem Tor hindurch und winkt sie in die freie Parkbucht.

Statt auf die Fahrerseite zu kommen, wartet er an der Küchentür.

«Ist schlimm da draußen», sagt sie.

«Ich weiß, der Nebel ist gerade eben aufgezogen.»

Er wirkt zögerlich, was sie darauf zurückführt, dass er sich gerade erst von ihr getrennt hatte. Vermutlich glaubt er, dass sie wütend ist. Ist es so schwer, aus ihr schlau zu werden? Nach dem, was letztes Mal war, will sie, dass er sie in die Arme nimmt, doch das Garagentor registriert irgendwas und will sich nicht schließen, es gleitet scheppernd zurück, und er muss den Knopf noch einmal drücken. Gespannt beobachten beide, wie es sich schließt. Diesmal bleibt es unten.

«Ich bin froh, dass du kommen konntest», sagt er geradezu förmlich, als hätte er sie zu einer Sitzung gebeten, und statt sie zu küssen, öffnet er die Küchentür und lässt sie vorausgehen. Sie nimmt an, dass eine Flasche Champagner auf sie wartet, und ist enttäuscht, als sie sieht, dass die Küchentheke leer ist, neben dem Spülbecken ist nichts außer einer Rolle Papiertücher und einer Flasche Flüssigseife.

Er legt die Kette vor, und noch bevor sie das seltsam finden kann, kommt wie aufs Stichwort seine Freundin aus dem Wohnzimmer, mit boshaftem Grinsen.

Birdys erster Gedanke ist wegzurennen, doch das ist zwecklos. Die Tür ist abgeschlossen, und Myles hat sie schon von hinten gepackt.

Lanoxall

Wenn man in einer Kleinstadt aufwächst, lernt man, seine Geheimnisse für sich zu behalten, sonst wird man immer wieder davon eingeholt. Mit dreizehn, als Kind zweier Alkoholiker, hatte ich darin viel Übung. Ich wusste, dass meine Mutter nicht herausfinden würde, wer ihre Scheiben mit Seife beschmiert hatte.

«Ich kann das kaum glauben», sagte sie, als Russ sie abgesetzt hatte. «Und du hast nichts gehört?»

Ich erzählte ihr von den Sprayern und deutete zum Beweis auf die Line & Twine. Es sei doch Cabbage Night, da zögen überall Scharen von Jungs umher, und jedes Auto sei ein Ziel.

«In solchen Momenten hätte ich gern eine Garage», sagte sie, obwohl wir schon eine Ewigkeit keine mehr hatten.

Ich sagte, ich würde helfen. Wir hatten keinen Schlauch, also mussten wir das Wasser in einem Eimer nach draußen schleppen. Kaltes Wasser war nutzlos. Die Seife war an manchen Stellen so dick, dass wir heißes Wasser brauchten, um sie aufzulösen. Beim Schrubben stieg Dampf von unseren Schwämmen auf, und an den Scheiben glitten Schaumbläschen herab.

«Zumindest wird es mal gewaschen», sagte sie und bedankte sich nach getaner Arbeit, als hätte ich ihr den Glauben an die Jugend zurückgegeben.

Später, als ich lesend im Bett lag und mir ausmalte, wie ich mir von Brookie Butterfinger-Riegel ertauschen würde, kam Angel ins Zimmer und schloss die Tür.

«Sie stammt aus dem Keller.»

«Was?»

«Die Seife, die du benutzt hast. Die ist nur noch halb so groß wie vorher.»

Das stimmte nicht – ich war vorsichtig gewesen und hatte Schmutz in die Ecken gerieben, damit sie alt aussah –, doch ich würde es vermutlich nicht fertigbringen, es mit unbewegter Miene zu leugnen. «Na und?»

«Da ist jemand, der das bestimmt gern wüsste.»

«Der wüsste bestimmt auch gern von einem Klapphandy.»

Ich dachte, das Ganze wäre bloß Spaß, doch plötzlich schoss ihr Arm vor, und sie packte mich im Nacken, drückte mein Gesicht in die Bettdecke, lehnte sich mit ihrem ganzen Gewicht auf mich und hielt mich fest. «Jemand sollte sich lieber aus meinen Angelegenheiten raushalten.»

Beim Verlassen des Zimmers knallte sie die Tür zu, woraufhin mein Bademantel vom Haken fiel und meine Mutter von unten rief: «Knall die Tür nicht so!»

Nicht mal bei einer derartigen Kleinigkeit konnte sie mich gewinnen lassen, und ich hasste sie, hasste mich selbst, weil ich schwach war. Halloween war mein Lieblingstag, und sie hatte ihn ruiniert. Wenn sie versuchen sollte, sich zu entschuldigen, würde ich fragen, warum sie so gemein zu mir sein musste, aber sie entschuldigte sich nicht, und nachdem Myles sie abgeholt hatte, gab ich mich, allein in meinem Zimmer, meiner Wut hin, machte einen Bogen um *Wer die Nachtigall stört* und stellte mir die bissigen Bemerkungen vor, die ich hätte machen sollen.

Wir aßen früh, damit ich mit Brookie zum Süßigkeitensammeln aufbrechen konnte, solange es noch hell war. Zu den tausend anderen Dingen, vor denen ihre Mutter Angst hatte, gehörte auch, dass Brookie im Dunkeln von einem Auto überfahren werden könnte. Über dem leuchtend weißen Kostüm eines Imperiumssoldaten trug sie eine Warnweste wie ein Straßenbauarbeiter. Es regnete, deshalb hatte sie statt eines Blastergewehrs einen Regenschirm in der Hand. Ich wäre gern wie Scout als Schinken gegangen, aber dann hätte mir mein Vater helfen müssen, den Rahmen zu bauen, und so entschied ich mich, eine Hexe zu sein. Mrs. Tidwell wollte uns in der Innenstadt absetzen, wo die Häuser dichter zusammenstanden, und uns um acht, wenn die Feuersirene ertönte, an der Bücherei abholen, das hieß, uns blieben zwei Stunden, um unsere Kissenbezüge zu füllen. Wie bei jedem Halloween hatte ich eine Karte mit der lohnendsten Strecke gezeichnet, doch inzwischen hatte ich sie mir eingeprägt. Ich zeigte die Karte Mrs. Tidwell nicht, weil sie sonst gesehen hätte, dass wir die Route 3 viermal überqueren mussten und zweimal die Kreuzung an der High Street, wo Alex Hanley mitten am Tag auf seinem Fahrrad überfahren worden war. Danach hatte die Stadt dort einen Zebrastreifen eingerichtet, an dem aber niemand anhielt, also war es vielleicht besser, dass Brookie ihre Weste trug.

Bei dem Regen hatten wir nicht viel Konkurrenz. Wir waren älter als die anderen, aber weil alle wussten, dass sich Brookie hinter der Maske verbarg, sagte niemand was. In zwei Stunden hätten wir die Strecke eigentlich locker bewältigen müssen, doch sie war wirklich langsam. Beim Überqueren der Straße gab es keine Probleme, aber sie konnte auf Treppen nichts sehen, und ich musste sie führen wie eine Blinde, wobei mir ihr Regenschirm den Hexenhut fast vom Kopf stieß und mir Regenwasser in den Nacken rann. Es war kalt, und ich war klatschnass. Direkt hinter dem Friedhof, nach nicht mal der halben Strecke, blieb sie plötzlich stehen und sagte: «Ich muss mal», woraufhin wir gezwungen waren, zu meiner Großmutter zu gehen, wo ich ihr aus dem Kostüm half und beim Pinkeln Gesellschaft leistete, das Bambusmuster der Tapete fest im Blick.

«Ich hätte dich vorwarnen sollen», sagte Mrs. Tidwell, als wäre es witzig. «Bei Regengeprassel muss sie immer aufs Klo.»

So eine geringe Ausbeute hatte ich noch nie gehabt: zwei Popcornkugeln, ein zugebundenes Tütchen Candy Corns und ein Almond Joy, die ich letztlich alle wegwerfen würde. Ich war so enttäuscht, dass ich nicht mal versuchte, mit Brookie zu tauschen, und nur schweigend auf dem Rücksitz saß, während Mrs. Tidwell sie nach all den tollen Kostümen fragte, die sie gesehen hatte. Als Mrs. Tidwell mich absetzte, bedankte sie sich, als hätte ich ihr einen Riesengefallen getan, und ich sagte, kein Problem, doch als sie weggefahren war, stieg ich mit betröpfeltem Gesicht und hängendem Kopf die Verandatreppe hinauf.

Auch meine Mutter bedankte sich und machte heiße Schokolade, damit ich mich aufwärmen konnte. Es war ziemlich ruhig gewesen, und wir hatten jede Menge Süßigkeiten übrig. «Habt ihr euch gut amüsiert?»

Ich erzählte ihr, dass wir bei meiner Großmutter vorbeigeschaut hatten, und sie fand, dass das eine kluge Entscheidung von mir gewesen war. In ihren Augen würde ich immer die brave Tochter sein. Als ich mir mit ihr eine Wolldecke teilte und mit einem Auge *Scream* verfolgte, hätte ich ihr am liebsten gestanden, dass ich es gewesen war, die ihre Scheiben mit Seife beschmiert hatte. Stattdessen machte ich Popcorn und gab ihr meine Milky Ways. Zur Rettung des Tages hoffte ich, mich mit Angel versöhnen zu können, aber als Myles sie zurückbrachte, war es schon nach Mitternacht, und ich schlief bereits. Am Morgen gingen wir in die Kirche, und als wir das Glaubensbekenntnis gesprochen und den Segen empfangen hatten, wischte ich alles beiseite und umarmte sie, wobei ich wie immer gelobte, ein neues Leben anzufangen.

Am Montagabend war Beatriz Alves der Aufmacher in den Nachrichten. «Die Zwölftklässlerin der Westerly Highschool», so nannte man sie und zeigte ihre Mutter, die in ihrer Einfahrt vor einem Mikrofon stand und ein Foto hochhielt. Die ganze Familie hängte Handzettel auf. Mit ihren Rehaugen und dem herzförmigen Gesicht sah sie aus wie Jessica Alba. Obwohl wir genauso groß waren, wog ich fünfzehn Kilo mehr als sie.

«Kennst du sie?», fragte meine Mutter.

«Die kennt jeder», sagte Angel. «Sie ist im Fußballteam.»

«Das wäre mein größter Albtraum, dass einer von euch beiden was zustößt.»

«Welcher von uns?», fragte ich, doch das fanden sie beide nicht witzig.

Da sie zuletzt gesehen worden war, als sie zur Arbeit fuhr, suchte die Polizei ihren Wagen. Sie zeigten ihr Nummernschild, als ob wir uns das Kennzeichen einprägen könnten, und berichteten dann von einer Schießerei in East Providence.

In jener Woche war sie jeden Abend in den Nachrichten, und die Suche konzentrierte sich auf ihren Arbeitsweg, der zufällig an unserem Haus vorbeiführte. Am Freitag errichtete die Polizei ihre mobile Einsatzzentrale auf dem abgesperrten Parkplatz der Line & Twine, wo Funkgeräte krächzten und Hunde, Geländefahrzeuge und ein Hubschrauber eintrafen, der das ganze Wochenende in geringer Höhe über dem Fluss schwebte und den Wald und das Sumpfland nach Körperwärme absuchte.

Wie alles im Fernsehen schien der Fall einer anderen Welt anzugehören, obwohl sich das Ganze direkt auf der gegenüberliegenden Straßenseite abspielte. Ich kannte diesen Flussabschnitt besser als jeder andere und stellte mir vor, wie ich sie entdeckte, schlaff und blass wie ein Fisch, hängen geblieben im Wehr, und meine Geschichte einem Reporter erzählte. Jeden Abend gaben sie uns einen neuen Hinweis, als wäre es ein Spiel. Ihre Mutter sagte, als sie losgefahren sei, habe sie ihre Uniform getragen, doch ihr Chef bestritt, dass sie Dienst hatte. Sie hatte sich vor Kurzem von ihrem langjährigen Freund getrennt, den die Polizei für eine Person von besonderem Interesse hielt.

«Wahrscheinlich war er's», sagte meine Mutter, ohne dass es einen Beleg dafür gab.

Angel hatte aufgehört, es sich anzusehen, und zog sich vor Beginn der Nachrichten in ihr Zimmer zurück, als fände sie es widerlich, dass wir Freizeitdetektive spielten. Die Volleyballsaison begann, und sie hatte zweimal wöchentlich Training, zusätzlich zu ihrer Arbeit und ihren Treffen mit Myles, deshalb war sie nur selten zu Hause. Sie war beliebt und beschäftigt, und wir waren ihre Abwesenheit gewohnt.

Alles, was danach kam, passierte zu schnell. Weil ich auf die Middleschool ging, konnte ich nur vermuten, warum Myles verhört wurde, doch als es in der *Sun* stand, sah ich mir die Fotos auf Facebook an – gelöscht, aber immer noch als Screenshots zu sehen, wenn man den Links in den Kommentaren folgte. Aus Loyalität oder weil ich es selbst nicht glauben konnte, verschwieg ich es meiner Mutter. Ich dachte, ich stünde in der Mitte, genau zwischen den beiden, aber wie üblich hinkte ich hinterher und wahrte ein Geheimnis, das sie mir gegenüber längst für sich behielten. Angel hatte es ihr schon erzählt, deshalb war keine von uns überrascht, als die

Polizei anrief. Die Frage war, ob sie einen Anwalt brauchte, woraufhin ein Familientreffen bei meiner Großmutter stattfand, zu dem ich nicht eingeladen war. Dort kamen sie zu dem Schluss, es könnte verdächtig wirken. Als Fan von Atticus Finch hätte ich selbst die Frage bejaht.

Am Abend vor Angels Verhör kam meine Mutter, nachdem wir alle nach oben gegangen waren und uns die Zähne geputzt hatten, in mein Zimmer. Sie setzte sich auf die Bettkante und nahm meine Hände, rieb sie mit den Daumen. «Du weißt nicht das Geringste über die Sache, oder?»

«Nein», sagte ich und dachte an das in Angels Rollschuh versteckte Klapphandy.

«Bist du dir sicher? Irgendwas? Wenn du was weißt, musst du's mir sagen.»

Ich wusste nicht, ob es überhaupt noch da war. So oder so, nicht ich musste es erzählen. «Werden sie sie verhaften?»

«Sie stellen ihr bloß ein paar Fragen. Ich bin die ganze Zeit dabei.»

Was für welche?, wollte ich fragen, doch ich hatte genug Fernsehen geguckt, um es zu wissen. Der Gedanke, dass sie in die Sache verwickelt sein könnte, kam mir lächerlich vor, doch ich sah die Zusammenhänge. Meine Mutter sagte, Myles sei an allem schuld, und ich pflichtete ihr bei, aber Myles war nicht verhaftet worden. Was konnte Angel ihnen sagen, das sie nicht von ihm hätten erfahren können?

Am nächsten Morgen nahm ich den Bus zur Schule, als wäre es ein ganz normaler Tag, während Angel mit meiner Mutter zur Polizei fuhr. Als ich nach Hause kam, stand der Wagen meiner Großmutter in der Einfahrt, und Angel war in ihrem Zimmer.

«Sie haben nicht besonders lange mit ihr gesprochen», sagte meine Mutter. «Das ist gut.»

«Und sie hat keinen Anwalt gebraucht?», fragte meine Großmutter.

«Sie hat ihre Sache gut gemacht», sagte meine Mutter.

In meinem Beisein wollten sie nichts Konkretes besprechen, und als ich mir meinen Rucksack schnappte, um nach oben zu gehen, sagte meine Mutter: «Lass sie in Ruhe.»

Das konnte ich nicht. Sogar an einem normalen Tag war ihre geschlossene Tür eine Provokation. Ich stellte den Rucksack ab und schlich mich zu ihrem Zimmer, wobei ich versuchte, so leise zu sein, dass sie mich unten nicht hören konnten. Ich legte das Ohr an ihre Tür und erwartete, sie schluchzen oder in ihr Telefon flüstern zu hören. Stattdessen sang sie ein Stück von Paramore auf ihrem iPod mit, den Song aus dem *Twilight*-Film, summte, wenn sie den Text nicht kannte, die Lautstärke war voll aufgedreht. *You're always taking sides, but you won't take away my pride.* Das war so normal, dass es mir seltsam vorkam, und ich wich zurück, als hätte ich sie bei einem Unrecht ertappt.

Beim Abendessen war sie wie immer, witzelte über das verpasste Training und beklagte sich, weil sie am Samstag arbeiten musste. Vielleicht war sie ja einfach erleichtert. Meine Mutter erwähnte das Verhör mit keinem Wort, und ich hatte das Gefühl, dass ich es auch nicht tun sollte, obwohl ich gern alles erfahren hätte. Ich wartete ab, bis sie wieder in ihrem Zimmer war und die Hausaufgaben machte.

«Wie war's?», fragte ich von der Tür aus.

Sie musste kurz überlegen, bevor sie antwortete. «Nicht so schlimm.»

«Was wollten sie von dir wissen?»

«Alles Mögliche.»

«Über Myles.»

«Und andere in der Schule.»

Sie sagte die Wahrheit und log zugleich, bagatellisierte alles, und zwar auf dieselbe Weise, wie ich meine Mutter über meine Fresserei belog und meine Mutter mich belog, wenn sie der Meinung war, dass mich etwas nichts anging, sei es ihr Alkoholproblem oder mein Vater. Wir waren alle gut im Vertuschen. Ich fragte mich, ob Angel die Polizisten belogen hatte, ihretwegen oder wegen Myles. Ich fragte mich, ob das nötig gewesen war und ob sie nicht sowieso Bescheid wussten.

Am nächsten Morgen klingelte ich bei den Tidwells, um mit Brookie zur Bushaltestelle zu gehen. Normalerweise wartete sie schon auf der anderen Seite der Tür, angezogen und aufbruchsbereit und mit ihrer Pikachu-Brotdose in der Hand, aber diesmal musste ich eine Weile auf der Veranda stehen und beobachtete die vorbeirasenden Autos. Als Mrs. Tidwell schließlich kam, öffnete sie die Tür nur einen Spaltbreit.

«Geh nur, Marie. Ich fahre sie heute, danke.»

«Okay», sagte ich. Sie war eine Erwachsene, und mir kam nicht der Gedanke, sie um eine Erklärung zu bitten. Vielleicht hatte Brookie einen Arzttermin oder irgendwas.

Wie alle Häuser gegenüber der Line & Twine sah das Haus genau wie unseres aus, und als ich mich am Ende des Wegs umdrehte, winkte mir Brookie aus dem Wohnzimmerfenster zu. Ich winkte zurück.

Später, am Ende des Schultags, in der Schlange für den Bus, war sie nirgends zu sehen. Normalerweise achtete einer der Sonderschullehrer darauf, dass sie einstieg, doch es war niemand da.

Am nächsten Morgen bedankte sich Mrs. Tidwell bei mir, dass ich gekommen war, und sagte, sie werde Brookie wieder fahren. Brookie winkte vom Fenster, und ich winkte zurück. Auch diesmal tauchte sie nach der Schule nicht auf, und ich fuhr allein nach Hause.

Als meine Mutter von der Arbeit kam, erzählte ich es ihr. Sie sagte, sie werde Mrs. Tidwell anrufen, um herauszufinden, was los sei. Das tat sie oben, wo ich sie nicht hören konnte. Als sie herunterkam, ließ sie mich den Fernseher ausschalten und setzte sich zu mir aufs Sofa.

Von jetzt an werde Mrs. Tidwell Brookie zur Schule fahren, deshalb bräuchte ich nicht mehr hinzugehen.

«Tut mir leid», sagte meine Mutter, «ich finde das echt zum Kotzen von ihr», und endlich begriff ich, dass Mrs. Tidwell nicht wollte, dass Brookie mit mir gesehen wurde.

Ich fühlte mich gedemütigt und war stocksauer – nicht weil sie mich beleidigt hatte, sondern weil sie dabei so freundlich gewesen war, dass ich es nicht begriffen hatte. Plötzlich wünschte ich, ich hätte ihren Wagen mit Seife beschmiert und nicht den meiner Mutter.

Zweimal täglich musste ich an ihrem Haus vorbeigehen. Ich konnte Brookie keinen Vorwurf machen, also winkte ich ihr jeden Morgen, als wären wir noch befreundet, doch eines Tages waren die Vorhänge zugezogen. Für den Fall, dass sie mich sehen konnte, winkte ich trotzdem. Manchmal, mit der Absicht, Mrs. Tidwell ein schlechtes Gewissen zu machen, schwenkte ich beide Arme über dem Kopf, als wollte ich einen Zug anhalten, doch irgendwann hörte ich damit auf und ging, ohne hinzusehen, an dem Haus vorbei, als wüsste ich nicht, wer dort wohnte.

Es war nicht das letzte Mal, dass man über uns herzog, doch zumindest wusste ich es jetzt. Wenn ich in den Bus stieg oder meinen Klassenraum betrat, fragte ich mich, wie viele wohl wussten, wer meine Schwester war und was sie angeblich getan hatte. Ich ging gern zur Schule. Ich war klug und still, und auch wenn ich nicht viele Freunde hatte, mochten die Lehrer mich. Ich war es gewohnt, dass meine Mitschüler mich ignorierten und mich schlimmstenfalls für einen Fettkloß oder eine Streberin hielten. Doch jetzt hatte ich mich in etwas verwandelt, über das ich keine Kontrolle besaß, und fürchtete mich vor der Schule.

Ich hoffte, es bis zu den schulfreien Tagen über Thanksgiving durchzustehen, aber an jenem Montag blies ein heftiger Nordostwind, der Äste abriss, für einen Stromausfall sorgte und rekordverdächtige zwanzig Zentimeter Regen brachte. Der Fluss schwoll an, und das Wasser strömte hoch und reißend, weiße Gischt überschwemmte Wehre, riss eine versunkene Öltonne vom Grund los und spülte sie schaukelnd flussabwärts, an Farmen und Golfplätzen, verlassenen Fabriken und heruntergekommenen Mietshäusern vorbei, und sie wälzte sich unter der Amtrak-Brücke und einem Dutzend anderer Brücken hindurch, während sie durch Westerly trieb, dem Meer entgegen. Ein Mann aus Avondale, der mit seinem Beagle am Graves Neck spazieren ging, fand sie am Strand und verständigte die Polizei, als sein Hund nicht davon ablassen wollte. Im Innern fanden sie Birdy Alves. In den Nachrichten zeigten sie die inzwischen leere, als Beweisstück gekennzeichnete Tonne. Der Markenname des ursprünglichen Inhalts war, in Militär-Manier, außen aufgedruckt, eine längst verbotene Chemikalie, die in den Fabriken als Weichmacher für Baumwolle benutzt worden war – Lanoxall.

«Noch nie gehört», sagte meine Mutter.

Während ich neben ihr saß, sagte ich nichts, aus Angst, mich zu verraten. Denn ich kannte den Namen und wusste genau, wo ich ihn schon gesehen hatte.

4

Sieben Uhr früh, sie kreuzen ohne Vorwarnung auf und klopfen, als Carol für ihre Töchter gerade Spiegeleier macht, hämmern so laut an die Tür, dass sie Angst hat, sie könnten sie zertrümmern. «Polizei Westerly! Wir haben einen Durchsuchungsbeschluss!»

Wes hat gesagt, dass es dazu kommen könne, dennoch ist es beängstigend. Das Eiweiß ist noch nicht fest, die obere Schicht noch flüssig. Sie schaltet den Herd aus, stellt die Pfanne auf eine kalte Platte und legt einen Deckel drauf, in der Hoffnung, die Eier irgendwie retten zu können.

Eine Faust pocht beharrlich an die Tür. «Polizei Westerly! Wir haben einen Durchsuchungsbeschluss!» Es klingt wie aus einem Drehbuch.

«Ich komme!», ruft sie. Warum klingeln sie nicht einfach? Dieses Männergehabe soll sie einschüchtern, und Carol ärgert sich, dass es funktioniert.

Marie ist auf halber Treppe stehen geblieben, weil sie wissen will, was los ist, und Carol fordert sie auf, wieder nach oben zu gehen. «Sag deiner Schwester, die Polizei ist da.»

«Sie steht unter der Dusche.»

«Sag ihr, dass sie sich anziehen soll. Sofort.»

Die Faust pocht.

«Moment!», sagt Carol, schlägt an die Innenseite der Tür

und tut so, als würde sie am Schloss herumfriemeln, um für Angel ein bisschen Zeit zu gewinnen.

Sie erwartet ein Riesentrara – Kripobeamte in Straßenanzügen, mehrere Streifenwagen, vielleicht ein mobiles gerichtsmedizinisches Labor, zumindest ein weißer Lieferwagen –, doch als sie die Tür öffnet, sind da bloß zwei Polizisten in Uniform, ein Mann und eine Frau, und ihr Wagen parkt gleich hinter ihrem eigenen in der Einfahrt. Der Mann steht vorn, blond, Bürstenhaarschnitt, er trägt fingerlose Handschuhe. Er hält ein Klemmbrett in der Hand, als wollte er eine Umfrage machen. In Arbeitskittel und Hausschuhen fühlt sie sich im Nachteil.

«Morgen, Ma'am», sagt er, als hätte er nicht die ganze Zeit an die Tür gehämmert.

«Guten Morgen, Officer.»

«Ist das hier 47 River Road?»

«Ja.» Sie lächelt, ist besonders höflich, macht sich fast über ihn lustig, kann sich aber nicht im Zaum halten, denn ihre Gesichtsmuskeln gehorchen ihr nicht. Es gibt einen Grund, warum sie gekommen sind, und Carol hat Angst.

«Ist das der Wohnsitz von Angel Lynn Oliviera?»

«Ja.»

Hinter ihm zieht seine Kollegin die gleichen blauen Latexhandschuhe an, die Carol auf der Arbeit benutzt, wenn sie eine schmutzige Arbeit verrichten muss. Es ist sinnvoll, dass eine Frau Angels Zimmer durchsucht. Obwohl keiner von beiden versucht hat, sich Zutritt zu verschaffen, bleibt Carol in der Tür stehen und versperrt den Weg. Sie weiß, dass sie kooperieren muss, aber egal, ob es richtig oder falsch ist, sie wird ihre Tochter gegen jeden verteidigen, der sie holen kommt.

«Haben Sie noch Fragen, bevor wir mit der Durchsuchung beginnen?»

«Kann ich den Beschluss mal sehen?» Als Krankenschwester kennt sie sich mit Papierkram aus und ist darauf vorbereitet, den kleinsten Schreibfehler, eine fehlende Unterschrift oder ein frei gelassenes Datumsfeld zu beanstanden.

Er hält das Klemmbrett hoch, als würde er ihr nicht trauen, und sie muss sich vorbeugen und die Augen zusammenkneifen, um das Kleingedruckte lesen zu können. Sie ist enttäuscht, aber nicht überrascht zu sehen, dass alles ausgefüllt ist, sogar die Unterschrift des ausstellenden Richters ist von einem Urkundsbeamten beglaubigt. Der Beschluss ermächtigt die Polizisten, die Räumlichkeiten nach potenziellen Beweisen zu durchsuchen, auch die Kleidung der Verdächtigen, persönliche Besitzgegenstände und eine Liste speziell aufgeführter Dinge – ihr Handy, der Laptop oder der Heimcomputer und alle elektronischen Beweise, die dort gespeichert sind. Das findet Carol ungerecht. Angels Telefon ist ihr Gehirn. Wenn die Polizisten darin herumkramen, ist es, als würden sie ihre Gedanken lesen und ihre Erinnerungen zurückspulen. Obwohl Angel alles leugnet, kann sich Carol vorstellen, dass es eine Abschrift der Textnachrichten von Myles gibt, und fragt sich, ob sie sein Telefon bereits haben. Myles ist ihr noch nie besonders intelligent vorgekommen, und was sie im Internet gelesen hat, hat nicht an ihrer Meinung gerüttelt. Sie kann vor sich sehen, wie alles schiefgeht und Myles in Panik verfällt. Es würde ihm ähnlich sehen zu glauben, dass er ungeschoren davonkommt, und drauf zu pfeifen, dass er Angel zu seiner Komplizin gemacht hat.

«Ist es in Ordnung, wenn wir reinkommen?», fragt der Mann, als dürfte sie das entscheiden, und Carol muss zur Seite treten.

Die Polizistin hat ein Bündel durchsichtiger Plastiktüten dabei. «Können Sie uns zeigen, wo ihr Zimmer ist?»

Soll sie es auch noch für sie durchsuchen, ihnen ihre Tochter auf dem Silbertablett servieren?

Ihre Töchter sind nicht heruntergekommen, und als sie die Polizisten nach oben führt, sind die Badezimmertür und Maries Zimmertür zu. Aus dem Bad dringt das Rauschen des Föhns.

«Das hier ist es.»

«Danke.» Der Mann versichert ihr, dass sie für alles, was sie mitnehmen, eine Quittung erhält, als würde sie sich darum Gedanken machen. Währenddessen lässt die Frau den Blick rasch durchs Zimmer gleiten.

«Hat Ihre Tochter eine Tasche, die sie normalerweise benutzt?»

«Sie meinen eine Handtasche?»

«Handtasche, Tasche, Rucksack.»

«Ja.» Es schreit so zum Himmel. Warum sonst sollte sie die mit ins Bad nehmen.

«Die müssen wir sehen.»

Carol klopft, und der Föhn geht aus. «Was ist?»

«Sie müssen deine Handtasche sehen.»

«Und ihr Telefon», sagt die Frau.

«Und dein Telefon.»

Angel öffnet die Tür einen Spaltbreit und schiebt ihre Handtasche durch, schlägt sie dann wieder zu. Wie eine Verräterin händigt Carol der Frau die Handtasche aus, und die bringt sie in Angels Zimmer und schüttet den Inhalt aufs Bett. Sie nimmt das Telefon, schaltet es aus und steckt es in eine Plastiktüte.

«Sie muss da rauskommen», sagt der Mann.

Warum?, würde Carol am liebsten fragen, lässt es aber, weil sie ihre Rechte nicht genau kennt. Sie wünschte, sie hätten einen Anwalt, auch wenn ihn ihre Mutter bezahlen muss.

«Du sollst rauskommen, Liebes.»

«Warum?»

«Für unsere Sicherheit und für Ihre», sagt der Mann. «Sie müssen beide unten warten, während wir das Zimmer durchsuchen.»

Carol erklärt, dass ihre jüngere Tochter in ihrem Zimmer ist.

«Gehen Sie bitte alle nach unten.»

Sie muss an Maries Zimmertür klopfen und sie herauslocken, nimmt ihre Hand. Angel betätigt die Toilettenspülung, bevor sie herauskommt – eine unnötige Provokation, denkt Carol.

Die Frau hört auf, zwischen den Lipgloss-Tuben, zusammengeknüllten Papiertaschentüchern und alten Glückskekszetteln herumzukramen, und beginnt, Angel zu verhören. «Befindet sich in Ihrem Zimmer irgendwas, wovon Sie uns erzählen wollen? Waffen, Drogen, irgendwas, das Sie nicht haben sollten?»

Angel sieht die Frau an, als wäre sie begriffsstutzig, ein Gesichtsausdruck, den Carol gut kennt.

«Damit gebe ich Ihnen die Gelegenheit, sich selbst zu helfen.»

«Nein», sagt Angel.

«Die werden nichts finden», sagt sie unten voller Verachtung, aber Carol ist sich da nicht so sicher. Während sie, den Arm um Marie geschlungen, auf dem Sofa sitzt und so tut, als würde sie sich die Nachrichten anschauen, und die Polizisten über ihnen herumstapfen, denkt sie, dass sie Myles' Eltern anrufen muss.

«Was soll ich ohne Telefon machen?», fragt Angel, wie es jeder in ihrem Alter täte.

«Wir besorgen dir ein anderes.»

«Mein ganzes Zeug ist da drauf.»

Wie lange dauert es, ein Zimmer zu durchsuchen? Und wonach suchen sie eigentlich? Angel, Marie, sie selbst – sie werden alle zu spät kommen, und statt darauf zu warten, dass das Ganze vorbei ist, steht Carol auf und kippt die hart gewordenen Eier in den Müll, wischt die Pfanne aus, macht eine weitere Portion mit Toast, und dann frühstücken sie zu dritt, was sonst nie vorkommt. Marie hat seit dem Eintreffen der Polizei kein Wort gesagt, und Carol ist erleichtert zu sehen, dass sie alles aufisst. Angel stochert wie immer in ihrem Essen herum, räumt danach aber unaufgefordert den Tisch ab. Auch wenn sie das Opfer spielt, denkt Carol, weiß sie, dass sie nur ihretwegen hier sind. Wegen Myles. Alles geht auf ihn zurück, und sie fragt sich, ob in diesem Moment auch sein Zimmer durchsucht wird. Hoffentlich, aber das darf sie nicht laut aussprechen.

Es dauert so lange, dass Marie zum Pinkeln die Toilette im Keller benutzen und den Spinnen die Stirn bieten muss. Carol trinkt gerade ihre zweite Tasse Kaffee, als der Mann mit Angels Laptop und Telefon in verschiedenen Tüten die Treppe hinuntergestapft kommt.

«Gibt es noch andere Geräte, zu denen sie Zugang hat?»

Carols eigenes Telefon und ihr Laptop, aber sie haben schon genug mitgenommen. «Nein, das ist alles.»

«Keine BlackBerrys oder Spielkonsolen?»

«Sind Sie bald fertig?»

«Fast. Muss bloß noch alles aufschreiben.»

Die Frau kommt mit zwei großen Tüten voller Kleidungsstücke nach unten, darunter auch mehrere Jeans. Carol würde sie gern aufhalten, beobachtet aber nur von der Diele aus, wie sie alles in den Kofferraum des Wagens packt und der Mann auf dem Klemmbrett Notizen macht.

Als die Frau wieder reinkommt, bleibt sie an der Garderobe stehen und betrachtet die dort hängenden Jacken wie eine Ladenbesucherin. «Welche gehören ihr?»

Finden Sie's doch selber raus, würde sie am liebsten sagen, händigt ihr aber die Jacken aus.

«Es ist kalt draußen», protestiert Angel. «Was soll ich denn anziehen?»

«Du kannst eine von meinen nehmen.»

«Will ich aber nicht.»

Die Frau deutet auf Angels Füße. «Wir brauchen die Schuhe.»

Wütend reißt Angel sie sich von den Füßen, schleudert sie auf den Boden und stapft nach oben. Carol erwartet, dass die Frau ihr folgt, ihr befiehlt herunterzukommen, doch sie steckt die Schuhe bloß in die Tüte mit den Jacken und bringt sie hinaus zum Wagen.

Marie sitzt auf dem Sofa und umklammert ihre Knie.

«Schon gut, Mimi», sagt Carol, auch um sich selbst zu beruhigen. Sie hätten es nicht auf diese Art tun müssen, während sie alle zu Hause waren, und Carol denkt wieder, dass sie einen Anwalt brauchen, egal, wie viel das kostet. «Willst du rauf in dein Zimmer? Geh nur.»

«Nein», sagt Marie, und Carol nimmt sie in die Arme und schwört sich, sie von jetzt an vor dem Ganzen zu schützen.

Zusammen mit dem Telefon, dem Laptop und den Kleidungsstücken und Schuhen beinhaltet die Liste, die der Mann dalässt, mehrere Gegenstände, die sie die beiden nicht hat mitnehmen sehen, und etliche andere, die sie nicht kennt, am überraschendsten ein gefälschter Führerschein aus Rhode Island und vier gebundene Notizbücher, die sie als ihr Tagebuch bezeichnen. Sie weiß nicht, wie die ihr, im Gegensatz zu den Pfeifen, dem Zigarettenpapier und dem Gasbrenner, entgehen konnten. Sie möchte die Polizisten fragen, wo sie sie gefunden haben, und würde es auch tun, wenn sie nicht so wütend und beschämt wäre. Sie sollte sich nicht mit ihnen vergleichen, die beiden sind geschulte Fachleute, doch sie ist eine Mutter. Zu ihren Aufgaben gehört es, die Lieblingsverstecke ihrer Tochter ausfindig zu machen und ihre tiefsten Geheimnisse zu ergründen. Sie war zu beschäftigt, zu stark auf Russ und Wes konzentriert und darauf aus, den Rest ihres Lebens zu planen, um zu begreifen, was zwischen Angel, Myles und diesem anderen Mädchen vor sich ging. Jetzt, wo es zu spät ist, hat sie eine Liste, die ihr vor Augen führt, was sie alles nicht weiß.

Sie sollten abhauen. Egal, wohin – nach Neuseeland, auf die Fidschi-Inseln. Das ist unrealistisch, doch sie versteht nicht, was für einen Sinn es haben soll, jeden Morgen nach dem Aufwachen zur Schule zu gehen. Nichts, was sie tun, kann irgendwas ändern. Sie warten bloß.

Ihre Eltern haben vereinbart, dass es besser ist, wenn sie sich nicht sehen. Statt von ihm abgeholt zu werden, muss sie sich morgens zur Bushaltestelle begeben, als ginge sie noch auf die Middleschool. Die Tage werden kürzer, es ist draußen noch dunkel, die Straßenlaternen sirren. Sie steht in der Kälte, während die Autos vorbeirauschen, von denen manche ihr zuhupen. Früher haben sie das gemacht, weil sie hübsch und allein war, eine Belästigung, die ein Kompliment sein sollte. Jetzt kann sie es erst recht nicht ausstehen.

Die Polizei hat seinen Eclipse beschlagnahmt, und er fährt den von seinem Bruder ausrangierten Volvo-Kombi, tomatenrot und so alt, dass er noch einen Kassettenrecorder hat. Sie ist jedes Mal überrascht, den Wagen zu sehen, als hätte sie vergessen, warum. Er sieht ihm so gar nicht ähnlich – ist eine so passende Bestrafung –, dass sie lachen muss. Sie brauchen diese kleinen Insiderwitze. Es gibt nur noch sie und ihn.

Heute ist er pünktlich, und sie steigt ein, dankbar, aus der Kälte heraus zu sein, und gibt ihm einen Kuss, als er losfährt. Die Polizei hat das Strandhaus versiegelt, und Galilee birgt zu viele Erinnerungen. Sie muss mit ihm allein sein, aber sie können nirgends hin und werden wahrscheinlich beobachtet. Sie müssen sich verhalten, als wäre alles normal, das heißt, sie können nichts tun, was sie normalerweise tun würden, als wäre es der Beweis ihrer Unschuld, wenn sie im Unterricht sitzen, statt sich ineinander zu verlieren.

«Hast du das von Casey Daigle gehört?», fragt Myles und schaut kurz zu ihr herüber, und da weiß sie, dass es eine große Neuigkeit ist.

«Nein.» Denn es spricht ja kaum noch jemand mit ihr.

«Sie ist wieder mit Benny zusammen.»

«Ach was!»

«Sie kriegt das Baby.»

«Nie im Leben!»

«Sie kriegt das Baby, und die beiden heiraten.»

«Waaas? Von wem weißt du das?»

«Ryan.» Also von Lindsay, die ihr fehlt.

«Wow. Das hätte ich nicht erwartet.»

«Ich auch nicht.»

«Gut für die beiden», sagt sie, und das meint sie ernst. Inzwischen ist sie so verzweifelt, dass sie jedes Happy End rührend findet, und als sie unter der 78 durchfahren und in Westerly ankommen, denkt sie verrückterweise, dass sie heiraten sollten. Und bevor sie sich all die Gründe aufzählen kann, warum es eine fürchterliche Idee ist, überrascht sie sich selbst und spricht es aus.

«Das hat mein Dad auch vorgeschlagen», sagt Myles, als würde es nichts nützen. «Dann müssten wir nicht gegeneinander aussagen.»

«Das hab ich nicht gemeint.»

«Nein, klar», sagt er, «das könnten wir auf jeden Fall machen.»

Offensichtlich hat er den Gedanken selber noch nicht gehabt, und sie zuckt mit den Achseln und tut, als wäre es ein Scherz gewesen. «War bloß so ein Gedanke.»

«Ein guter Gedanke.»

«Nein, das ist dumm. Ich heirate doch keinen Kerl, der einen Volvo fährt.»

«Einen Volvo-Sportkombi», korrigiert er sie, und im Handumdrehen haben sie wieder eine gefahrlose Balance erreicht. Es braucht nicht viel, um sie aus dem Gleichgewicht zu bringen. Ein flüchtiger Gedanke, und schon zieht es ihr den Boden unter den Füßen weg. Sie versucht das, was geschehen ist, für einen Unfall zu halten, für Selbstverteidigung. So weit hatte es nie kommen sollen, sie wollte ihr nur einen Schreck einjagen. Inzwischen tut es ihr leid, doch das kann sie niemandem sagen, und keiner von ihnen will darüber reden. Es ist geschehen, und mehr gibt es nicht zu sagen.

Sie fahren zum Autoschalter von Dunkin' Donuts und bleiben auf dem Parkplatz dann im Wagen sitzen, wo sie Kaffee trinken und auf die Uhrzeit achten, um sicherzustellen, dass sie ein paar Minuten zu spät an der Schule eintreffen und die Flure schon leer sind. Er bringt sie wie ein Leibwächter zum Unterricht, doch er kann nicht ständig bei ihr sein. Letzte Woche hat sich beim Wechseln des Klassenraums eine der Freundinnen des Mädchens von hinten angeschlichen und ihr einen unerwarteten Hieb versetzt. Sie war dreißig Zentimeter kleiner als Angel und hat heftig auf sie eingeprügelt, um sie zu Fall zu bringen. Ihre Faust glitt an Angels Wange ab, und durch den Rückstoß taumelte das Mädchen in den Strom all jener, die ihnen auf dem Gang entgegenkamen. Angel – geduckt, ihren Körper schützend, eher verblüfft als verletzt – drehte sich um, und da lag das Mädchen auf dem Boden, fluchte auf Portugiesisch und bespuckte sie. Alle machten Platz, damit sie sich prügeln konnten. Wenn sie gewollt hätte, hätte sie auf das Mädchen eintrampeln können – niemand hätte sie davon abgehalten –, aber sie hob bloß ihre Handtasche auf und ging weiter. Sie wollte ihr nicht die Genugtuung geben, sich über die verletzte Wange zu reiben, doch später war dort eine Beule. Seither ist sie vorsichtiger, und jedes Mal, wenn die Pausenglocke klingelt, ist sie darauf gefasst, sich zu schützen. Mikayla geht mit ihr, aber keine ihrer anderen Teamkameradinnen.

Im Unterricht sagt sie nichts, es sei denn, der Lehrer fragt sie was. Vielleicht bildet sie es sich bloß ein, doch sie hat das Gefühl, als würde man sie extra drannehmen. Sie macht sich seitenweise Notizen und versucht, dem Unterricht zu folgen, dennoch gibt sie oft falsche Antworten oder muss «Weiß ich nicht» sagen, was spöttisches Gelächter auslöst, weil sie nicht aufgepasst hat. Ihre Gedanken kreisen um die Fidschi-Inseln, den Strand, darum, was wohl aus ihnen wird. Die Seiten ihrer Schulhefte sind am Rand mit einsamen Inseln und Sonnenuntergängen bekritzelt.

In der Studienzeit sucht sie sich einen ruhigen Winkel, holt das dicke Buch raus und bereitet sich auf den Hochschulzulassungstest vor, wobei sie versucht, sich Begriffe einzuprägen, die sie nie mehr benutzen wird. Der Test ist schon bezahlt. Für eine Rückerstattung ist es zu spät, wie ihre Mutter ihr ständig sagt. Sie ist nicht bloß begriffsstutzig, sondern auch gedankenlos, die Anmeldegebühr nicht wert.

Zum Mittagessen fliehen sie, um dem Druck zu entkommen und sich über die vergangenen Tage auszutauschen. Sie fahren über die Staatsgrenze nach Stonington, wo niemand sie kennt, essen frittierte Muscheln und trinken Kaffee-Milchshakes, zwei Hochstapler, die vorgeben, unbekümmerte Jugendliche zu sein. Sie haben nur eine Stunde Zeit, deshalb müssen sie in der Nähe bleiben, aber was, wenn sie einfach weiterfahren würden, über die Brücke in Mystic und dann die Küste entlang? Dort fahren Fähren ab New London, Züge ab New Haven. Wenn ihre Mutter nach Hause kommt, um das Abendessen zu machen, könnten sie schon in New York sein, verschollen auf einer anderen Art von Insel. Sie trinken ihre Milchshakes aus, stellen das Plastiktablett auf die Mülltonne und steigen wieder in den Wagen.

An der Schule suchen sie sich eine abgelegene Stelle am hinteren Ende des Ausweichparkplatzes und knutschen, bevor sie sich wieder trennen. Sie haben nur noch drei Schulstunden vor sich, doch die dauern eine halbe Ewigkeit. Manchmal, wenn sie nachts aufwacht, sieht sie auf ihrem Telefon, dass es erst vier oder fünf ist, und dann erinnert sie sich, wie sie mit dem Mädchen auf dem Küchenfußboden gerungen hat, und weiß, dass sie nicht mehr einschlafen kann. Genau so fühlt sich dieser Nachmittag an, die letzten Stunden unendlich lang, ihre ganze Geduld aufgebraucht, sie selber unerwünschten Gedanken schutzlos ausgeliefert, und wenn sie Schulschluss hat, müssen sie, egal, wie lange sie nach der letzten Unterrichtsstunde noch ausharrt, den Spießrutenlauf zum Parkplatz absolvieren.

Und dann, nachdem sie einen weiteren Tag der Scham überstanden haben, folgt die Belohnung. Zwischen Schulschluss und dem Zeitpunkt, wo Marie vom Bus abgesetzt wird, haben sie fünfundvierzig Minuten für sich. Das ist nicht lang genug, um irgendwohin zu fahren, und außerdem werden sie immerzu von der Polizei beobachtet, deshalb müssen sie vorsichtig sein. Sie bleiben in Ashaway und stellen seinen Wagen hinter der Kirche ab. Unterhalb des Friedhofs, im Dickicht versteckt, liegt ein Teich, an den ihr Großvater sie zum Angeln mitnahm. Obwohl das Laub schon heruntergefallen ist, kann sie dort niemand sehen. Es ist kalt, die alte Armeedecke, die Myles im Wagen hat, kratzt, und der Boden unter ihnen ist uneben, doch all das ist ihr egal. Nur das hier zählt. Während sie daliegt, neu belebt und für einen Augenblick frei, bewundert sie, wie die Bäume der Schwerkraft trotzen und ihre Äste in den Himmel strecken. Es ist noch nicht Winter. Was sollen sie machen, wenn es schneit? Irgendwann wird der Teich zugefroren und von Schlittschuhläufern bevölkert sein, dann müssen sie sich irgendwo drinnen was suchen. Wer weiß, wo sie dann sein werden – nicht auf den Fidschi-Inseln. Im Moment reicht es erst mal, dass sie sich ihm wieder nahe fühlt, wenn auch nur für diese kurze Zeit. Als sie den Hügel zur Kirche hinaufsteigen, führt sie sich vor Augen, dass sie trotz all ihrer Sünden an etwas glaubt.

Zu Hause versucht sie, an dem Gefühl festzuhalten, aber es löst sich in nichts auf. Marie ist zu still, macht ihre Hausaufgaben und guckt Fernsehen, statt sie mit tausend Fragen zu nerven, und Angel befürchtet, dass sie Angst vor ihr hat. Obwohl das absurd ist – sie liebt Marie doch –, weiß sie, wie unbeherrscht sie in letzter Zeit war, und hat ein schlechtes Gewissen. Wie um sich zu entschuldigen, backt sie Schokoladenkekse, nimmt sie heiß und noch weich vom Abkühlgitter und bringt Marie einen Stapel auf einer Papierserviette und ein Glas Milch, eine Bestechung, der sie nicht widerstehen kann.

«Und wer ist deine Lieblingsschwester?», fragt sie.

Ihre Mutter lässt sich nicht so leicht rumkriegen, als sie erschöpft und unglücklich, ja völlig entnervt wegen des Abendessens, erst spät nach Hause kommt. Sie hängt Handtasche und Jacke an die Garderobe, geht im Arbeitskittel direkt in die Küche, als wäre es ein Wettlauf mit der Zeit, und sagt, sie könne nicht wie geplant Hähnchenschenkel machen, weil sie vergessen habe, sie aufzutauen. Tiefgekühlte Ravioli seien hoffentlich auch okay.

«Wir haben auch keine Wahl, denn was anderes hab ich nicht. Es sei denn, *du* willst was kochen. Wie ich sehe, hat mir jemand ein Geschenk dagelassen.» Womit sie die Backbleche meint.

«Die spül ich gleich ab.»

«Aber ich brauche das Spülbecken», sagt ihre Mutter, als würde Angel es nicht kapieren.

Alles, was Angel tut, macht ihrer Mutter mehr Arbeit. Ein Leben lang hat ihre Mutter ihr dieses Gefühl vermittelt. Sie hat immer dagegen angekämpft. Jetzt, wo sie in Schwierigkeiten ist, muss sie ihr zustimmen. Wie oft soll sie noch sagen, dass es ihr leidtut?

Ihre Mutter glaubt, dass sie einen Anwalt brauchen, als würde das alle Probleme lösen. Nach dem Abendessen zieht sie sich, während Marie Fernsehen guckt, Jogginghose und Hausschuhe an, trinkt am Küchentisch ihren Wein und versucht, seufzend und vor sich hin murmelnd, an ihrem Laptop zu recherchieren. Angel würde am liebsten sagen, sie solle sich keine Mühe geben, all das bringe nichts, lässt sie jedoch in dem Glauben, dass ein guter Anwalt etwas bewirken könnte. Es ist seltsam. Obwohl sie wünschte, ihre Mutter würde aufgeben, ist sie zugleich darauf angewiesen, dass sie an ihre Unschuld glaubt.

Ihre Mutter gibt Myles die Schuld, was nicht dasselbe ist.

Sie hält ihn wegen seiner *Legend of Zelda*-Tattoos und seines *Fast and Furious*-Eclipse für einen verwöhnten reichen Bengel, und sie hält ihn für dumm, weil er sie betrogen hat. Wenn sie mit ihrer Großmutter telefoniert, bezeichnet sie ihn als Idioten und Drogi, und Angel würde ihn am liebsten verteidigen.

«Ich kann gar nicht glauben, dass sie sich in so was hat reinziehen lassen», sagt ihre Mutter, was nicht gerade entlastend ist – und aus Angels Blickwinkel völlig falsch –, doch es genügt. Würde sie ihrer Mutter die Wahrheit sagen, würde sie ihr sowieso nicht glauben. Nicht mal Angel glaubt es. Manchmal sieht sie es vor sich ablaufen wie einen Film im Fernsehen, nicht wie eine Erinnerung, aber sie weiß es besser.

Als Marie ins Bett gegangen ist, spricht ihre Mutter auf einmal ganz offen, schimpft auf Myles' Eltern, die Polizei, ihren Vater. «Er ist einfach keine Hilfe. Er kann nicht mal seinen eigenen Anwalt bezahlen.»

Das erzählt sie bloß, weil sie Angel als Zuhörerin hat. Es sollte für Angel das Zeichen sein zu gehen, doch um für alles, was ihre Mutter getan hat, ihre Dankbarkeit zu zeigen, wartet sie ab, ohne dem Fernsehen Beachtung zu schenken, und hört sich ihre Klagen über Russ, ihre Großmutter und die Ärzte auf der Arbeit an, bis es Zeit für die Nachrichten ist, die sich ihre Mutter stets anschaut. Angel bringt das nicht über sich, aus Angst, mit ansehen zu müssen, wie die Mutter des Mädchens inständig bittet, dass jemand sich meldet, und gibt ihr einen Gutenachtkuss, bei dem sie die Alkoholfahne riecht.

«Wir stehen das durch», sagt ihre Mutter, was auch immer das heißt.

«Ich weiß.» Am einfachsten ist es, ihr zuzustimmen. Morgen kann sie sich sowieso nicht mehr dran erinnern.

Im Bett schreibt sie Myles eine Nachricht. Ihr neues Telefon ist billig, ihr fehlt das alte. Es vibriert, leuchtet auf, und da ist er bereits, singt ihr etwas vor, zu seiner Gitarre, die im Hintergrund leise erklingt. *Sundowns are golden, then fade away. If I never do nothin', I'll get you back some day.*

«Du hast mich doch schon», sagt sie.

«Für immer?»

«Für immer.»

So sagen sie sich jetzt gute Nacht, so verabschieden sie sich, weil sie nicht wissen, ob es vielleicht das letzte Mal ist. Morgen werden sie alles wieder genauso machen, sie werden wie Schlafwandler durch die Schule gehen, in der Stadt rumfahren, als wäre es ein normaler Tag, und dann dem Pfad zum Teich folgen. Während sie im Dunkeln beobachtet, wie die von einem vorbeifahrenden Wagen erzeugten Schatten über die Zimmerdecke gleiten, sagt sie sich, dass die meisten Leute noch weniger haben, doch am Morgen weiß sie, es ist eine Lüge. Ihnen bleibt kaum noch was. Sie sollten abhauen, bevor sie alles verlieren.

Am Nachmittag, als ein weiterer Tag in der Schule durchgestanden ist und sie in der Kälte händchenhaltend vom Teich raufkommen, treten plötzlich Polizisten mit gezogenen Waffen zwischen den Bäumen hervor. Nach der langen Warterei ist sie erleichtert. Ihr erster Gedanke ist die Freude darüber, dass sie zusammen sind.

«Zeigen Sie Ihre Hände!», sagt der Einsatzleiter.

Sie blicken sich an, letztlich bereit, doch keiner von beiden will den anderen loslassen.

Vorerst darf Marie sie nicht besuchen gehen. Zu viele Reporter belagern das Gefängnis, um ihnen aufzulauern. «Ich hoffe, nach der Anklageerhebung legt sich das», sagt ihre Mutter.

Marie hält es für eine müde Ausrede, bis sie eines Abends in den Nachrichten sieht, wie ihre Mutter versucht, das Gesicht hinter einer Mappe voller Notizen zu verbergen. Auch wenn Marie es nicht sagen darf, die Kamera lässt sie alt erscheinen.

«Das sind Arschlöcher», sagt ihre Mutter. «Sie stellen sich dir in den Weg, und dann sieht es aus, als würdest du vor ihnen flüchten, obwohl du bloß vorbeiwillst.»

Jeden Tag nach der Arbeit wird Angel von ihrer Mutter eine Stunde lang besucht, und Marie fühlt sich ausgeschlossen. Sie darf nicht allein zu Hause sein, deshalb geht sie nach der Schule, statt den Bus zu nehmen, die fünf Straßen bis zu ihrer Großmutter und stellt sich vor, wie die Nachbarn sie durch die Jalousien beobachten. Sie sitzt vor dem Fernseher auf dem Boden und macht ihre Hausaufgaben, und danach hilft sie ihrer Großmutter bei der Zubereitung des Abendessens. Ihre Mutter hatte nie Zeit, ihr das Kochen beizubringen, und sie lernt von ihrer Großmutter, die, nach Zigaretten stinkend, direkt neben ihr steht, wie man Bratensoße, Jonnycakes und Preiselbeerbrot macht. Beim Essen ist ihre Mutter beeindruckt, doch nur für einen Moment, dann lässt sie sich wieder über Angels neuestes Problem aus.

«Verrückt, wie teuer alles im Gefängnis ist.»

«Wofür muss man denn Geld ausgeben?», fragt ihre Großmutter. «Ich dachte, da ist alles umsonst.»

«Zahnpasta, Shampoo – alles kostet extra. Rat mal, wie teuer Zigaretten sind.»

Marie räumt den Tisch ab und spült das Geschirr. Je eher sie fertig ist, umso früher können sie nach Hause fahren, wo sie sich in Ruhe *Gossip Girl* anschauen kann.

Morgens denken sie nie daran, ein Licht anzulassen, und so ist das Haus bei ihrer Rückkehr stets dunkel. Unter den vielen kranken Anrufen, die sie erhalten haben, waren mehrere von Männern, die damit drohten, sie beide zu vergewaltigen. Marie hat Angst, dass eines Nachts ein Mann mit einem Messer auftauchen könnte. Sie hasst es, auf der Veranda zu warten, während ihre Mutter mit den Schlüsseln hantiert.

Drinnen sind ein Dutzend Nachrichten auf dem Anrufbeantworter, darunter die üblichen unflätigen Tiraden, Anrufe von Leuten, die einfach auflegen, und die höflichen Anfragen der *Sun*. Ihre Mutter hört sich alles kurz an und löscht es danach. Wenn sie sich schon keine neue Nummer geben lässt, denkt Marie, warum stöpselt sie das Ding dann nicht einfach aus?

Alle hassen sie, als wären auch sie des Mordes schuldig. Die Leute rufen sogar ihre Großmutter an und beschimpfen sie. Der Fall ist ständig in den Nachrichten. ANGEL OF DEATH wird sie im *Providence Journal* genannt, Todesengel. Das liegt teilweise daran, wie hübsch sie ist. Die Fernsehsender verwenden das Foto von ihr und Myles vom Ball nach dem elften Schuljahr, auf dem sie mit ihren nackten Schultern und den losen Locken wie Amanda Seyfried aussieht. Ihre Mutter findet das ungerecht. Marie, die Angel ein Leben lang beneidet hat, begreift, dass dem Ganzen eine grausame Gerechtigkeit innewohnt. Die Hässlichen wollen die Schönen leiden sehen.

Jetzt, wo sie nur zu zweit sind, ist es nachts im Haus still, das gefällt Marie. Es wird nicht herumgebrüllt, weil es nichts gibt, worüber man streiten könnte. Ihre Mutter sitzt vor dem Computer, guckt etwas nach, drückt die Tasten. Sie ist ernst und trinkt weniger. Ihr Ziel ist es, Angel an Weihnachten zu Hause zu haben. Sie redet nicht über die Fakten des Falls, will nur einen Anwalt finden und Angel auf Kaution freibekommen, als wäre es egal, ob sie schuldig ist oder nicht, doch Marie versucht, das Verbrechen wie ein Kripomann Stück für Stück zusammenzufügen. In der *Sun* steht, die beiden hätten das Mädchen an einen unbekannten Ort gelockt, wo sie auf sie einprügelt hätten, und dann hätten sie die Leiche in die Tonne gesteckt. Ihr Wagen wurde nirgends gefunden, ein Detail, das Marie für entscheidend hält. Sie stellt sich vor, dass sie im Prozess aussagen soll und ihnen von den Fässern in der Line & Twine und dem Klapphandy erzählen muss, aber niemand hat sie vorgeladen. Sie ist die streberische kleine Schwester, so ahnungslos, dass sie nichts Brauchbares weiß.

Sie kann sich vorstellen, dass Angel das Mädchen aus Wut geschlagen, aber nicht, dass sie sie umgebracht hat. Sie hat noch nie erlebt, dass Myles stocksauer war, doch sie hat beobachtet, wie er in Gegenwart von Angel ist. Er würde es ihr zuliebe tun. Viele Jungs würden das. Sie sieht es ja ständig bei *Dateline*, die eifersüchtige Freundin, die dafür sorgt, dass ihr Liebhaber die andere Frau umbringt. Ihre Theorie lässt sich nicht beweisen, und sie kann keinem davon erzählen, deshalb wird sie nicht real, sondern bleibt ein weiteres bedrückendes Geheimnis, das Marie mit sich herumschleppt.

Immer um zehn muss sie ins Bett. Sie gibt ihrer Mutter einen Gutenachtkuss und geht nach oben. Angels Tür ist zu, aber nicht abgeschlossen. Beim Zähneputzen betritt sie das Zimmer und geht umher, aber nicht um zu spionieren, vielmehr begutachtet sie die Bilder an den Wänden, die Parfüms auf der Kommode und die Schulbücher auf dem Schreibtisch. Ihre Mutter hat aufgeräumt und alles in Schuss gebracht. Es strahlt eine künstliche Ordnung aus und wartet auf Angels Rückkehr. Marie kann kaum glauben, dass es nicht mal eine Woche her ist. Es kommt ihr viel länger vor.

Im Bett muss sie an Angel in ihrer Zelle denken, daran, wie sie auf ihrer Pritsche wach liegt wie Tom Robinson vor seinem

Prozess, doch es ist anders. Als sie noch bei ihrer Großmutter wohnten, hat Marie beim Geschirrspülen mal eine ihrer guten Teetassen angeschlagen und sie im Geschirrschrank hinter den anderen zu verstecken versucht. Tagelang hat sie gewartet, dass es jemand bemerkt, und gedacht, sie hätte es beichten sollen. Das hat sie nie getan, doch als ihre Großmutter es schließlich herausfand, war es eine Erleichterung, ihre Strafe befreiend. Vielleicht ist es das, worauf Angel wartet.

Ihr Vater glaubt genau wie ihre Großmutter, dass Myles an allem schuld ist, in dem Punkt sind die beiden unerwartet Verbündete. Am Samstagnachmittag ist Marie bei ihm, und sie steigen in seinen Pick-up, fahren zu einer Farm in North Stonington, um einen Weihnachtsbaum auszusuchen, und stapfen mit einer Säge durch die Reihen. Normalerweise würde ihre Mutter darauf beharren, den Baum ohne seine Hilfe zu besorgen, doch sie hat keine Zeit, und das Haus soll für Angel geschmückt sein, wenn sie nach Hause kommt.

«Ich glaube, Angel ist das ziemlich egal», sagt ihr Vater, «aber du kennst ja deine Mutter.»

Er hat Angel besucht und sagt, es gehe ihr gut.

«Wie ist es im Gefängnis?», fragt Marie, weil er gerade erst da gewesen ist. Seine Braue ist noch nicht wieder nachgewachsen.

«Nicht so schlimm. Es ist langweilig, und ich war nur ein paar Stunden da. Angel kommt schon klar. Sie ist taff.»

«Mom will nicht, dass ich sie besuche.»

«Schätze, das ist im Moment wohl klüger.»

«Sie fehlt mir.»

«Das geht uns allen so, Mimi. Wir holen sie da raus. Es wird bloß eine Weile dauern.»

«Weißt du, was ich mir zu Weihnachten wünsche?»

«Was denn?»

«Sie.»

«Ja. Ich hab's gehört. Wir arbeiten dran. Was wünschst du dir sonst noch?»

«Nichts», sagt sie, und obwohl er versucht, ihr etwas Konkretes zu entlocken, knickt sie nicht ein.

«Dann ist das alles, was du kriegen wirst, ein Haufen Nichts.»

Er dürfte es ihrer Mutter erzählt haben, denn als die am Montag von ihrem Besuch zurückkommt, sagt sie, sie habe vereinbart, dass Angel am nächsten Abend anruft. Es ist teuer, also können sie nicht lange reden, und alles, was sie sagen, wird mit Sicherheit aufgezeichnet, deshalb müssen sie darauf achten, sich nicht über den Fall zu äußern, doch Marie und ihre Großmutter werden die Gelegenheit haben, mit ihr zu sprechen.

«Frohe Weihnachten», sagt ihre Mutter, und Marie freut sich zu sehr, um sagen zu können, dass es nicht das ist, was sie sich gewünscht hat.

Auf dem Heimweg denkt sie an alles, was sie Angel sagen will. Es ist schon so lange her, dass sie sich auf etwas freuen konnte. Es ist tatsächlich wie Weihnachten, das Geschenk eine Überraschung. Am liebsten würde sie ihren Vater anrufen und sich bedanken, dass er ihr zugehört hat.

«Danke», sagt sie.

«Wofür?», fragt ihre Mutter.

«Für mein Geschenk.»

«Ist doch nur ein Anruf. Machen wir keine große Sache draus. Ich will nicht, dass du enttäuscht wirst.»

«Werd ich schon nicht.»

«Manchmal machst du genau das, du schaukelst dich hoch. Ich will bloß deine Erwartungen zügeln, okay?»

«Okay», sagt Marie kühl, damit ihre Mutter den Augenblick

nicht ruiniert, und so sind beide in Schweigen versunken, als sie in die Einfahrt biegen und sehen, dass in der vorderen Fensterscheibe ein Loch ist.

«Verdammt», sagt ihre Mutter und lässt die Scheinwerfer an, als sie aus dem Wagen springt.

Das Loch ist so groß wie ein Basketball und gezackt, die Risse laufen strahlenförmig zum Fensterrahmen, als könnte das noch vorhandene Glas jeden Moment herausfallen.

Ihre Mutter verständigt die Polizei und überprüft dann, ob die Haustür abgeschlossen ist.

«Scheißkerle», sagt sie, während sie den Schlüssel sucht, und es ist unklar, wen sie damit meint.

Drinnen ist es eiskalt, und überall sind Scherben verstreut. Wie ein Geschenk liegt neben dem Weihnachtsbaum ein rundgeschliffener Flussstein. Marie denkt, er ist ein Beweisstück, doch ihre Mutter schnappt ihn sich, stakst nach draußen und wirft ihn in den Garten, kommt, immer noch wütend, zurück ins Haus und ruft ihren Vater an – nicht Russ.

Er trifft noch vor der Polizei mit seinem Werkzeugkasten und einer Sperrholzplatte ein und bleibt, als die Polizisten wieder gefahren sind.

«Alles in Ordnung mit euch? Wenn ihr wollt, kann ich auf dem Sofa übernachten.»

«Nein», sagt ihre Mutter, «das waren wahrscheinlich bloß Jugendliche.»

«War nur ein Angebot.»

«Ich weiß. Danke.»

«Immer wieder gerne.»

«Dein Vater ist ein guter Mensch», sagt ihre Mutter, als er weg ist, und obwohl sie ihn erst letzte Woche als Arschloch bezeichnet hat, versteht Marie das. Im Hinblick auf ihre Eltern, so redet sie sich ein, hegt sie keine großen Erwartungen, doch es ist gut zu sehen, dass sie miteinander auskommen. Das Problem ist, dass sie stets mehr will. Genau wie bei Angel. Manchmal denkt sie, es wäre einfacher, wenn sie die Hoffnung aufgeben würde.

Am nächsten Abend sitzen sie um fünf vor acht bei ihrer Großmutter am Küchentisch, spielen Rommé und beobachten, wie auf der Uhr über dem Spülbecken die Minuten verstreichen.

«Erzähl ihr nichts von dem Fenster», sagt ihre Mutter.

«Mach ich nicht», sagt Marie, denn ihre Mutter hat sie schon zweimal daran erinnert. Sie sollen nur über Schönes reden, zum Beispiel den Weihnachtsbaum. All die Fragen, die Marie hat, müssen warten.

Als das Telefon endlich klingelt, ist sie dennoch überrascht.

Die aufgezeichnete Stimme ist so laut, dass sie sie über den Tisch hinweg hört. «Sie haben ein R-Gespräch aus: Strafanstalt Westerly.»

«Ich nehme es entgegen», sagt ihre Mutter. «Bleib dran, Schatz, ich schalte den Lautsprecher an. Versuch's jetzt.»

«Hallo zusammen», sagt Angel, die so glucksend und dumpf klingt, als wäre sie unter Wasser.

«Hier, deine Schwester.»

«Hallo», sagt Marie und beugt sich näher ans Telefon.

«Hallo», sagt Angel, «was geht so ab?»

Marie hat auf diesen Moment gewartet, seit Angel weg ist. Sie konnte sich tagelang vorbereiten – da ist Weihnachten, sie hat mit ihrem Vater den Baum abgesägt, ihre Großmutter hat ihr beigebracht, Muschelsuppe zu machen –, doch alles, was ihr einfällt, sind das Fenster und der Stein auf dem Fußboden und wer ihn geworfen haben könnte.

«Nichts», sagt sie. «Und bei dir?»

Die Parrishes haben schon einen Anwalt – eigentlich eine ganze Kanzlei, denn sie können es sich leisten. Sie reden nicht mehr mit Carol. Einer der Lakaien von DozierAllyn ruft bei ihr an, um in Erfahrung zu bringen, ob auch sie einen Anwalt beauftragt hat, wodurch er ihr klarmacht, dass sie nicht auf derselben Seite stehen, falls das je der Fall gewesen sein sollte, und sie muss zugeben, dass sie noch niemanden hat. Die Kautionsanhörung findet in einer Woche statt, und sie hat das Gefühl, ins Hintertreffen zu geraten.

Der einzige Anwalt, den sie sich in ihrem Leben je genommen hat, hat ihre Scheidung abgewickelt und war das Geld nicht wert. Die, die Wes kennt, gehören nicht zur richtigen Sorte, das heißt, sie haben es nur mit Leuten wie ihm zu tun. Frank ist keine Hilfe, ihre Mutter schimpft noch immer auf die Winkeladvokaten, die die Entschädigungsklage ihres Mannes vermasselt haben, und ihre Kollegen im Elms will sie nicht fragen. Da Reverend Ochs ihre Lage kennt, verweist er sie an eine gemeinnützige Kanzlei, die kostenlose Rechtsberatung anbietet, doch als sie dort anruft, können sie nicht garantieren, wem ihr Fall übertragen wird, und das klingt ähnlich wie beim Amt für Pflichtverteidiger. Auch wenn es sie finanziell zugrunde richtet, wird sie das Leben ihrer Tochter nicht dem Zufall überlassen.

Der einzige Mensch, der ihr helfen könnte, ist Russ, aber ihn darum zu bitten ist kompliziert. Sie weiß nicht genau, wie sehr sie sich auf ihn verlassen sollte. Sie sind nicht mehr ausgegangen, seit die Polizei das Haus durchsucht hat, als hätten sie eine Beziehungspause. Wenn er sie fallenließe, würde sie ihm keinen Vorwurf machen, und sie hat Angst, der Versuch, ihn in solche Entscheidungen einzubeziehen, könnte ihn vergraulen. Sie will nicht, dass er irgendwas bezahlt, und hat Angst, dass er glauben könnte, sie sei auf sein Geld aus.

Zugleich lässt sich nicht leugnen, dass sie die zaghafte Hoffnung hat, er könnte ihr unter die Arme greifen, weil es sonst niemand tun wird.

Nach der Arbeit, als sie in ihrem Kittel auf einer Ecke des Bettes sitzt und ihre Füße knetet, ruft sie ihn an.

«Zunächst mal», sagt sie, «bitte ich dich um deinen Rat als Freund. Ist kein Problem, wenn du nein sagst.»

«Nein. War nur Spaß. Natürlich. Worum auch immer es geht.»

«Ich hab keine große Erfahrung mit Rechtsanwälten», sagt sie.

Als sie ihre Lage schildert, kommt sie sich unaufrichtig vor, als würde sie Theater spielen und an seinen männlichen Sachverstand appellieren, um das zu bekommen, was sie haben will. Sie hat keinen großen Stolz mehr. Warum stört es sie, einzugestehen, was sie nicht weiß?

«Ich hör mich mal um», sagt er, als wollte sie sich eine Schneefräse leihen. «Ich gehe mit ein paar Leuten essen, die früher Anwälte waren. Bei denen erkundige ich mich mal.»

«Das wäre mir eine große Hilfe.»

«Wie geht's dir?»

«Ich bin ein bisschen überfordert.»

«Das glaube ich. Wenn du irgendwas brauchst, sag mir Bescheid.»

«Danke für das Angebot.»

«Das ist mein Ernst. Ich hab hier nichts Weltbewegendes zu tun.»

«Pass bloß auf», sagt sie, «sonst komm ich noch darauf zurück», und als sie aufgelegt hat, ist sie erleichtert. Warum unterschätzt sie ihn immer wieder?

Zwei Stunden später ruft er zurück und nennt ihr einen Namen: Howard Berman.

«Der ist nicht billig, aber er soll es wert sein.»

«Ich glaube, kein Anwalt ist billig.»

«Er hatte den Fall in Matunuck, wo der Junge seine Mutter mit einem Baseballschläger umgebracht hat.»

«Daran erinnere ich mich. Was ist aus ihm geworden?»

«Weiß ich nicht, aber mit solchen Fällen kennt er sich aus.»

Was für Fällen?, will sie fragen, doch er tut ihr einen Gefallen, also kann sie ihm nur dankbar sein.

Sie googelt Howard Berman und stellt fest, dass der Junge wegen Schuldunfähigkeit freigesprochen wurde, eine Verteidigungsstrategie, die sie wohl nicht anwenden können, aber Freispruch ist Freispruch. Alles andere über ihn sieht auch gut aus, und am nächsten Morgen ruft sie ihn in der Pause an und vereinbart einen Termin.

Als sie es Russ erzählt, gibt sie sich hilflos und sagt, sie sei nervös wegen des Gesprächs. Sie befürchte, nicht die richtigen Fragen zu stellen.

«Soll ich mitkommen?», fragt er, und so fahren sie zusammen hin und lassen Frank ganz außen vor.

Howard Berman ist mindestens fünfundsiebzig und ein Hüne, gut dreißig Zentimeter größer als Russ, und sein gefärbtes Haar ist auf unglaublich satte Weise braun, sodass es wie ein Toupet aussieht. Am College war er ein Basketballstar der URI; an der Wand, zwischen seinen Diplomen, hängen Fotos von ihm aus dieser Zeit. Er deutet mit seinen Pranken auf die beiden Stühle vor seinem Schreibtisch. Auf seiner Schreibunterlage liegt eine Akte, die er tätschelt, um zu zeigen, dass er den Fall kennt.

«Was für ein Mensch ist Ihre Tochter?», fragt er, und Carol ist verblüfft. Sie hatte gedacht, sie würden über die Verhandlung sprechen. «Ist sie still, ist sie laut? Ist sie sportlich? Hat sie eine starke Persönlichkeit? Ist sie eine Anführerin, eine Mitläuferin?»

«Sie ist stark, aber keine Anführerin. Weder still noch laut. Sie ist ein gutes Mädchen. Sie ist im Volleyballteam und kümmert sich um ihre Schwester. Sie war noch nie in Schwierigkeiten, nicht mal wegen Geschwindigkeitsüberschreitung.»

«Irgendwelche Aggressionsprobleme?»

Sie blickt Russ an, der sich Notizen macht, denn er kennt ihre Schwierigkeiten. «Jeder Jugendliche hat Aggressionsprobleme.»

«Und ihr Freund, wie ist er so?»

«Er ist ein Kiffer. Gut aussehend, reich. Könnte sein, dass er ein bisschen Gras verkauft. Er fährt einen dieser frisierten Wagen und spielt Gitarre, das ist so ziemlich alles.»

«War er in irgendwelchen Schwierigkeiten, von denen Sie Kenntnis haben?»

«Nicht dass ich wüsste.»

«Und die beiden sind seit drei Jahren zusammen.»

Sie muss nachrechnen. «Ja.»

«Ich will ehrlich zu Ihnen sein», sagt er und beugt sich vor, als wollte er etwas streng Vertrauliches sagen. «Ihre Tochter muss mit einer hohen Gefängnisstrafe rechnen. Ich werde alles tun, um diese Strafe zu verringern, doch ich will offen zu Ihnen sein.»

«Und wenn sie's gar nicht war?», fragt Carol.

«Oh, wir plädieren auf nicht schuldig, das ist keine Frage. Seine Anwälte werden das auch machen. Ich hab schon mit ihnen zu tun gehabt, gute Leute. Wir werden versuchen, die Fälle zu trennen, und begründete Zweifel ins Feld führen. Das ist das Beste, worauf wir hoffen können, aber es ist auch das größte Risiko. Ich bin bereit, es zu riskieren, je nachdem, wie alles läuft, aber wenn ich nichts übersehen habe – und ich gehe dieser Arbeit schon lange nach –, dürfte ein Deal letztlich das Beste sein, was wir erreichen können. Und es gibt alle möglichen Deals. Ich sage nicht, dass sie ihn belasten soll.»

«Das würde sie wahrscheinlich auch nicht tun.»

«Wahrscheinlich nicht, wenn sie schon so lange mit ihm zusammen ist, doch sie muss wissen, dass es eine Option ist, denn seine Leute sagen ihm garantiert dasselbe. Wenn so ein Deal auf dem Tisch liegt, dann wollen *wir* ihn gemacht haben, aber wie gesagt, es gibt alle möglichen Deals.»

«Moment», sagt Carol und sucht bei Russ Unterstützung. «Dann wollen wir gar keinen Prozess?»

«Wir wollen, dass es *unsere* Entscheidung ist, ob es zu einer Verhandlung kommt oder nicht. Wenn die Lage ungünstig ist – und in der Zwischenzeit kann sich ja vieles ändern –, wollen wir sichergehen, dass wir noch andere Optionen haben.»

«Auch wenn sie unschuldig ist.»

«*Gerade* wenn sie unschuldig ist. In so einem Fall geht es darum, Risiken zu steuern, deshalb müssen wir auf Nummer sicher gehen. Wir wollen doch keine Überraschung erleben.»

«Was heißt ‹hohe› Gefängnisstrafe?», fragt Russ.

«Vorsichtig geschätzt, mit all den zusätzlichen Anklagepunkten, die sie bestimmt hinzufügen würden, zehn Jahre bis lebenslänglich.»

«Und bei einem Deal?», fragt sie.

«Hängt davon ab, wie die Staatsanwaltschaft über den Fall denkt. Ich habe mit diesem Staatsanwalt schon etliche Deals gemacht, die ich fair fand, und von denen, die ich für meine Klienten ausgehandelt habe, habe ich noch keinen bereut.»

«Zehn Jahre?», fragt Russ.

«Lässt sich erst beurteilen, wenn ich mich eingearbeitet

habe. Bevor ich Ihnen das sagen kann, muss ich mit Ihrer Tochter sprechen und die Unterlagen durchgehen.»

«Wie sieht's mit einer Kaution aus?», fragt sie, weil sie gerade zu weit vorausdenken.

«Eine Ersttäterin in ihrem Alter, da dürfte eine Kaution kein Problem sein.»

Das ist alles, was sie hören will. Der Rest findet sich später. «Was meinen Sie, wie viel es sein wird?»

«Für die vorliegende Anklage sind fünfzigtausend anzusetzen. Könnte mehr, aber auch weniger werden, das hängt vom Richter ab.»

«In bar oder als Bürgschaft?», fragt Russ.

«Bürgschaft. Ich habe einen Kautionsbürgen an der Hand. Sie schreiben ihm einen Scheck über zehn Prozent aus, dann kann sie mit Ihnen nach Hause fahren.»

In seinem Escalade, auf der Rückfahrt zu ihr nach Hause, schweigen sie, als müssten sie die Neuigkeiten erst mal verdauen.

«Was hältst du von ihm?», fragt Russ.

«Klingt, als wollte er keine Verhandlung riskieren.»

«Er hat gesagt, er hätte nichts dagegen, wenn es die beste Option ist.»

«In seinen Augen scheint es aber nicht so zu sein.»

«Er kam mir sehr scharfsinnig vor. Und sehr realistisch.»

«Bin ich denn unrealistisch?», fragt sie, denn trotz aller Beweise will sie immer noch glauben, dass Angel unschuldig ist.

«Nein, aber er versteht offenbar sein Handwerk. Mir gefällt, dass er einen Plan hatte.»

«Ich weiß nicht. Ist das das Beste, was wir tun können?»

«Möglicherweise.»

«Er ist teuer.» Sein Vorschuss übersteigt den Betrag, den

sie auf der Bank hat, und deckt doch nur ab, dass er den Fall übernimmt.

«Ich kann dir helfen.»

«Darum hab ich nicht gebeten.»

«Ich weiß.»

«Vermutlich wollte ich bloß, dass er es positiver angeht. Es gibt mir das Gefühl, als hätten wir schon verloren.»

«Mir hat gefallen, was er zur Kaution gesagt hat.»

«Ja.»

Die Anhörung findet in drei Tagen statt, und sie fühlt sich gehetzt. Sie spricht mit ihrer Mutter über den Anwalt, doch die hat keine Meinung dazu, bietet aber an, sich an den Kosten zu beteiligen. Frank sagt, er habe von Berman schon mal gehört, was einer Befürwortung so nahe kommt, wie es ihm möglich ist. Sie sagt nicht, dass Russ dabei war oder sie vielleicht finanziell unterstützt. Wes ruft nicht zurück, der Arsch. Als sie mit Angel redet, zuckt die bloß mit den Schultern, als wäre ein Anwalt so gut wie jeder andere, und Carol würde am liebsten die Hände über den Tisch strecken und ihre Tochter schütteln. Carol muss die Entscheidung treffen, doch wie soll sie sich sicher sein, wenn sie inzwischen an allem zweifelt?

Da ihr nichts anderes übrig bleibt, engagiert sie ihn, voller Angst, dass es ein Fehler ist, für den sie den Rest ihres Lebens büßen muss.

«Nein», sagt Russ. «Es ist der richtige Schritt.»

«Hoffentlich.»

Die Anhörung findet am Freitagmorgen im zwanzig Minuten entfernten Bezirksgericht in Wakefield statt. Marie will mitkommen, doch sie muss in die Schule, zumindest benutzt Carol das als Vorwand. Zum Trost darf sie ihr helfen, Angels Kleidung auszusuchen. Berman sagt, die Sachen, die sie zum Kirchgang trage, seien in Ordnung, und sie sehen ihren Wandschrank durch und legen eine schlichte weiße Bluse, eine graue Strickjacke und einen grauen Tweedrock auf ihr Bett, stellen davor ein Paar flache schwarze Schuhe. Es erinnert Carol daran, wie ihre Mutter die Kleidung ihres Vaters für seine Beerdigung bügelte, auf dem Bügelbrett, das in der Küche stand, wie sie seine Hose zusammenfaltete und sie in eine umgekippte Einkaufstüte schob. Carol geht genauso sorgfältig mit Angels Sachen um und wartet bis zum Morgen, bevor sie sie in einen Kleidersack steckt, damit sie nicht zerknittern.

Russ ist früh dran, er trägt etwas, was sie noch nie an ihm gesehen hat, einen dunklen Anzug mit Krawatte, und fährt dann bei ihrer Mutter vorbei, um auch sie abzuholen. Es ist das erste Mal, dass sie sich begegnen, ein Umstand, auf den ihre Mutter hinweist. Während sie auf der Route 1 durch Charlestown und Matunuck fahren, nimmt sie ihn ins Kreuzverhör, erfährt, dass seine Familie aus Quebec stammt, und fragt, ob er die Perraults, die Dulacs und die Deschenes kenne. Carol ist das Ganze peinlich, doch er hält ihre Mutter bei Laune und versucht zu punkten. Wie sich herausstellt, hat sie mit Cousinen von ihm in der Line & Twine gearbeitet.

«Die Welt ist wirklich klein», sagt ihre Mutter.

«Zu klein», sagt Carol.

Sie müssen eine Stunde vorher dort sein, um Angels Kleidung abzugeben, aber als sie auf das Gebäude zufahren, warten schon die Reporter auf sie, und Kameraleute filmen durch die Scheiben, während Russ parkt. Er hält ihnen den Rücken frei, schirmt ihre Mutter mit dem Kleidersack ab. Diese Strategie würde funktionieren, doch die Seitentür, durch die sie das Gebäude betreten sollten, ist abgeschlossen. Die ganze

Horde folgt ihnen nach vorn, alle bombardieren Carol mit Fragen und verwenden Angels Namen, als würden sie sie persönlich kennen. Sie hat gelernt, weder zu antworten noch höhnisch zu grinsen oder den Kopf einzuziehen, als wollte sie sich verstecken, doch für ihre Mutter ist all das neu, und sie beschimpft die Reporter.

«Hör auf», sagt Carol so ruhig wie möglich. «Genau das wollen sie doch. Beachte sie einfach nicht.»

Natürlich ist es bereits zu spät. Egal, was ihre Mutter jetzt tut, sie wird in den Nachrichten sein, ihre Stimme mit einem Piepton überblendet, für all ihre Freunde zu sehen. Irgendwie wird auch das Carols Schuld sein.

Die Zellen sind im Keller, aber sie dürfen nicht mit ihr reden. Sie händigen die Kleidung einer Aufseherin aus, die hinter dickem Plexiglas sitzt. Sie verschwindet in einem Gang und kehrt mit Howard Berman zurück, der warten muss, bis sie für ihn den Türöffner betätigt.

Staatsmännisch reicht er zuerst ihrer Mutter die Hand. «Sind das alle?», fragt er, als hätte er mehr Personen erwartet.

«Mein Exmann hat gesagt, dass er kommt, aber er fährt seinen eigenen Wagen.»

«Sie sitzen rechts in der ersten Reihe. Sie werden den Tisch sehen können. Ich glaube, wir sind gut gerüstet. Klopfen Sie auf Holz, dass es keine Überraschungen gibt.»

«Müssen wir irgendwas tun?», fragt sie.

«Es genügt, dass Sie gekommen sind.»

Neben der Eingangshalle befindet sich eine Cafeteria, doch sie ist voller Reporter, die plaudern und auf ihren Laptops tippen, als wäre es ein x-beliebiger Tag. Sie haben sich auch in den Fluren versammelt, und als sie vorbeigeht, folgen ihr die Blicke. Der einzige sichere Ort ist der Gerichtssaal selbst – kleiner, als sie erwartet hat, ein fensterloser Kasten im ersten

Stock, mit dunklem Holz getäfelt. Leer, mit dem breiten Gang und der erhöhten Richterbank, erinnert er sie an eine Kirche. Sie will direkt hinter Angel sitzen, doch an dem Tisch stehen drei Stühle. Sie setzen sich und warten.

Auf ihrem Telefon ist eine Nachricht von Frank: *Bin gleich da.* Ungerechterweise denkt sie, es sähe ihm ähnlich, zu spät zu kommen, doch die Nachricht ist zehn Minuten alt, also hat er noch etwas Zeit. Sie sitzt zwischen ihrer Mutter und Russ. Es dürfte interessant sein zu sehen, neben wen er sich setzt – falls er überhaupt bei ihnen Platz nimmt.

«Ich hätte mein Strickzeug mitnehmen sollen», sagt ihre Mutter.

«Ich glaube, das würde keinen guten Eindruck machen», sagt Carol.

«Du hast recht, daran hab ich nicht gedacht.»

Sie löscht gerade Nachrichten aus ihrem Posteingang, als hinter ihnen die Tür aufgeht. Sie dreht sich um, um zu sehen, wer es ist, vermutlich ein paar Reporter, die früh hereinhuschen, um einen guten Platz zu ergattern. Doch es ist ein junges Paar mit Baby, das im Gang stehen bleibt und sich im Saal umschaut, als könnte es der falsche sein, und neben ihnen, gedrungen und dunkelhäutig, in Trauerkleidung, ihr Gesicht unverwechselbar, als käme sie direkt aus dem Fernsehen, die Mutter des Mädchens.

Warum hat der Anwalt sie nicht vorgewarnt?

Aus Neugier oder vielleicht auch als Buße hat Carol mehrmals die Facebook-Seite des Mädchens besucht, hat mit einem letzten Glas Wein dagesessen, nachdem Marie ins Bett gegangen war, und sich durch all das hindurchgescrollt, was zu ihrem Gedenken gepostet worden war, hat sich auch die Videos angeschaut, in denen sie Weihnachtsgeschenke auspackte oder Sandburgen baute, die gleichen unschuldigen

Erinnerungen, die sie an Angel und Marie hat. Was würde sie tun, wenn sie eine ihrer Töchter verlöre? Es könnte sein, dass sie Angel verliert, aber das ist nicht dasselbe. Sie würde nie behaupten, dass sie begreift, was die Frau durchmacht, und dennoch, im Innersten glaubt sie, dass zwischen ihnen eine Verbindung besteht.

Da sie in der ersten Reihe sitzt und die anderen sich nähern, fühlt Carol sich ungeschützt. Die Mutter des Mädchens weint und tupft sich mit einem Taschentuch die Augen ab, die Tochter stützt sie am Ellbogen. Carol findet es nur zu angemessen, auf den Verlust zu reagieren und ihr, von Mutter zu Mutter, zu sagen, dass es ihr leidtut.

Sie tätschelt Russ das Bein, und er steht auf und lässt sie vorbei.

Als die Mutter begreift, was Carol vorhat, bleibt sie stehen. Sie steht starr im Gang und blickt sie finster an. Carol hebt die geöffnete Hand, um zu zeigen, dass sie es gut meint, doch die Mutter schüttelt den Kopf und scheucht sie mit dem Taschentuch weg, als hätte sie ihre Dummheit satt.

Die Tochter – größer als Angel – tritt dazwischen und fordert Carol mit einer Handbewegung auf, zur Seite zu treten.

«Sagen Sie Ihrer Mutter, dass es mir leidtut», sagt sie, doch die Tochter wendet sich wortlos ab und versperrt ihr den Weg, damit ihre Mutter vorbeigehen kann, und da begreift Carol, dass dies das Band ist, das sie verbindet: Genau wie Angel wird sie immer ihre Feindin sein.

Sie sitzen in getrennten Reihen, hinter den getrennten Tischen, die Männer jeweils ganz außen.

«Du hast es versucht», sagt ihre Mutter, und Carol wünschte, sie würde still sein.

Nach und nach kommen die Reporter herein, setzen sich ganz hinten und raunen jedes Mal, wenn das Baby schreit.

Frank schafft es, rechtzeitig da zu sein, er trägt ein Oberhemd, das sie ihm vor einer Ewigkeit gekauft hat, und hat es in seine beste Jeans gesteckt. Statt sich zu ihnen in die erste Reihe zu setzen, nimmt er direkt hinter ihr Platz.

«Tut mir leid», flüstert er.

«Nein, ich freue mich, dass du's geschafft hast.»

«Ist alles okay?» Damit meint er, ob es ihr gelungen ist, das Geld für die Kaution aufzubringen.

«Alles in Ordnung.»

Anscheinend gibt es einen geheimen Aufzug, denn in der Wandvertäfelung öffnet sich eine Tür, und Howard Berman tritt ein, gefolgt von Angel in ihrer Kirchkleidung, das Haar zurückgebunden zu einem tiefen Pferdeschwanz, ihr einziges Make-up ein bisschen Rouge. Carol ist inzwischen so daran gewöhnt, sie in ihrer Gefängniskleidung zu sehen, dass die Veränderung ein Schock ist. Sie könnte Achtklässlerin sein. Als der Anwalt sie zu dem Tisch geleitet, nickt Angel ihnen zu und setzt sich direkt vor Carol. Während er seine Akten ausbreitet, greift Carol über das Geländer und drückt ihren Ellbogen. Angel dreht sich um und tätschelt ihre Hand, wie um zu sagen, dass alles gut wird.

Der Richter betritt den Saal, und der Gerichtsdiener fordert alle auf, sich zu erheben.

Nachdem sie so lange darauf gewartet haben, ist die Anhörung im Handumdrehen vorbei. Berman hatte recht. Der Staatsanwalt fordert, dass ihre Kaution auf sechzigtausend erhöht wird, Berman sagt aber, dass bei ihr als Ersttäterin mit Wurzeln in der Gemeinde keine Fluchtgefahr bestehe, und der Richter bleibt bei fünfzigtausend. Er schwingt seinen Hammer, und das war's.

Mit feuchten Augen umarmt Carol ihre Tochter über das Geländer hinweg und atmet den Duft ihres Haars ein. Sie würde sie am liebsten noch länger festhalten, doch sie muss mit dem Gerichtsdiener gehen. Russ und Frank schütteln Berman die Hand, als hätte er einen Freispruch erwirkt. Sobald sie den Beamten bezahlt haben, wird es noch ein, zwei Stunden dauern, bis alles abgewickelt ist. Fünfzigtausend Dollar. Das ist mehr Geld, als sie je in ihrem Leben besessen hat. Der Kautionsbürge wartet unten auf sie.

Der Saal leert sich, die Reporter stieben auseinander. In ihrer Freude hat Carol die Familie des Mädchens aus den Augen verloren und entdeckt sie im Flur, wo die Mutter mit einer Fernsehcrew spricht, die einen grellen Scheinwerfer auf sie gerichtet hat, und die Tochter mit dem Baby neben ihr steht, wie sie es auch getan hat, als das Mädchen noch vermisst wurde. Als Carol vorbeigeht, erhebt die Mutter die Stimme. «Diejenigen, die das meinem Kind angetan haben, müssen sich nicht vor mir verantworten», sagt sie, «sondern vor Gott», und obwohl Carol protestieren will, weiß sie, dass die Frau recht hat.

Ein Stück vor ihr geht ein anderer Kameramann rückwärts, um ihre Reaktion einzufangen, und Russ schiebt sich dazwischen und ruiniert die Aufnahme. Um ihm in nichts nachzustehen, bahnt ihr Frank mit seinen breiten Schultern einen Weg durch die Menge. Warum glauben die Männer in ihrem Leben immer, sie müssten sie retten?

Die Reporter dürfen ihnen nicht in den Keller folgen. Eine Stunde später, nachdem Russ den Scheck ausgestellt hat und Angel endlich auf freiem Fuß ist, liegen sie immer noch auf der Lauer und belagern die Seitentür, als wären sie Autogrammjäger. Sie haben es auf Angel abgesehen, alle anderen interessieren sie nicht, und während Russ den Escalade holt und demonstrativ so nah wie möglich an der Treppe parkt, schleicht Frank mit ihr durch den Vordereingang zu seinem

Pick-up. Es fühlt sich an wie ein Sieg, genau wie der ganze Tag, und auch wenn Carol weiß, dass es nur vorübergehend ist und teuer, ist sie einfach nur froh, Angel zurückzuhaben. Über die Zukunft können sie sich später Gedanken machen. Jetzt ist sie erst mal frei.

Seit sie beide verhaftet wurden, hat Angel nicht mehr mit Myles geredet, und nach allem, was letztes Mal passiert ist, wird ihre Mutter ihr weder ihr Telefon noch ihren Laptop überlassen. Sie kann nicht wieder zur Schule gehen, und sie kann auch nicht allein zu Hause bleiben, und so vergeudet sie ihre Zeit bei ihrer Großmutter, ist weiterhin eine Gefangene, die nach einer Fluchtmöglichkeit sucht.

Auch er ist inzwischen draußen. Seine Kaution war höher als ihre, was der Anwalt für ein gutes Zeichen hält. Er ist Myles nie begegnet, und es ist ihm egal, ob er schuldig ist oder nicht. Das Verfahren gleicht einem Spiel. Der Plan ist, ihm für alles die Schuld zu geben, weil er ein Mann ist – größer und stärker. Sie stellt sich vor, wie er zu Hause festsitzt und sie anzurufen versucht, ja wie er ihr eine Nachricht nach der anderen schickt und überzeugt ist, dass sie ihn schneidet oder etwas noch Schlimmeres macht. Jedes Mal, wenn sie sich mit dem Anwalt trifft, sagt er, für einen Deal müsse sie nicht gegen Myles aussagen, warum redet er dann ständig davon?

Es ist das, was ihre Mutter will.

«Du bedeutest ihm nichts», sagt sie, «sonst hätte er das nicht getan.»

Ihre Mutter liegt dermaßen falsch, dass sie ihr, trotz des Versprechens, das sie sich an jenem Abend gegeben haben, am liebsten die Wahrheit erzählen würde, indem sie ihr ins Gesicht lacht und sagt: «Er hat es nur mir zuliebe getan.»

Marie ist neugierig, hat aber Angst, sie direkt zu fragen. Nach der Schule sitzen sie beide auf dem Sofa ihrer Großmutter vor dem alten Analogfernseher, dessen Bild verschwommen ist, als würde es aus der Vergangenheit übertragen. Marie will wissen, ob es im Gefängnis kalt war, wie das Essen geschmeckt hat, wie die anderen Mädchen so waren, schreckt aber vor der Frage zurück, weshalb sie hinter Gittern saß, als könnte Angel gekränkt sein, und das weiß die zu schätzen. Sie will Marie nicht belügen. Sie braucht die kleine Spionin jetzt. In der Bibliothek der Middleschool gibt es Computer, und Marie mag Geheimnisse.

«Könntest du was für mich tun?», fragt Angel, als ihre Großmutter nach oben gegangen ist. Sie flüstert, sodass Marie sich herüberbeugen muss.

«Was denn?», flüstert Marie fasziniert zurück.

Angel kann sich nicht vorstellen, dass seine Eltern ihm sein Telefon abgenommen haben, aber wer weiß? Manchmal malt sie sich tagsüber aus, wie er im Volvo an ihrem Haus vorbeifährt und nach ihr Ausschau hält. Sie denkt immer noch, sie hätten abhauen sollen. Noch könnten sie's tun. Es müssen ja nicht die Fidschi-Inseln sein, Kalifornien würde auch reichen. Sie hat es so satt, dass ihre Mutter ihr sagt, sie solle Russ gegenüber dankbarer sein, schließlich habe er ihre Kaution bezahlt. Wenn Myles jetzt vor dem Haus halten und ihr die Tür öffnen würde, würde sie einsteigen und nie mehr einen Blick zurückwerfen.

miss u, schreibt sie auf die letzte Seite von Maries Notizbuch. *für immer, A.*

«Das ist alles?»

«Ist bloß ein Test.»

«Das kann ich erst in der Mittagspause abschicken», sagt Marie, und auf einmal sind sie wieder ein Team.

Sie machen zusammen das Abendessen, und ihre Großmutter überprüft, wie sie vorankommen, als wäre sie Hauswirtschaftslehrerin. Überflüssig zu sagen, dass sie auf Angels Wünsche eingehen. Swiss Steak, frittierte Muscheln, Chicken à la King – seit sie zu Hause ist, gibt es jeden Abend eine ihrer Lieblingsspeisen, als würde sie sie vielleicht nie mehr bekommen. Und es stimmt ja, das Essen im Gefängnis war miserabel. Manchmal vergisst sie, dass sie wieder zurückmuss, und dann fällt ihr ein, dass sie ihn vielleicht nie wiedersieht. Es ist nicht mal zwei Wochen her, und schon kommt sie sich verloren vor.

Ihre Mutter, noch im Arbeitskittel, entschuldigt sich, dass sie spät dran ist, und dann essen sie am Esszimmertisch und reden über Maries Englisch-Aufsatz, Tante Mils grauen Star und die umgewehte Mülltonne der Nachbarn.

«Bereit für unser großes Treffen am Donnerstag?», fragt ihre Mutter sie, als würde es zum Rest ihrer Unterhaltung passen.

«Denke schon.»

«Worum geht es?», fragt ihre Großmutter, weil sie alles wissen muss.

«Er will uns bloß sagen, wo wir gerade stehen», sagt ihre Mutter.

«Und wo stehen wir?»

Nirgends, würde Angel am liebsten sagen, lässt aber ihre Mutter erklären, wie die Sache abläuft. Die Staatsanwaltschaft muss alle Beweise offenlegen, damit sie eine Verteidigungsstrategie dagegen entwickeln können. Das ganze Verfahren ist sinnlos, denkt Angel, ein Labyrinth aus Detailfragen. Was geschehen ist, tut ihr leid, aber es lässt sich nicht rückgängig machen. Egal, ob es ein Unfall war oder nicht, sie weiß, dass sie Reue empfinden sollte, doch wenn sie ehrlich ist, muss sie zugeben, dass sie irgendwie wollte, dass das kleine Miststück tot ist. Irgendwas stimmt nicht mit ihr. In ihren schwächsten Momenten schließt sie ihre Tür ab, kniet sich wie ein Kind vors Bett und erfleht die Barmherzigkeit Gottes.

Weil sie und Marie gekocht haben, spült ihre Mutter das Geschirr, und ihre Großmutter, eine Zigarette im Mund, deren Asche auf den Fußboden fällt, trocknet ab. Marie will nach Hause, damit sie sich ihre Sendungen anschauen kann, und stopft ihre Bücher in den Rucksack, zieht den Reißverschluss ihrer bauschigen Jacke zu. Alle versammeln sich in der Diele. Ihre Großmutter gibt Angel einen Abschiedskuss und klammert sich an sie, als wäre es das letzte Mal, und Angel kann bloß dastehen, bis sie sie wieder loslässt.

«Bis morgen», sagt ihre Großmutter. «Träum was Schönes.»

Draußen ist es klirrend kalt und sternenklar. Nachdem sie den ganzen Tag eingesperrt war, atmet Angel die frische Luft ein, schaut in den Himmel hinauf und gibt sich dem Gefühl unendlicher Weite hin. Wie kann es sein, dass die Welt noch so schön ist?

Zu Hause schaltet ihre Mutter als Allererstes die Kerzen am Baum und die Lichterkette draußen an, die wie die Laufschrift einer Kinoanzeige blinkt. Sie hat das Vorderfenster nicht reparieren lassen, aber Mistelzweige aufgehängt und Schalen mit roten und grünen M&Ms aufgestellt, die Marie in großen Mengen vertilgt, und überall befinden sich Weihnachtsmänner. Wie Chevy Chase ist sie von dem Gedanken besessen, das Fest in diesem Jahr zum besten Weihnachten aller Zeiten zu machen, als bräuchte Angel eine weitere Erinnerung daran, dass sie nächstes Jahr nicht zu Hause sein wird. Der Adventskalender auf dem Kaminsims hat was von einer tickenden Uhr. Jeden Tag kommt sie ihrem Nicht-mehr-hier-

Sein ein Stückchen näher, und das ist auch in Ordnung. Sie wird ihnen dieses Weihnachten schenken. Sie will ihn bloß noch ein einziges Mal sehen.

Marie sagt gute Nacht und gibt beiden einen Kuss. Während ihre Mutter sich über den Laptop beugt und ihren Wein trinkt, zappt Angel sich durch die Programme.

«Fünf Jahre mit vorzeitiger Entlassung», sagt ihre Mutter. Sie hat sich angewöhnt, das Internet nach solchen Deals zu durchsuchen, als würde sie sich die Preise von Gebrauchtwagen ansehen. «Ich finde, fünf Jahre klingt ziemlich gut.»

Sie weiß, ihre Mutter will sie mürbe machen, damit sie sich in das Unvermeidliche fügt. Doch es treibt sie um, dass ihre Mutter unrealistisch ist. Sie werden ihr keine fünf Jahre anbieten, wenn sie nicht gegen Myles aussagt. Nach dem Termin am Donnerstag wird ihre Mutter das einsehen müssen.

«Besser als zehn», sagt Angel.

«Stimmt.»

«Oder zwanzig.»

«Das ist nicht witzig.»

«Nein», sagt sie, «ist es nicht. Ich geh ins Bett. Ich bin müde.»

Ihre Mutter seufzt. «Ich wünschte, du würdest dir überlegen, was du tun willst.»

«Mach ich ja.»

«Nein, machst du nicht. Du denkst an ihn. Du musst dich um dich selbst kümmern.»

«Ich werde ihm nichts anhängen, was er nicht getan hat.»

«Das verlange ich doch gar nicht. Sag ihnen einfach, was passiert ist.»

«Ich tue bloß, was Mr. Berman mir gesagt hat. Bezahlen wir ihn nicht dafür, dass er uns sagt, was wir tun sollen?»

«Du bezahlst ihn ja nicht.»

«Du auch nicht, das übernimmt dein Freund.»

«Verschwinde», sagt ihre Mutter und zeigt auf die Treppe. «Undankbares kleines Aas.»

«Ich bin ja dankbar ...»

«Verschwinde einfach. Du gehst mir auf den Geist.»

Als sie im Bett liegt und sich herumwälzt, denkt sie, es wird immer ihre Schuld sein. Sie kann bestenfalls erreichen, dass Myles nicht für etwas büßen muss, was sie getan hat. Die ehrenhafteste Lösung ist, die Wahrheit zu sagen. Sie könnte genauso gut gestehen, wie ihre Mutter es will. Er kann gegen sie aussagen und einen besseren Deal bekommen. Das alles sollen die Anwälte ausknobeln. Sie würde ihn gern anrufen und die ganze Warterei beenden, aber auch jetzt, beim Dösen, hat sie keinen Überblick und weiß nicht, wie alles zusammenpassen soll, und am Morgen kommt ihr der Gedanke naiv vor. Jetzt, wo es zu spät ist, irgendwen zu retten, muss sie über die Folgen ihrer Taten nachdenken.

Nach dem Frühstück steigen sie in den Wagen, und ihre Mutter setzt zuerst Marie ab, die unter ihrem Rucksack gebeugt ist wie ein Astronaut.

«Ich wünsch dir einen schönen Tag», ruft ihre Mutter, ohne zu wissen, dass da, mit Marie, auch Angels ganze Hoffnung geht.

Ihre Großmutter hat weder Computer noch Handy, bloß ein normales Festnetztelefon, einen senfgelben Apparat an der Küchenwand und noch ein schwarzes, altmodisches Modell neben ihrem Bett. Tagsüber spioniert Angel sie aus. Nach ihrer ersten Tasse Kaffee schließt sie sich mit dem Kreuzworträtsel oben im Bad ein, und am Nachmittag legt sie sich manchmal hin und macht ein Nickerchen. Dann könnte Angel es probieren, aber das wäre der letzte Ausweg.

Marie kommt um drei aus der Schule. Um fünf vor nimmt

Angel die Straße in den Blick, abgelenkt von jedem vorbeifahrenden Wagen. Von der Schule braucht Marie nur ein paar Minuten, genug Zeit für Angel, um sich alle Möglichkeiten auszumalen. Sie muss aufhören zu hoffen, denn das könnte Unglück bringen.

Da ist Marie ja, endlich, ihre Bommelmütze tanzt oben an der Hecke der Nachbarn entlang. Sie stapft unter der Last ihres Rucksacks die Einfahrt hinauf, ohne Eile, was Angel als schlechtes Zeichen ansieht, es sei denn, sie will sie verkohlen. Sie versucht, ihren Gesichtsausdruck zu deuten, doch sie hat den Blick auf den Boden gerichtet, ist in ihre eigenen Gedanken vertieft.

Noch bevor sie an den Stufen ankommt, öffnet Angel die Windfangtür.

«Und?»

«Ich hab die Nachricht abgeschickt.»

«Hat er zurückgeschrieben?»

«Weiß ich nicht», sagt Marie, als gehörte das nicht zu ihrer Aufgabe.

«Hast du nachgesehen?»

«Erlaubt sind nur fünfzehn Minuten.»

«Hast du am Ende deiner fünfzehn Minuten nicht nachgesehen?»

Maries Zögern sagt alles.

«Wie konntest du das vergessen?»

«Tut mir leid. Ich seh morgen nach.»

«Es war mein Fehler», sagt Angel. «Ich hätte dir sagen sollen, dass du nachsehen sollst.»

«Was ist denn los?», ruft ihre Großmutter aus der Küche.

«Nichts», sagen sie beide.

Ihr kommt es vor, als hätten sie einen ganzen Tag vergeudet. Sie hat keine Zeit, auf seine Antwort zu warten, und formuliert ihre nächste Nachricht leichter verständlich: *muss dich sehen*

Über Nacht schneit es so stark, dass die Straße unter einer Schneedecke liegt und sie nicht rechtzeitig aufbrechen können, und ihr Vater kommt vorbei, um die Einfahrt freizupflügen. Sie sieht ihn zum ersten Mal seit der Anhörung, als sie mit ihm in seinem Pick-up nach Hause gefahren ist und über die dummen Reporter gelacht hat. Ihre Mutter bittet ihn auf einen Kaffee herein, doch er kann nicht bleiben, also macht sie ihm einen Becher für unterwegs und bittet – war ja klar – Angel, ihn rauszubringen.

Vielleicht war es doch seine Idee, denn anscheinend freut er sich, sie zu sehen.

«Wie geht's dir?» Er hat das Gebläse an, und sein Gesicht ist gerötet.

«So weit ganz gut.»

«Deine Mom sagt, du hast morgen ein wichtiges Treffen.»

Nein, es war doch ihre Idee. «Ja.»

«Sei klug, ja? Hör auf deinen Anwalt.»

«Mach ich.»

«Okay. Halt durch. Ich liebe dich.»

«Ich dich auch», sagt sie und beobachtet, wie er zurücksetzt und ihr zuwinkt, bevor er losfährt.

Warum setzt sie sich zur Wehr, wo doch alle nur ihr Bestes wollen? Sie brauchen ihr nicht zu sagen, dass sie nicht klug ist, das weiß sie selbst. Ihre Probleme lassen sich nicht durch Ratschläge lösen, wie gut gemeint sie auch sind.

An diesem Nachmittag kommt Marie früh und eilt mit wippendem Rucksack durch den Garten. Ihre Wangen sind rosig, und sie schnauft durch. Sie sagt, sie sei den ganzen Weg gerannt.

Sie hat seine Antwort in Lila notiert: *miss u 2 4ever m*

Angel klappt das Notizbuch zu und drückt es an die Brust. «Danke. Wann hat er es geschickt?»

Marie sieht wieder verwirrt aus.

«Da hab ich nicht nachgesehen.»

«Echt nicht?» Doch es spielt keine Rolle. Er weiß Bescheid.

montag 13:30?, schreibt sie, und Marie sieht sie an, als sollte sie das nicht.

«Wo?», fragt Marie.

«Er weiß, wo.»

Am nächsten Tag haben sie um zwei den Termin beim Anwalt, und als sie sich ihm gegenüber setzen, hat Marie ihre Nachricht längst an Myles abgeschickt und vielleicht sogar schon seine Antwort erhalten. Der Gedanke gibt Angel Kraft, während der Anwalt die Beweise durchgeht, die sie lebenslänglich hinter Gitter bringen könnten. Die Mappe ist dick, voller Fotos, die sie nicht sehen will. Der Anwalt spricht von Angel in der dritten Person, obwohl sie doch direkt vor ihm sitzt.

Er sagt, sie hätten Glück gehabt. Denn die Leiche sei so lange unter Wasser gewesen, dass es keine brauchbaren DNA-Spuren gebe. Das in der Küche gefundene Blut stamme vom Opfer, aber da sie sich alle drei öfter in dem Haus aufgehalten hätten, gebe es keine Beweise, dass Angel zum Zeitpunkt der Tat am Tatort gewesen sei. Die Polizei kenne die Tatzeit nicht. Es sei sein Haus. Der Wagen mit dem Blut gehöre ihm.

Wie, denkt Angel blinzelnd und versucht, ihre Überraschung zu verbergen. Sie sind so vorsichtig gewesen. Wahrscheinlich war es nicht mehr als ein Tropfen. Oder ist das eine Falle?

«So, wie ich das sehe, sprechen gegen sie nur Indizien. Das Opfer und sie waren Rivalinnen. Und sie hatte mit dem Opfer schon mal eine Auseinandersetzung.»

«Davon wusste ich nichts», sagt ihre Mutter und blickt sie an.

«Ein Handgemenge zwischen Mädchen auf einem Parkplatz», sagt der Anwalt. «Nicht angezeigt, nicht dokumentiert, von Rechts wegen bloßes Hörensagen, also nicht zugelassen. Die Geschworenen erfahren es nicht. Ich will ehrlich sein, die Telefonaufzeichnungen und Nachrichten sind nicht gerade toll, aber ...» Er legt seine Pranke auf die Akte. «Wenn ich Geschworener wäre, würde ich hier nichts sehen, das eindeutig für Mord spricht.»

«Das ist gut», sagt ihre Mutter.

«Wenn man Mord ausschließt, bleiben immer noch Verschwörung zum Mord, Totschlag, was keine Kleinigkeit ist, und vorsätzliche Behinderung. Ich habe mit der Staatsanwaltschaft gesprochen. Sie glauben, durch die Telefonaufzeichnungen und Nachrichten genug Material für die letzten beiden Anklagepunkte zu haben, und auch wenn ich das nicht gesagt habe, stimme ich ihnen zu. Verschwörung ist sehr schwer zu beweisen, deshalb wären sie bereit, diesen Punkt fallen zu lassen, wenn wir uns zu Totschlag bekennen, ich finde, das ist ein sehr faires Angebot.»

Während sie dasitzt und ihm zuhört, denkt Angel, dass Totschlag richtig ist. Sie erinnert sich, wie Myles versucht hat, Birdys Arme festzuhalten, wie sie zu dritt auf dem Küchenboden miteinander gerungen haben und Birdy sie ins Gesicht trat, dann der Geschmack von Blut und wie sie blindwütig auf Birdy einschlug, bis Myles sie wegzerrte.

«Was heißt das?», fragt ihre Mutter.

«Inoffiziell, irgendwas zwischen fünf und sieben Jahren.»

«Wie viel davon müsste sie absitzen?»

«Bei guter Führung nur drei bis fünf Jahre.»

Ihre Mutter blickt sie an, um zu sehen, was sie davon hält,

hoffnungsvoll, als wären sie gerettet. «Drei bis fünf Jahre wäre nicht schlecht.»

«Fünf bis sieben Jahre», stellt Angel richtig.

«Denken Sie drüber nach, und melden Sie sich», sagt der Anwalt. «Die Lage kann sich schnell ändern, deshalb sollten wir eine Antwort parat haben, wenn sie etwas auf den Tisch legen. In Ordnung?» Er steht auf.

Während ihre Mutter ihm die Hand schüttelt, versucht Angel, sich das Blut in Myles' Wagen vorzustellen. Also wird ihre Aussage nicht gebraucht. Das müsste eigentlich eine Erleichterung sein, doch es macht das Ganze bloß schlimmer.

«Wie viele Jahre kriegt er?», fragt sie.

«Im Moment würde ich da keine Vermutung äußern. Ich weiß, dass sie Gespräche führen. Ein weiterer Grund, mir Ihre Entscheidung so bald wie möglich mitzuteilen.»

Im Wagen kann ihre Mutter nicht begreifen, warum sie nicht einfach ja sagt, und lässt ihr mit den drei bis fünf Jahren keine Ruhe. Angel kann ihr nicht sagen, dass es ungerecht ist, dass sie schlimmstenfalls die gleiche Strafe verdient haben. Sie kann nicht sagen, dass sie erst mit ihm reden muss.

montag 13:30, hat er zurückgeschrieben, als er sich endlich meldete, aber Montag ist zu spät. Sie muss ihn jetzt sehen.

soll ich 5–7 jahre nehmen?, schreibt sie.

Marie gibt ihren Senf nicht dazu. «Es ist dein Leben», sagt sie, und das weiß Angel zu schätzen. Die anderen scheinen das nicht zu verstehen.

Ihre Großmutter sagt, sie solle sich darauf einlassen. Nach dem Abendessen ruft ihre Mutter ihren Vater und danach Russ an und erklärt, dass sie bei guter Führung nur drei bis fünf Jahre absitzen müsse, und beide pflichten ihr bei.

«Kann ich einen Tag drüber nachdenken?», fragt Angel.

«Es ist nicht mal offiziell. Vielleicht kommt es gar nicht dazu.»

«Wir müssen bereit sein», sagt ihre Mutter, als wäre Angel nicht mit beim Anwalt gewesen.

«Ich werde bereit sein.»

«Nicht du musst bereit sein. Er muss es sein, wenn sie sich bei ihm melden.»

«Er kann mich anrufen. Das dauert fünf Sekunden. Ich bin ja immer erreichbar.»

«Ich will bloß nicht, dass wir die Gelegenheit verpassen», sagt ihre Mutter besänftigend. Sie soll ihr versprechen, dass das nicht passieren wird.

«Ich werde bereit sein», sagt Angel.

Am Freitag schneit es wieder, auf der Straße liegt eine dünne Schneeschicht, die wie Puderzucker aussieht und von Reifenspuren durchzogen ist. Den ganzen Morgen wartet sie auf das Klingeln des Telefons. Als es endlich klingelt, gegen Mittag, ist es ihre Mutter, die wissen will, ob sie schon irgendwas gehört hat.

«Dann hätte ich dir Bescheid gesagt.»

«Hast du noch mal drüber nachgedacht?»

«Ich tu nichts anderes», sagt Angel. «Den ganzen Tag.»

«Sag mir, wenn du dich entschieden hast.»

«Mach ich.»

Nach dem gegrillten Käse mit Tomatensuppe geht ihre Großmutter nach oben, um sich hinzulegen. Es ist erst halb eins, früher als sonst. Angel starrt die Uhr an und träumt von Montag. Sie hat es satt zu warten, und das Telefon ist direkt vor ihr, doch sie hält sich zurück, da sie weiß, dass Marie bald zu Hause ist. Um zwanzig nach zwei kommt ihre Großmutter nach unten und zündet sich eine Zigarette an. Angel merkt sich die Uhrzeit wie ein Juwelendieb. Sie dürfte ein bis anderthalb Stunden haben, bis ihre Großmutter merkt, dass sie weg ist.

«Wie war dein Nickerchen?», fragt sie.

«Zu kurz», sagt ihre Großmutter.

Die letzte halbe Stunde schlägt sie mit Keksebacken tot und macht für Marie richtigen Kakao, wobei sie die Milch so lange erhitzt, bis eine Haut drauf ist, und auf dem ganzen Herd Kakaopulver verschüttet. Sie tritt ans Fenster und hält Ausschau nach Maries Bommelmütze, dann öffnet sie ihr die Tür und versucht, ihren Blick zu deuten. Marie schnüffelt in der Luft und lässt sich von ihr den Rucksack abnehmen. Normalerweise sitzt sie mit Angel auf dem Sofa, während sie seine Antwort liest, doch heute geht sie zu ihrer Großmutter in die Küche, um Angel nicht zu stören. Als sie das Notizbuch aufschlägt und bis zum Ende blättert, sieht sie, warum. Dort rät ihr Myles in Maries mädchenhaften lila Blasenbuchstaben: *nimm es*

Sie klappt das Notizbuch zu, als könnte sie damit die Worte verschwinden lassen. Er versucht, edelmütig zu sein. Sie muss am Montag mit ihm reden und herausfinden, was er denkt. Er sollte sich Gedanken um sich selber machen. Sie ertappt sich und muss lachen. Sie klingt genau wie ihre Mutter.

Um fünf vor fünf klingelt das Küchentelefon, und ihr bleibt fast das Herz stehen, denn sie befürchtet, dass es der Anwalt ist, mit der Aufforderung, sich sofort zu entscheiden.

«Hier ist sie», sagt ihre Großmutter und reicht ihr das Telefon.

«Hast du schon was gehört?», fragt ihre Mutter.

«Nein, du?»

«Nein», sagt ihre Mutter entmutigt. «Schätze, wir müssen bis Montag warten.»

«Scheint so», sagt Angel, dankbar für die Galgenfrist.

Doch die Erleichterung hält nur bis zum Abend. Als sie wieder zu Hause sind und Marie schon im Bett liegt, bekommt ihre Mutter einen Anruf vom Anwalt. Der Wagen des Mädchens wurde gefunden.

«Wo?», fragt ihre Mutter.

Sie hält die Hand vor die Sprechmuschel. «Er will wissen, ob du ihm irgendwas über den Wagen zu sagen hast.»

«Nein», sagt Angel in der Hoffnung, dass sie ihn besser gereinigt haben als seinen.

«Haben Sie noch irgendwas über den Deal gehört?», fragt ihre Mutter. «Okay, halten Sie uns auf dem Laufenden.»

Als sie auflegt, sagt keine von beiden etwas, und die Weihnachtsbeleuchtung blinkt und blinkt, während sie versuchen dahinterzukommen, was dieser neue Fund bedeutet.

«Wo war es denn?», fragt Angel, weil sie es wirklich nicht weiß.

«In New London. Jemand hat es in Brand gesteckt.»

Gut. Wahrscheinlich waren da ihre Haare drin, ihre DNA.

«Muss ich dich tatsächlich fragen, was du darüber weißt?»

«Nein.» Das kommt einem Geständnis sehr nahe, und ihre Mutter schüttelt den Kopf, als könnte sie nicht glauben, was für ein Mensch aus Angel geworden ist.

«Nimmst du den Deal jetzt an?»

«Gilt er denn noch?»

«Weiß ich nicht. Der Anwalt klang nicht begeistert. Bis Montag passiert erst mal nichts.»

Das ganze Wochenende lastet die Drohung auf ihr. Während sie mit ihrem Vater und Marie auf dem Fußboden Brettspiele spielt, in der Kirche singt und sich bei ihrer Großmutter die Patriots anschaut, stellt sie sich vor, wie die Spurensicherung den Wagen in einer hell erleuchteten Garage inspiziert, ihre Haare vom Teppichboden zupft und sie unter ein

Mikroskop legt. Sie ist den Wagen bloß gefahren, weil sie mit Gangschaltung nicht klarkommt, und Myles ist ihr mit dem Eclipse zu dem stets vollen Park-'n'-Ride-Parkplatz für die Angestellten von Foxwoods gefolgt. Am Schlüsselring waren ein Miniatur-Baseballschläger und mehrere Hausschlüssel befestigt, über die sie nicht nachdenken wollte. Sie gab sie ihm, darauf vertrauend, dass er den Wagen später beseitigen würde. Doch wie bei der Tonne funktionierte ihr Plan nicht. Sie sind Dilettanten – es war idiotisch zu glauben, sie würden ungestraft davonkommen. Sie haben alles verdient, was ihnen bevorsteht.

Zehn Jahre, zwanzig. Am Montag muss sie bloß bis halb zwei warten, aber nicht mal das kann sie. Gegen zwölf klingelt das Telefon, und ihre Großmutter dreht das Radio leiser.

«Es ist deine Mutter», sagt sie zu Angels Erleichterung.

«Der Deal steht», sagt ihre Mutter. «Er braucht eine Antwort. Ich hab ihn am Apparat.»

Es ist derselbe Deal wie vorher, fünf bis sieben Jahre mit der Möglichkeit zur Bewährung. Sie wendet sich von ihrer Großmutter ab, um überlegen zu können.

«Was ist mit dem Wagen?»

«Es dauert eine Weile, bis sie ihn sich vornehmen können, also entscheide dich jetzt.»

«Hab ich noch Zeit bis heute Abend?»

«Herrgott noch mal. Nein. Du hast gesagt, du würdest bereit sein. Was ist denn heute Abend anders? Das Angebot liegt auf dem Tisch, also greif einfach zu.»

«Ich war's», sagt Angel ausdruckslos, obwohl sie weiß, dass ihre Großmutter zuhört.

«Das weiß ich», sagt ihre Mutter. «Spielt keine Rolle. Er war's auch.»

«Nein. Ich war's, alles.»

«Ihr wart es beide. Es spielt keine Rolle, was genau du getan hast. So funktioniert das Gesetz nicht. Es wird ihm nicht schaden, falls du das befürchtest. Du brauchst nicht auszusagen, du brauchst gar nichts zu tun. Das ist ein guter Deal, Ange.»

«Ich weiß.»

«Sie werden ihn dir nicht noch einmal anbieten. Sag ja. Bitte.»

Der Anwalt wartet. Alle wollen, dass sie den Deal annimmt, sogar Myles, und sie weiß, dass er recht hat. Sträubt sie sich bloß aus Stolz? Denn plötzlich sieht sie keinen Grund mehr, ihn abzulehnen. Sie muss nicht aussagen, muss kein Geständnis ablegen. Sie kann sich schuldig bekennen und ihm trotzdem treu bleiben, kann ihr Geheimnis für immer bewahren. Sie werden sowieso beide von hier weggehen.

«Okay», sagt sie, obwohl sie sich geschworen hat, es nicht zu tun.

«Das war eine kluge Entscheidung», sagt ihre Großmutter beim Mittagessen, doch Angel ist sich da nicht so sicher. Sie fühlt sich seltsam, als hätte sie etwas Kostbares aufgegeben, und wünschte, sie hätte härter gekämpft.

Nach den Keksen steigt ihre Großmutter die Treppe zu ihrem Zimmer hinauf. Ohne das Radio ist es still im Haus, bis auf das Rattern eines vorbeifahrenden Schneepflugs. Der Himmel ist blau, die Straße trocken, doch am Abend sollen zehn bis fünfzehn Zentimeter Schnee fallen. Die Wetteransager freuen sich auf weiße Weihnachten. Angel horcht auf das Schließen der Tür. Es ist erst kurz vor eins, also hat sie noch Zeit, doch sie ist ungeduldig. Sie hat schon so lange gewartet.

Sie streckt die Zehen und zieht die Stiefel an, dreht den Knauf des Dielenschranks wie ein Safeknacker und holt ihre Jacke mit beiden Händen heraus, damit die Kleiderbügel nicht klirren. Handschuhe, Mütze, Sonnenbrille. Sie hat einen Hausschlüssel, wird ihn aber nicht brauchen. Wie leicht es ist zu flüchten, wenn es dir egal ist, ob du wieder geschnappt wirst.

Die Sonne draußen ist grell, der verwehte Schnee glitzert wie Glimmer. Sie drückt die Windfangtür hinter sich zu und geht auf Zehenspitzen die Betonstufen hinunter, als könnten sie knarren. Die Leute gegenüber haben einen lüstern grinsenden Aufblas-Grinch im Garten und Kränze an dem alten Schuppen, den sie als Garage benutzen. Nicht alle haben ihren Weg freigeschaufelt, und sie geht am Straßenrand, wo die städtischen Schneepflüge vereiste Haufen hinterlassen haben. Es riecht nach Holzrauch, und sie ist froh, aus dem Haus zu sein, eine Zeitlang befreit von ihren Wächtern.

Die Ortschaft sieht aus wie auf einer Weihnachtskarte, Stechpalmenbüsche und zottige Kiefern voller Schnee. Sie überquert die High Street am Zebrastreifen bei der Bücherei, geht an der Middleschool entlang und winkt für den Fall, dass Marie sie sieht. Früher hat sie auf diesem Spielplatz gespielt, auf diesen Schaukeln geschaukelt. Fünf bis sieben Jahre. Vor sieben Jahren war sie elf, ein völlig anderer Mensch. Wer wird sie sein, wenn sie wieder rauskommt?

An der Ecke biegt sie in die Cemetery Lane. Früher sind sie hier entlang zur Kirche gegangen. Nach dem Tod ihres Großvaters gingen sie in den ersten Adventstagen immer zusammen zum Friedhof und legten einen Kranz auf sein Grab. Sie bedeutete ihm am meisten, sie war ihr erstes Enkelkind. Dieses Jahr war sie nicht dabei, als der Kranz hingelegt wurde. Sie muss kurz hin und ein Gebet sprechen.

Der Parkplatz der Kirche ist leer, freigeschürft, an einem Container ist ein Schneehaufen aufgetürmt. Niemand hat den unbefestigten Weg zum Friedhof geräumt, doch auf einer

Seite zieht sich eine matschige Fußspur entlang. Die Grabsteine sind schneeverkrustet, die Sockel weiß umrandet, die einzigen Farbkleckse die Miniaturflaggen zum Gedenken an Veteranen. Zwischen den Reihen haben Hirsche ihre mäandernden Fährten hinterlassen. Da die Bäume kein Laub mehr tragen, reicht der Blick bis zum Fluss. Schwalben fliegen über die freie Fläche, tauchen herunter und schwenken ab. Unten, an der Grabstelle ihres Großvaters, führt ein alter Mann in einer Armeejacke seinen Hund aus. Der Wind kommt aus der richtigen Richtung, denn sie kann seine Zigarre riechen. Trotz ihrer Wanderstiefel beeinträchtigen die Schräge des Hangs und der Schnee die Trittfestigkeit. Beim Bergabgehen rutscht und schlittert sie und fällt fast hin. Sie stellt die Füße seitlich, um zu bremsen, und gräbt den Sohlenrand in den Boden wie eine Schlittschuhläuferin. Der Mann beobachtet sie, weicht nach rechts aus und hält Abstand. Der Hund bellt, und sie winkt, was mit einem freundlichen Winken beantwortet wird und ihr ins Gedächtnis ruft, dass sie vermummt ist.

Der Pfad durch den Wald ist noch unberührt und bereitet ihr das Vergnügen, bei jedem Schritt die Schneekruste zu durchbrechen. Der Teich ist nicht völlig zugefroren, dazu war es nicht kalt genug. Die Eisfläche ist von einer grauen Schicht bedeckt, die weich und mürbe aussieht. Sie stellt sich vor, wie sie das Eis betritt und einbricht und, mit dem Gesicht nach unten treibend, von Myles gefunden wird. Bei diesem Gedanken muss sie den Kopf schütteln. Warum muss für sie plötzlich alles tragisch sein?

Es gibt einen Baumstamm, den die Schlittschuhläufer als Bank benutzen, und sie wischt eine Stelle frei, schafft dann auch für ihn ein Plätzchen, um zu zeigen, dass sie an sein Erscheinen glaubt. Sollte er nicht kommen, wüsste sie nicht, was sie tun soll. Den Hügel hinaufsteigen und wieder nach Hause gehen, oder vielleicht einfach bleiben. Hier, an diesem besonderen Ort, fühlt sie sich sicher, mit sich im Reinen, und beobachtet, wie die Vögel über den Baumwipfeln kreisen. Sie ist angekommen, wo es nicht weitergeht, alles ist geregelt, sie muss ihn bloß noch einmal sehen, um zu wissen, dass nicht alles umsonst war. Der Mond ist aufgegangen, eine blasse, im Blau verborgene Scheibe. Hoch oben fliegt lautlos ein Flugzeug, und sie wünschte, sie säße drin. Die Fidschi-Inseln, Kalifornien. Ach, wären sie doch bloß abgehauen, als sich die Gelegenheit dazu bot. Warum haben sie's nicht getan?

Sie hört einen Motor und horcht in Richtung Kirche. Ist er es? Das Geräusch ist ihr nicht vertraut, und dann verstummt es, und sie kann den Wind und den Fluss wieder hören. In der Ferne schließt sich leise eine Wagentür. Das muss er sein, und sie dreht sich um, reckt den Hals und späht zwischen den Bäumen hindurch, bis sie eine schlanke Gestalt den Hügel hinabtrotten sieht, die Hände seitlich ausgestreckt wie ein Snowboarder, der das Gleichgewicht sucht.

Sie will gelassen bleiben und warten, bis er bei ihr ist. Das klappt etwa eine Minute lang, doch dann springt sie auf und rennt los, stürmt den Pfad durch den Wald wieder rauf und zerstört ihre perfekten Fußspuren. Sie läuft an den Bäumen vorbei und lacht, während er sich dem Fuß des Hügels nähert, zu schnell geht und das Gleichgewicht verliert, wild mit den Armen fuchtelt, ausrutscht und auf den Hintern fällt. Sie wirft sich auf ihn, küsst ihn, beißt ihm in die Wange, und schon wälzen sie sich im Schnee herum, bis sie Nase an Nase daliegen.

Es ist kalt, doch sie stehen nicht auf. Es ist, als lägen sie auf einem riesigen weißen Bett. Sie zieht die Handschuhe aus, umfasst sein Gesicht.

«Ach du Scheiße, was ist denn mit deinen Haaren passiert?»

«Das war fürs Gericht.»

«Ach je.»

«Ist es so schlimm?»

«Es hat was liebenswert Vertrotteltes. Du siehst aus wie ein Drittklässler.»

«Ist ja gruselig.»

«Nein, du bist gruselig», sagt sie und küsst ihn, schmiegt das Gesicht an seine Brust, legt den Arm um ihn. Hört sein Herz. Hört ihres. «Lass uns einfach hierbleiben.»

«Okay.»

Obwohl sie versuchen, die Kälte zu ignorieren, dringt sie durch ihre Jeans, und sie stehen auf, streifen sich gegenseitig den Schnee ab und folgen dem Pfad zum Teich hinunter. Er hat einen Flachmann mit Brombeerschnaps mitgebracht. Sie setzen sich auf den Baumstamm, trinken und geben sich klebrige Küsse. Irgendwo an der Böschung unterhalb von ihnen traktiert ein Specht einen Baum.

«Ich hab mich dafür entschieden», sagt sie.

«Gut.»

«Ich wollte es nicht.»

«Nein, es ist ein guter Deal.»

«Was sagt deine Anwältin?»

«Keine Ahnung, ich rede gar nicht mit ihr, das macht mein Vater.»

«Das mit dem Wagen hast du gehört.»

«Ja. Keine Ahnung, warum sie so lange gebraucht haben. Er stand da die ganze Zeit.»

«Wahrscheinlich weil es in Connecticut war.»

«Kann sein. Spielt keine Rolle, er war ausgebrannt. Es war mein Wagen, der uns reingerissen hat.»

«Ich glaube, wir haben uns selbst reingerissen.»

«Stimmt.»

«Wir hätten abhauen sollen. Hättest du mal auf mich gehört.»

«Da hast du wahrscheinlich recht.»

«Können wir immer noch.»

«Und was ist mit deinem Deal?»

«Scheiß drauf.»

«Nein, den musst du annehmen.»

«Dann hau du ab.»

«Ich hau nicht allein ab», sagt er. «Das würde keinen Spaß machen.»

Es ist zu kalt, um sich auszuziehen, aber sie muss ihn ein letztes Mal haben – hier, wo sie glücklich waren, nicht in der Schrottkarre seiner Mutter. Sie setzt sich rittlings auf ihn, da auf dem Baumstamm, wiegt sich, schaukelt auf und ab, während seine Hände an ihren Hüften sind und der Stoff ihrer Jeanshosen Reibung erzeugt, bis er aufstöhnt und zurücksinkt. Und sie loslässt.

«Brauchst du ein Papiertaschentuch?», fragt sie, denn sie hat welche dabei.

Er steht auf und öffnet den Reißverschluss, nimmt eine Handvoll Schnee und macht sich damit sauber, was sie frösteln lässt.

«Verdammt», sagt sie, «wenn ich doch bloß mein Telefon hätte.»

Darf man im Gefängnis Computer benutzen?, würde sie ihn gern fragen, will ihn aber nicht frustrieren.

Sie trinken die Flasche aus, diesmal ohne sich zu küssen. Der Specht ist verschwunden, nur ein paar störrische Blätter rascheln im Wind, und in der Ferne strömt der Fluss.

«Hier hat mir mein Großvater das Angeln beigebracht», sagt sie.

«Ich weiß, das hast du mir erzählt.»

«Willst du ihn kennenlernen?»

Hand in Hand gehen sie auf dem Pfad zurück durch den Wald und steigen den Hügel hinauf. Der Friedhof ist verlassen, der Mann mit dem Hund längst verschwunden. Die Sonne steht tiefer und wirft die Schatten von Obelisken auf die Straße. Sie nimmt die Abzweigung nach rechts und zeigt ihm den Grabstein ihres Großvaters, auf dem bereits der Name ihrer Großmutter eingraviert ist, direkt neben seinem, und nur noch auf ein Datum wartet. Der Kranz mit dem roten Band wurde umgeweht und liegt halb im Schnee vergraben, und sie stellt ihn zurück auf den Ständer und spricht ein Gebet.

«Er hat meine Großmutter kennengelernt, als sie siebzehn war.»

«Als ich dich kennengelernt hab, warst du fünfzehn.»

«Ich weiß», sagt sie, als wäre das die zu ziehende Lehre.

Sie nimmt ihn wieder an der Hand und führt ihn zwischen den Marmorkreuzen und hüttenartigen Mausoleen hindurch zum alten Teil des Friedhofs, der von einem schiefen schmiedeeisernen Zaun eingefasst ist. Manche der Grabsteine reichen bis in die Kolonialzeit zurück, mit Flechten überzogene Schiefertafeln, die schnörkelige Schrift kaum noch zu erkennen, vom Regen weggewaschen. GELIEBTE FRAU, steht darauf, GELIEBTER MANN. Sie beneidet diese glücklichen Paare, die bis in alle Ewigkeit zusammen sind, und trauert um die Kinder, die zu früh hinweggerafft wurden. Inzwischen dürfte es halb drei sein, doch sie hört die Busse nicht, die vor der Middleschool halten. Marie wird bald zu Hause sein. Ihre Großmutter hat vermutlich schon ihre Mutter unterrichtet, und die dürfte verzweifelt in der ganzen Stadt nach ihr suchen. Angel hat ein schlechtes Gewissen, weil sie ihr Angst gemacht hat, doch anders als bei den Liebenden ringsum, die für immer miteinander verbunden sind, ist dieser Moment alles, was ihnen noch bleibt. Sie werden erst gehen, wenn jemand sie holen kommt, und so schlendern sie wie zwei Gespenster weiter zwischen den Gräbern hindurch und versuchen, sich zu verabschieden.

Am anderen Ende von Providence

Als meine Schwester ins Gefängnis kam, besuchten wir sie jedes Wochenende. Sie war im Cranston ACI, an der I-95, südlich von Providence. Russ fuhr uns, meine Mutter saß neben ihm und achtete auf Polizisten, meine Großmutter und ich saßen hinten. Wir gingen durch die Metalldetektoren, legten unsere Telefone und unsere Vierteldollar-Rollen für die Münzautomaten in den kleinen Kasten. Aus Sicherheitsgründen mussten wir bereits sitzen, bevor sie hereingebracht wurde. Es gab keine Stühle, nur baukastenartige Cafeteria-Tische, die am Boden festgeschraubt waren. Wir saßen fünfzig Minuten mit Angel da, aßen Fritos und tranken Diät-Cola, und die ganze Zeit wussten wir, dass irgendwo Wachen saßen, die uns auf aufgereihten Monitoren beobachteten. Wir fragten, wie es ihr gehe und was sie brauche, und am Ende des Besuchs durften wir aufstehen und sie umarmen. Ihr Geruch kam mir anders vor – das liege an der miserablen Seife, sagte meine Mutter, doch ich glaubte nicht, dass das der Grund war.

«Sie sah gut aus», sagte meine Großmutter auf der Rückfahrt, doch mit der Zeit sollte sich das ändern. Sie bekam Antidepressiva und nahm zu. Sie ging zu einem Therapeuten und machte einen Test fürs College, erzählte uns aber nicht viel über ihr Leben im Gefängnis. Nie sprach sie über Myles, mit dem sie, als Teil ihrer Strafe, nicht mehr in Kontakt treten durfte. Wir durften seinen Namen nicht erwähnen, als könnte sie ihn so vergessen, was ich absurd fand. Woran sollte sie denn sonst denken?

Dank seiner Anwälte kam er letztlich mit einer geringeren Strafe davon als sie. Der Kriminaltechniker, der seinen Wagen untersuchte, hatte bei einem anderen Fall die DNA-Proben manipuliert, und der Richter ließ die Blutspuren als Indiz nicht gelten. Myles akzeptierte einen sogenannten Alford-Deal, bei dem er sich nicht schuldig bekennen musste, und wurde zu zwei bis vier Jahren verurteilt.

«Das liegt daran, dass sie Geld haben», sagte meine Mutter.

«Geld allein reicht nicht», sagte mein Vater. «Das hier ist Rhode Island. Da muss man die richtigen Leute kennen.»

Die Parrishes verkauften ihr Strandhaus und zogen weg. Das Angebot stand im Internet, samt virtuellem Rundgang. Da war die Garage, da war die Küche, da war das große Schlafzimmer mit dem Kamin und dem Blick auf Block Island von der oberen Veranda. Von dem Mord stand auf der Website nichts. Schließlich verringerten sie den Preis auf 2,5 Millionen Dollar und bekamen 1,8, worüber meine Mutter sich freute, als sie es in der *Sun* las, als könnten wir je so viel Geld besitzen.

An den Wochenenden, an denen ich nicht bei meinem Vater war, besuchte er Angel, doch seine Arbeitszeiten waren unregelmäßig. Er traf sich mit einer Witwe namens Helene, die er bei den Anonymen Alkoholikern kennengelernt hatte. «Sie will ihn retten», spottete meine Mutter, als wäre das Zeitverschwendung, doch Helene stand ihm bei, als er schließlich rückfällig wurde, und das brachte ihr den Respekt meiner Mutter ein. Nach Russ und den anderen Verehrern meiner

Mutter betrachtete ich Helene als weiteren Eindringling. Unsere Treffen waren belastet, und mir fehlte Angel. Mein Vater wohnte jetzt bei Helene in ihrem Reihenhaus in Stonington, also übernachtete ich nicht mehr auf seinem Ausziehsofa und aß nicht mehr in dem chinesischen Restaurant. Mein Zimmer hatte ihrer Tochter gehört, die inzwischen Collegeprofessorin in Maine war. Wenn ich morgens erwachte, war ich von Fotos von Fremden umgeben, und statt dass mein Vater mir Waffeln machte, sagte Helene, im Kühlschrank seien noch Bagels.

Da wir nur noch zu zweit waren, brauchten meine Mutter und ich nicht mehr so viel Platz, und um Geld zu sparen und für meine Großmutter zu sorgen, zogen wir wieder zu ihr und verstauten Angels Sachen im Keller. In jenem Herbst wechselte ich auf die Highschool, und der Bus fuhr jedes Mal an unserem früheren Haus vorbei, das inzwischen leerstand. Die Tidwells waren die einzigen Mieter, die noch in dieser Gegend wohnten. Manchmal sah ich Brookie am Fenster stehen, doch als wir eines Morgens vorbeifuhren, fiel mir auf, dass ein oranges Schild mit der Aufschrift ABBRUCHHAUS an der Haustür klebte. Monatelang hielt ich Ausschau nach ihrem Wagen, aber ich sah ihn nie wieder, und im Frühling riss ein Trupp vom Straßenbauamt die gesamte Häuserzeile ab, um die Straße zu verbreitern.

Obwohl ich ganz anders als Angel war, galt ich in der Schule als die kleine Schwester der Mörderin, ein Stigma, das durch mein Bedürfnis, es den Lehrern rechtzumachen, noch verschlimmert wurde. Dass ich mich plötzlich in sie verwandelte, wie ich es mir mal gewünscht hatte, davon konnte keine Rede sein, ich wurde nicht stark, selbstbewusst und spitzzüngig. Ich blieb die dicke kleine Streberin, die auf Animationsfilme und Erdnussbutterpralinen stand. Drei Jahre nacheinander wurde ich in Rhetorik ausgezeichnet. Als mich schließlich jemand um eine Verabredung bat, war es ein Teamkamerad, der mit sechzehn den Traum hatte, fürs oberste Bundesgericht zu arbeiten. Wir waren fast zwei Jahre zusammen, bis er den Fehler beging, mich nach Angels Fall zu fragen. Er wusste bestimmt nicht, weshalb ich mich von ihm trennte.

Der Anwalt meiner Schwester hatte recht, sie musste nicht ihre ganze Strafe absitzen. Noch bevor ich mit der Schule fertig war, kam sie auf Bewährung frei und sah mich bei der Abschlussfeier über die Bühne gehen, was ihr selbst nicht vergönnt gewesen war. Nach ihrer Entlassung war sie verändert, stiller, ihre scharfen Gesichtszüge abgeschliffen durch die Medikamente. Sie lachte oder fluchte nur selten und hatte keine Lust, bei uns zu wohnen. Soweit wir wussten, stand sie mit Myles nicht in Kontakt. Ihre Bewährungsauflagen besagten, dass sie in Rhode Island bleiben musste, aber statt nach Ashaway zurückzukehren, ließ sie sich in Pawtucket nieder, am anderen Ende von Providence, so weit weg, wie es ihr rechtlich gerade noch erlaubt war. Mit der Unterstützung meiner Mutter wurde sie medizinisch-technische Radiologieassistentin und fand eine Stelle in einem Krankenhaus, wo sie einen Assistenzarzt kennenlernte. Als er seine Assistenzzeit absolviert hatte, heirateten sie, zogen in einen Vorort von Baltimore und bekamen einen Sohn und eine Tochter, was meine Mutter zur Großmutter und mich zu Tante Marie werden ließ.

Im ersten Jahr nach meinem Collegeabschluss, ich machte gerade mein Referendariat an der Middleschool, erlitt meine Großmutter einen schweren Schlaganfall. Als klar wurde, dass sie nie mehr allein zurechtkommen würde, sorgte meine Mutter dafür, dass sie bei Tante Mil im ersten Stock des Elms wohnen konnte. Wie zwei lang verheiratete Eheleute, die kurz nacheinander sterben, fielen die beiden am selben Tag ins Koma, und Tante Mil überlebte sie um nur drei Wochen. Erstmals, seit sie Rhode Island verlassen hatte, kam Angel zum Begräbnis unserer Großmutter zurück nach Hause, flog zusammen mit ihren Kindern her. Ihr Mann hatte zu viel zu tun. Dass sie zu Tante Mils Begräbnis nicht auch noch kommen konnte, verstanden wir.

Da meine Mutter nun nichts mehr in Ashaway hielt, hörte sie schließlich im Elms auf und zog mit Russ nach Florida, überließ das Haus meiner Großmutter mir. Als wollten sie ihnen nacheifern, brachen auch mein Vater und Helene bald darauf ihre Zelte ab und zogen in die White Mountains in New Hampshire, wo man, wie er mir immer wieder unter die Nase reibt, keine Einkommensteuer zahlen muss. Er ist inzwischen seit zehn Jahren trocken und hat sich gerade einen neuen Pick-up gekauft, mit dem er ihre kilometerlange Einfahrt vom Schnee befreit.

Ich bin stolz auf meine Familie und darauf, dass wir nicht aufgegeben haben. Auch wenn wir uns nicht völlig neu erfinden konnten, haben wir alle ein neues Leben begonnen – außer mir. Ich unterrichte an der Middleschool Englisch und mag noch immer *Wer die Nachtigall stört.* Aus meinem Zimmer blickt man auf den Friedhof, und wenn ich den Kopf aus dem Fenster strecke, kann ich den Grabstein meiner Großeltern sehen, auf dem die Gravur jetzt vollständig ist. Ich kenne die Gerüchte, die meine Schüler sich zuraunen: dass ich verflucht sei wie meine Schwester. Das geschieht jeden Herbst. Ich lebe allein, und wenn sich das Laub verfärbt und meine Nachbarn ihre Veranden mit Kürbislaternen und schwarzen Katzen schmücken, tun die Kinder so, als würde es im Haus meiner Großmutter spuken, und fordern ihre Freunde heraus, bei mir zu klingeln, als wäre ich eine Hexe.

Ich bin weder eine Hexe noch eine alte Jungfer. Ich bin nicht meine Schwester. Ich lebe aus freien Stücken, aus Gründen der Veranlagung allein. Ich kann mir nicht vorstellen, je aus Liebe zu töten, auch wenn ich, als ich noch jünger war, oft gedacht habe, ich könnte aus Liebe sterben, und einmal, als ich mich nach einem Menschen verzehrte, den ich nicht haben konnte, versuchte ich, mich umzubringen. Damals war ich älter als meine Schwester in jenem Herbst und litt große Qualen. Wäre ich erfolgreich gewesen, hätte ich nicht nur mein eigenes Leben zerstört, und ich bin froh, dass es anders kam, obwohl ich das damals nicht zu schätzen wusste.

In den sozialen Netzwerken verfolge ich, was es Neues gibt von Birdys Mutter. Sie versucht gerade zu erreichen, dass die Highschool den neuen Allzwecksportplatz nach ihrer Tochter benennt. Als ehemalige Schülerin habe ich den Link angeklickt, mit dem man die Petition unterstützt, aber das Ganze ist schon so lange her. Hoffentlich sieht sie meinen Namen und weiß, dass ich es nicht vergessen habe.

Da sie selbst geflüchtet sind, begreifen die anderen aus meiner Familie nicht, warum ich in Ashaway bleibe. Sie reden nicht gern über jenen Herbst, als wäre es eine verstaubte Geschichte. Für mich ist das Ganze immer wieder frisch, unauslöschlich wie der erste Schultag, an dem die neuen Schüler alte Gerüchte verbreiten, das Geraune von einer verrückten Schwester, und sollte ich je meine Rolle in dieser Sache vergessen – die der erbärmlichen Geheimnisbewahrerin –, so werde ich durch die kalten Nächte und den beständigen Duft von Holzrauch daran erinnert. Das Notizbuch habe ich noch. Manchmal, wenn ich mit einem Glas Wein allein am Kamin sitze, hole ich es hervor, sehe mir in meiner kindlichen Handschrift an, wie sie ihre Pläne geschmiedet haben, und erinnere mich, wie es ist, jemanden so zu begehren.

Das eine Mal, als ich völlig ohne Hoffnung war, wollte ich mich zum Verschwinden bringen. Ich schrieb dem, der mir nie gehören würde, einen Brief und gab mir darin die Schuld. Ich dachte, ich wäre gestorben, aber dennoch war ich nicht frei. Ein Leben lang habe ich geglaubt, ich würde mich in einen anderen Menschen verwandeln, der ehrlich und mutig ist, würde nicht mehr die alte Marie bleiben, die sich vor Spinnen fürchtete und in Tränen ausbrach, wenn ihre Schwester auf ihr herumhackte. Lange wollte ich ein Niemand sein. Jetzt schlafe ich im Bett meiner Großmutter und benutze ihre Bratpfanne, und wenn ich rausgehe, um das Laub aufzuharken oder vom Holzstapel einen Armvoll Scheite zu holen, trage ich die Arbeitsjacke meines Großvaters. Es wird immer Leute geben, die mich wegen meines Namens hassen. Jedes Mal, wenn ich versucht bin wegzugehen, muss ich bloß an der Line & Twine vorbeifahren oder ans Fenster meines Klassenraums treten, um zu wissen, wo ich hingehöre. Wer sonst sollte sich daran erinnern, was damals geschehen ist? Wer sonst sollte unsere Geschichte erzählen?

Meine Mutter ist weg.

Mein Vater ist weg.

Meine Schwester ist weg.

Ich bin jetzt die Einzige.

Dank

Herzlichsten Dank an meine stets verlässlichen Erstleser für ihre Ehrlichkeit und Großzügigkeit:

Paul Cody   Lamar Herrin   Michael Koryta
Margot Livesey   Trudy O'Nan   Alice Pentz
Susan Straight   Luis Urrea   Sung J. Woo

Außerdem möchte ich mich bei Megan Abbott, Andre Dubus III, Paul Tremblay und Jennifer Brehl dafür bedanken, dass sie diesen Roman so früh unterstützt haben, und bei Arthur und Danielle Gobeille für ihre Hilfe bei den Feinheiten der vielen in Rhode Island gesprochenen Dialekte. Ich danke Paul Slovak, der bei Viking stets mein Fürsprecher war. Wie immer bin ich David Gernert, Rebecca Gardner, Ellen Goodson Coughtrey, Will Roberts, Anna Worrall und Nora Gonzalez von der Gernert Company sowie Sylvie Rabineau, Carolina Beltran und Jack Beloff von WME aufrichtig dankbar für ihre Bemühungen, meine Bücher den Lesern zugänglich zu machen. Und Maureen Klier für ihren Scharfsinn und ihren untrüglichen Blick. Morgan Entrekin, Sara Vitale, Peter Blackstock, Emily Burns, Elisabeth Schmitz, Judy Hottensen, Julia Berner-Tobin und Andrew Unger von Grove Atlantic danke ich, dass sie alle an *Ocean State* geglaubt und mir ein neues Zuhause gegeben haben. Schön, wieder in Downtown zu sein.